KB267208

러/판
어드벤처

러/판 어드벤처 1
장민규 판타지 장편 소설

초판 1쇄 찍은 날 § 2003년 8월 10일
초판 1쇄 펴낸 날 § 2003년 8월 20일

지은이 § 장민규
펴낸이 § 서경석

편집장 § 문혜영
편집책임 § 유경화
마케팅 § 정필 · 강양원 · 이선구 · 김규진 · 홍현경

펴낸곳 § 도서출판 청어람
등록번호 § 제1081-1-89호
등록일자 § 1999. 5. 31
어람번호 § 제1-0407호

주소 § 경기도 부천시 원미구 심곡1동 350-1 남성B/D 3F (우) 420-011
전화 § 032-656-4452 팩스 § 032-656-4453
E-mail § eoram99@chollian.net

ⓒ 장민규, 2003

값 7,500원

ISBN 89-5505-779-2 04810
ISBN 89-5505-778-4 (SET)

장민규 판타지 장편 소설

럭/판 어드벤처

실어증의 그녀

1

도서출판 청어람

❶ 실어증의 그녀

작가의 말

안녕하세요. 독자 여러분들에게 책으로 첫인사를 드리는 장민규입니다.

중학교 1학년 때 취미로 썼던 것이 어떻게 지금에까지 이르게 되었는지 모르겠습니다. 처음엔 소설, 서적 한번 읽어보지 못하고 무작정 판타지 세계에 뛰어들었는데 말이죠. 공부 시간까지 쪼개가며 썼던 몇 년간의 노력이라고 할 수 있을지 모르겠습니다(아직 실력은 턱없이 부족하지만. 웃음).

맨 처음에 판타지를 쓰며 꽤 많은 것들을 얻었습니다. 저와 같이 판타지를 써오며 여러 가지 정보를 공유했던 라이벌(?) 이진현, 이성진, 김설민, 박제하 등의 판타지 친구들이지요. 그 하나의 조회수를 얻기 위해 머리를 싸매던 라이벌이기도 하지만, 1년에 한 번씩 찾아오는 슬럼프에 빠질 때면 절 많이 도와주었던 친구들이기도 하지요.

이들뿐만이 아닌, 출판에 이르기까지 응원해 주신 분들이 많이 있습니다.

송윤숙 선생님과 조대기 선생님, 아이디어 보이 전용태. 온겜 여러분들과 조아라 여러분들, IMC교회 여러분들, 친척들과 부모님.

아~ 막상 적으려니 더 이상 생각이…

아차! 저의 졸저를 어여삐 보아주신 김규진님, 담당이신 유경화님, 수고 많으신 청어람 여러분들! 빼놓을 수 없지요. 후후!

이쯤 작가의 말을 끝내고 이야기로 넘어가겠습니다.

실수한 부분도 있겠고 모자란 점도 많겠지만 독자 여러분들의 하해와도 같은 아량으로 어여삐 보아주셨으면 좋겠습니다.

이 책을 펼치는 모든 분들에게 감사의 인사를 드립니다.

2003년 7월 24일.

내 방 컴퓨터 앞에서, 장민규.

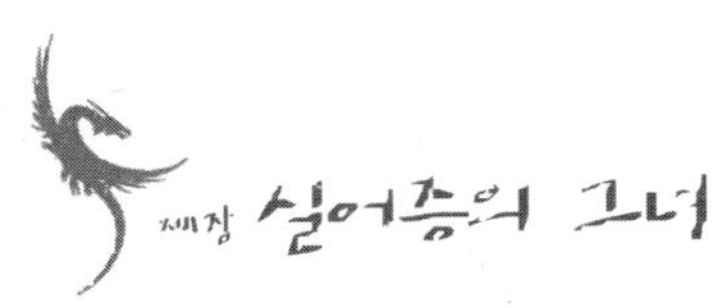

2034년 4월 3일.

인천에서 대전으로 이사 온 날이었다. 그날 바로 전학을 가게 된 나는 새로운 학교에 발을 디뎠다.

대전 고등학교.

참 평범한 학교다. 이름부터가 평범하지 않은가? 누가 대전에 있는 학교 아니랄까 봐 대전 고등학교란다. 뭐, 나도 인천에서 인천 고등학교 다녔었지만. 거긴 남학교라 여자 구경은 거의 못해봤는데 여긴 남녀 공학이다! 캬아! 꽃밭에는 여자들이 모여 살고 거름 밭엔 남자들이 모여 사는 곳.

전학 수속을 하고 교실을 배정받아 담임 선생님과 교실로 향하는 중이다. 교실은 자습 중인지 시끄러웠다. 자습 안 하고 다들 떠드는 모양이다.

교실에 들어선 선생님이 반 학생들에게 날 소개시켰다.

"새로운 학생을 소개하겠다. 인천 고등학교에서 전학 온 학생이다."

선생님의 간단한 소개를 끝으로 나는 나의 이름을 학생들에게 공포했다.

"시신성이다. 잘 부탁한다."

"쟤 혹시 마스터 레벨의 걔 아냐?"

"맞아, 본 것 같아! 마듀라가 확실해!"

웅성웅성. 소곤소곤.

학생들이 다들 내 정체를 가지고 소곤댔다. 하긴 TV에도 몇 번 출연한 적이 있었고 카도라스 게임 존에는 꽤 얼굴과 이름이 알려진 나니까. 한 학생이 손을 번쩍 들어 올리며 나에게 질문을 했다. 질문을 한 학생은 여학생이었는데 얼굴은 반반하고 조금 놀게 생긴 것 정도? 생긴 거 답게 치마도 짧다.

"신성이라고 했니? 혹시 카도라스 아이디 있니?"

나는 그녀의 질문에 잠시 고민했다. 아이디를 밝혀야 하나? 반 학생들 모두 나의 대답을 숨죽이며 기다리고 있는 도중 나는 그녀의 질문에 짧게 답했다.

"있다."

"꺄아! 정말인가 봐!"

"혹시 진짜 마듀라인가?"

교실이 다시 술렁이자 담임 선생님이 책상을 몇 번 두드리며 주위를 환기시켰다.

"자, 게임 얘기는 그만 하고, 신성이는 저 창가 뒤쪽 자리에 앉거라. 혹시 눈 나쁘니?"

"아니오. 눈은 좋습니다."

“그래? 그럼 수업 준비하고 있으렴. 너희들도 떠들지 말고 조용히 자습해.”

담임 선생님은 학생들에게 씨도 안 먹히는 명을 내리고는 교실을 나갔다. 나는 조용히 교실을 둘러보며 배정받은 자리에 가서 앉았다.

남자는 창가 쪽 1, 2분단이고 여자는 복도 쪽 3, 4분단이었는데, 남학생들이나 여학생들이나 대체로 순박해 보이는 인상이었다(양아치들이 없어 보인단 말이다). 전에 나에게 질문한 그 여학생을 제외하면.

자리에 앉는 나에게 남학생들이 몰려들었다.

“신성아, 카도라스 아이디 있댔지? 설마 네가 최초이자 최고의 소더러 마스터 마듀라는 아니겠지?”

최강이 빠졌지만…….

“맞아.”

“뭣? 네가? 이럴 수가!”

“유명인사를 이런 데서 이렇게 보게 되다니! 말도 안 돼!”

카도라스.

4년 전 오픈을 한 아시아 최고의 가상 현실 게임이다. 정부가 막대한 지원금을 들여 10년간의 개발 끝에 만들어낸 그것은 게임성과 그래픽 모든 부분에서 세계 최고로 인정받고 있는 게임이라 알려져 있다. 우리 나라에만 회원수가 5백만 명. 동시 접속자 수백만 명에 이르는 유저를 확보하고 있으며, 현재 한국, 중국, 일본에서 서비스 중이다.

나는 한국, 아시아 최초의 소더러 클래스, 마스터 레벨(120)의 아이디를 가지고 있다. 우리 나라 4대 마스터들 중 한 명에 속하는 나는 그간 게임 잡지, 게임 채널 등에서 꽤 이름을 떨쳤다. 그 때문에 반 애들이 날 이렇게 환대하는 것이다.

"야, 이렇게 실물로 보게 되다니… 반갑다! 나는 전용태라고 한다."

짧게 깎은 머리, 무테 안경의 범생이가 나에게 악수를 청했다.

"레벨 91에 쥬성이란 닉네임을 가지고 있는 격투가야. 오늘 꼭 만나서 붙어보자!"

"…그러지."

그때 옆에서 여학생들의 꺅꺅거리는 소리가 들렸다. 그리고 몇몇 대화 소리를 들을 수 있었다.

"난 마듀라 팬인데, 이렇게 볼 줄은 꿈에도 몰랐어."

"실물도 정말 멋있다. 세희야, 너도 그렇게 생각하지?"

"……"

한 여학생에게 지목당한 세희란 소녀가 조용히 고개를 끄덕였다. 그리곤 나를 한차례 힐끔 바라보더니 나와 눈을 마주치자 고개를 폭 수그렸다.

세희라 그랬나? 다른 호박꽃 여학생들과는 차원이 다른 미소녀다. 대전에 저런 청초, 청순 미소녀가 있었단 말인가?

"쟤, 이름이 세희라고?"

나는 용태에게 귓속말로 조용히 속삭였다. 용태는 내 귓속말을 듣고는 고개를 몇 번 끄덕이더니 그녀의 소개를 했다.

"세희 예쁘지? 우리 학교 넘버원 퀸카야. 하하! 너, 쟤한테 반한 거냐? 하지만 세희는 남자들을 별로 좋아하지 않아."

에? 남자들을 별로 좋아하지 않아? 무슨 큰일이라도 당했나? 어렸을 적에 겁탈이라든지…….

"사실은 쟤, 말을 하지 못하거든."

"뭣? 말을 못해?"

순간 목소리가 크게 튀어나와 버렸다.

나조차도 깜짝 놀라며 황급히 입을 틀어막는데 용태가 손가락을 세워 입으로 가져가며 말했다.

"크게 말하지 마. 어렸을 적에 부모님이 돌아가신 충격으로 실어증에 걸린 거래. 원래부터 말을 못했던 건 아냐. 의사 선생님 말로는 치료를 받으면 말을 할 수 있다는데… 나도 아직 세희가 말하는 건 한 번도 들어보지 못했어. 세희를 알게 된 건 고등학교 입학하고 나서부터였거든. 남자를 싫어하는 건 세희가 실어증에 걸리고 나서 자신을 무시하는 남자애들 때문에 그런 거고."

"……."

나는 말없이 세희를 바라보았다. 왠지 슬퍼 보이는 미소를 짓고 있는 그녀를 볼 수 있었다.

"말을 하지 못한다라……."

"수고하셨습다."

수업이 끝난 직후 나는 재빨리 가방을 싼 뒤 세희의 뒤를 미행했다. 다행히 그녀의 옆엔 아무도 붙지 않았다. 말하지 못하는 애하고 같이 다닐 친구는 많지 않을 테니까.

"신성아! 이라스 동쪽 퍼브로 와라! 기다릴게!"

"알았어."

용태가 확인차 되묻는 질문에 성의없이 답한 나는 세희의 뒤를 졸졸 따르며 교문을 나섰다. 학교 학생들이 날 보며 수군거리는 소리가 들렸지만 일단 무시하기로 했다.

그렇게 세희 뒤를 미행하길 15분가량. 학교에서 200m쯤 떨어진 골목길에서 내가 미행하고 있다는 것을 눈치 챈 세희가 날 바라보았다. 그리곤 고개를 갸웃했다. 왜 따라오느냐는 눈빛으로 날 바라보고 있는 그녀.

나는 그냥 대답하기만은 뭐해 헛기침을 한 번 했다.

"세희라고 했지?"

내 말에 그녀의 검은 머리카락이 어깨와 가슴께를 찰랑였다. 고개를 끄덕인 것이다.

나는 연신 헛기침을 토하며 말을 이었다.

"아까 말 못한다고 했던 거, 미안해."

"……."

정중(?)한 내 사과에 세희는 잠시 멍한 표정을 짓다가 이내 미소 지으며 고개를 저었다. '아니, 괜찮아. 사실이 나 말 못하는걸' 이라는 뜻인가?

오오~ 대단하지 않은가? 고개 몇 번 끄덕이고 젓는 걸로 커뮤니케이션이 통하다니! 이건 나와 세희가 천생연분이라는 뜻?

"세희야, 너 혹시 카도라스 아이디 있니?"

이번 내 질문에도 세희는 고개를 저었다. 반 애들 대부분이 카도라스를 하는 것 같던데, 세희는 안 하는 건가?

"저 말이야… 생각 있다면 나랑 같이 카도라스 하지 않을래? 내가 지원은 다 해줄 수 있거든! 아, 이건 아까 말에 대해 미안하게 생각해서 그런 거야. 사실 내가 할 줄 아는 게 그 게임밖에 없거든."

"……."

세희는 대답없이 날 쳐다보기만 했다. 나는 그녀의 눈빛을 마주 보기 뭐해 뒷머리만 긁적였다. 잠시 둘 다 말이 없는 상황에서 세희가 가방에서 펜과 수첩을 꺼내 들더니 글을 적어 나에게 넘겨주었다.

그것의 내용인즉슨,

말 못하는 나랑 같이 어울리면 재미없을 텐데.

이건 세희가 남자들을 기피하고 있단 뜻인가? 아무리 장애우라도 편견을 버리면 서로가 행복한 사회를 만들 수 있거늘… 그나저나 뭐라고 말을 해야 넘어오려나? 아, 그렇지!

"후천적 실어증 걸린 사람도 게임으로 말을 할 수 있어."

"……!"

내 말에 크게 놀란 듯, 그녀가 눈을 크게 떴다. 사실 이건 게임에서 알던 형이 가르쳐 준 건데 후천적 언어 장애인도 게임에선 영령 음성 시스템으로 말을 할 수 있다고 한다.

뭐, 그 형 말이 사실일 가능성은 -99%인지라 진짠지 아닌지는 잘 모른다.

"……."

내가 잠시 그녀의 반응을 지켜보는데 갑자기 그녀가 나에게 다가와 내 손을 잡더니 고개를 끄덕였다. '나, 말을 하고 싶어. 친구들과 같이 어울리고 싶어' 라는 눈빛.

좋아. 넘어왔다!

나는 당장에 그녀의 손을 잡고 우리 집으로 향했다.

우리 집은 380평짜리 2층 주택이다.

집에 들어선 나와 세희는 내 방으로 들어갔다. 집엔 나와 세희밖에 없어서 세희가 들어가기 조금 껄끄러워하는 모습이었지만 마지못해 방으로 들어갔다. 방에 들어선 나는 우선 컴퓨터를 부팅시켰다. 그리고 카도라스 공식 사이트 (주)카마디에 들어간 뒤 세희의 아이디를 만들었다.

"세희야, 주민등록번호하고 아이디, 비밀번호, 주소, 연락처를 여기에 적어."

세희는 조용히 몇 가지 사항을 기입했다. 그리고 완료 버튼을 누르자 '카도라스의 세계에 오신 걸 환영합니다' 라는 문구가 떴다.

나는 이어 침대 밑에서 PX게임기(카도라스 용 게임기)를 한 대 꺼냈다. 내가 가진 PX게임기는 모두 세 대인지라 내 거, 세희 거, 한 대는 여분으로 남을 정도였다.

"자, 이건 내가 세희한테 주는 거야. 아참, 헬멧도 받아."

내가 세희한테 그것을 넘겨주려 하자 세희가 손을 저었다. '그거 비싼 거 아냐?' 란 눈빛.

"걱정 마. 부담 갖지 말고 가져. 별로 비싼 것도 아닌데. 그리고 우리 집엔 이런 거 많거든."

내가 몇 번을 더 권하자 세희는 마지못해 그것을 받아 들었다.

이어서 나는 그녀에게 게임기 사용법을 설명해 주었다. 게임기에 선을 연결하는 것부터 게임 방법까지.

PX헬멧을 착용한 그녀에게 말했다.

"거기 아이디와 비밀번호를 적으라고 나와 있지?"

세희는 헬멧을 쓴 상태에서 고개를 한 번 끄덕였다.

"그곳에 회원 가입하면서 적었던 아이디와 비밀번호를 적어. 그냥 생각만 하면 돼. 아이디와 비밀번호를 그 칸에 적는다고 생각해 봐. 그리고 아이디하고 비밀번호는 절대 남에게 알려줘선 안 돼."

끄덕.

고개를 끄덕인 세희는 잠시 말이 없다가 갑자기 몸을 흠칫했다. 접속했나?

"거기 사람들 보이지? 거기, 그곳에서 움직이지 말고 가만히 있어."

끄덕.

이어서 나도 헬멧을 착용한 뒤 게임에 접속했다.

일단 PX헬멧을 쓰면 5에서 10초 정도 브레인 웨이브 검사를 한다. 플레이어의 정신과 게임의 융합을 위해서다. 그 검사가 끝나면 카도라스 오프닝이 시작된다. 오프닝이래 봐야 별거 없었다. 검은색 화면에 'KADORAS' 라는 멋들어진 문구가 떴다가 사라지는 것밖엔.

그 간단한 오프닝이 끝나면 테두리에 금빛 문양이 새겨져 있는 하얀색 창 하나가 뜬다. 아이디와 패스워드를 입력하는 곳이다.

[아이디:sss0226/패스워드1:********/패스워드2:******]

아이디와 패스워드를 입력하고 나면 '로그인' 이란 창이 뜬다. 여기서 등록되지 않은 아이디나 틀린 패스워드를 입력하면 '로그인' 창이 뜨지 않는다.

어쨌든 로그인 버튼을 누른다고 생각하면,

[로그인되었습니다.]

카도라스 안내원의 목소리가 흘러나오고, 이어서 머리 속에 화면이 뜨며 게임이 시작된다.

카도라스 게임 배경의 중앙 대륙. 모든 플레이어의 시작 장소 이라스.

이라스의 중앙광장에는 이라스 석이라는 거대한 비석이 하나 세워져 있는데, 그곳이 바로 플레이어들의 시작 장소이다.

나는 그곳에서 이곳저곳 거리를 둘러보고 있는 세희를 발견할 수 있었다.

브레인 웨이브 검사에서 세희의 모습이 게임에 저장된 것이다.

"세희야, 이곳이 바로 카도라스, 가니아 대륙(중앙 대륙 이름) 이라스 야."

"대단하다! 이게 바로 게임 공간? 앗!!"

순간 세희가 말을 터뜨렸다. 잠깐 들어본 목소리를 보면 맑고 청아한 18세 소녀의 목소리였다. 목소리 정말 예쁘다. 이게 바로 실어증 걸리기 전의 세희의 목소리인가?

"내가… 내가 말했어, 신성아!"

감동 때문인지 울먹이기까지 하는 세희였다. 지금 세희의 기분을 표현하자면, 1년 묵은 변비가 내려간 거에 몇만 배 되는 기쁨과 시원함이리라. 난 표현력이 너무 좋아서 탈이야.

"그래, 목소리를 되찾았구나. 세희야, 이제 자신의 캐릭터에 이름을 부여해야지. 이곳에서의 나는 또 다른 세상의 나니까."

"응… 어떤 이름이 좋을까?"

세희는 잠시 생각하는 표정을 지었다. 나도 따라서 그녀의 이름을 생각해 냈다. 어떤 이름이 좋을까나? 얼굴과 목소리에 어울리게 예쁘고 아름다운 이름이어야겠지? 판타지 미소녀풍 이름이라면…….

"에실리스, 줄여서 실리라고 하자."

"에실리스? 실리?"

"어. 어감 좋잖아?"

"에실리스… 좋다! 신성아, 고마워!"

기뻐하는 세희의 모습에 나는 고개를 끄덕이며 미소 지었다.

"이곳에서의 나의 이름은 마듀라야. 이곳에서는 마듀라라고 불러.

나도 실리라고 부를 테니까."

"웅! 마듀라. 나, 여기 소개 좀 시켜줘! 너무 신기한 게 많아!"

"그래, 물품들도 구입할 게 많고 직업도 구해야 하니까, 자세한 사항은 가면서 얘기해 줄게."

그렇게 우리들은 잡화상점으로 향했다.

카도라스에는 모두 네 개의 대륙이 존재한다. 가니아 대륙과 카밀리베아 대륙. 스미시아 대륙과 드래곤 대륙이다.

그중 이곳 가니아 대륙은 유저들의 시발점으로써 가장 많이 번창한 대륙이다. 그리고 카밀리베아 대륙은 마의 대륙으로 개척한 곳 외엔 웬만한 유저들은 발을 함부로 들일 수 없다. 스미시아 대륙은 일반 고 레벨 유저들의 레벨 업 장터로 쓰이며, 드래곤 대륙은 말그대로 드래곤이 사는 대륙으로 지금껏 발을 들인 유저는 한 명도 없다. 각 대륙을 모두 합친 크기는 우리 나라(대한민국) 땅덩어리 크기로 그곳에 있는 던전의 수만도 무려 1천 6백 개이다.

"이 게임에 유저는 모두 몇 명이나 되는데?"

"백만 명. 서버는 하나인데 유저가 아무리 늘어도 렉, 빽섭, 팅김 등은 전혀 없어."

"아, 그렇구나."

세희와의 문답을 끝으로 나는 다시 게임 설명에 열중했다.

유저들은 던전 등지에서 레벨 업을 해나가며 동료 유저들과 친분, 전투 능력 등을 다져 나간다. 초기에는 레벨 1부터 시작하며 1~50의 저 레벨, 51~99의 중 레벨, 100~119의 고 레벨로 분류된다. 그리고 레벨 120은 마스터(Master) 레벨이라 부른다.

현재까지 마스터 레벨에 이른 유저는 모두 네 명뿐. 그중에 나도 포함되어 있고. 하하하!

"신성이… 아니, 듀라는 어떻게 마스터 레벨이 됐어?"

"4년 전에 이 게임이 오픈할 때부터 지금까지 해왔는데 2년 반 동안 노가다 뛰어서 겨우 만들었지. 학교에 게임기 들고 다니면서 할 정도였으니까. 하루 20시간 동안 매일 했을걸?"

"학교에서 뭐라 하지 않아?"

"하하! 요즘 같은 세상에 게임하랴, 공부하랴, 하는 선생이 어디 있냐?"

"……."

나는 다시 설명을 계속했다.

게임에는 직업(클래스)이 존재하는데 직업의 수는 150가지. 이중 전투계 계열이 반 이상을 차지한다. 검사, 마법사, 신관, 도적, 격투가, 직인, 상인, 그 외 등등…….

저 레벨, 중 레벨, 고 레벨 단위로 2차, 3차 전직이 가능하다.

"실리는 어떤 직업 할 거야?"

"직업? 그거 꼭 해야 돼?"

"어, 게임을 계속하겠다면 나랑 같이 대륙을 탐험하며 레벨 업을 해야 하지 않겠어?"

"음……."

세희는 잠시 길을 걸으며 생각에 빠졌다. 골똘히 생각하는 그녀의 모습을 보고 있으면 나도 따라서 생각에 빠져드는 듯한 기분이었다. 그녀의 미모에 빠져든다는 말이 더 정확하겠지만.

한참 생각하던 그녀가 말했다.

"나는 사람들을 돕는 사람이 되고 싶어."

사람들을 돕는 사람? 신관을 말하는 건가? 아~ 아름다운 미모처럼 마음씨도 어찌 그리 고울까? 타인을 돕겠다니.

"그럼 장비품 사고 나서 신전으로 가자."

장비품점에서 망토 두 벌과 망원경, 대륙 지도와 액세서리(세희가 사달라길래)를 사 들고 신전으로 향하는 길이었다.

나는 대륙 지도를 펴고 세희에게 세세한 대륙 지리를 알려주었다.

"여기 찌그러진 세잎 클로버같이 생긴 여기가 이곳 가니아 대륙이야. 그리고 찌그러진 네잎 클로버같이 생긴 여기가 카밀리베아 대륙이고, 찌그러진 단풍잎같이 생긴 여기가 드래곤 대륙, 조그만 나뭇잎같이 생긴 곳이 스미시아 대륙이야."

"아~"

"우리는 대륙 이곳저곳을 돌아다니며 레벨 업을 해야 해. 갖은 고난과 시련이 우리들에게 닥쳐올 것이야! 그 시련을 이겨내면 비로소 이 세계의 주인이 되는 것이지. 지금껏 운영자의 입에서만 오르내리던 카도라스 마스터의 경지를 꿈꾸며!"

나는 열성껏 열변을 토해냈다. 세희는 내 말을 열성껏 경청하며 고개를 끄덕였다.

왠지 으쓱해지는 기분.

초짜에게 으스대는 고 레벨의 기분은 누구에게나 있는 것이다.

어느새 우리들은 신전 앞에 도착했다. 온통 흰 대리석으로 도배가 되어 있는 고딕 양식의 건축물이다.

그곳에 들어선 우리들은 NPC(Non-player Characters) 한 명을 만나게 되었다.

"가니아 신의 가호가 그대들과 함께하길… 여긴 어쩐 일로 오셨습니까, 두 분?"

정중히 예를 차리며 다가온 그는 60대 중반의 할아버지 NPC였다. NPC라지만 실제 사람과 전혀 다름이 없었다. 일반 유저와 NPC를 구별해 내는 방법은 왼쪽 가슴 부분에 낙인처럼 붙어 있는 NPC 마크뿐.

그를 따라서 나도 정중히 예를 차렸다.

"안녕하십니까, 실리가 신관이 되기 위해 찾아왔습니다. 취직을 부탁드립니다."

"그렇습니까? 그쪽 분 이쪽으로 와주십시오."

신관 NPC가 세희를 손짓으로 부르자 세희는 우물쭈물하더니 그에게 천천히 다가갔다. 신관 NPC는 인상 좋게 웃어 보이고는 세희의 머리에 손을 올려놓으며 중얼거렸다.

"그대에게 가호를……."

신관 NPC의 손에서 일렁인 빛이 세희의 머리를 통해 빨려 들어가는 것으로 끝이었다.

"이제 당신은 견습 신관이 되었습니다."

"…이게 끝인가요?"

이상한 빛이 자신의 몸에 빨려 들어가는 것부터 시작해 벌써 직업을 가졌다는 것에 세희가 적잖이 놀라며 되물었다. 신관 NPC는 그런 세희에게 인상 좋게 웃어 보이더니 손가락을 한 번 딱 하고 마주쳤다. 그러자 아무것도 없던 허공에 여성용 견습 신관복이 짜잔— 하며 나타났다.

"견습 신관복입니다. 이 옷으로 갈아입으십시오."

"에… 네."

세희는 견습 신관복을 조심스럽게 받아 들고는 나에게 다가오더니 말했다.

“이게 끝이야?”

“어, 끝이야. 그런데 어디 옷 갈아입을 데 없나?”

“탈의실을 안내해 드리겠습니다. 따라오십시오.”

신관 NPC가 세희를 안내했다. 나는 이곳에서 기다리겠다고 한 뒤 세희가 옷을 갈아입고 나올 때까지 기다렸다.

10분 후.

견습 신관복을 입고 나타난 세희의 모습은 판타스틱했다. 바탕이 좋으면 어떤 옷이든지 다 잘 어울리는 건가?

“듀라야, 그런데 이거, 교복은 어떻게 하지?”

세희가 가지고 나온 교복을 가리키며 물었다. 로그인했을 때부터 입고 있던 것이었는데.

“그거? 이리 줘봐.”

나는 세희가 들고 있는 교복을 뺏어서 그대로 뒤로 내던졌다. 세희가 화들짝 놀라며,

“교복을 함부로 내던지면 어떡해?”

“실리, 여긴 게임이야. 가상 현실 공간이라구.”

“그럼 교복은?”

“로그아웃했을 때 멀쩡하게 입고 있을 테니 걱정 마.”

“그럼 방금 내던진 건?”

나는 대답 대신 옆으로 한 발자국 비켜섰다. 땅에 떨어져 있을 교복은 흔적도 없이 사라진 뒤였다.

“가상이라니까.”

“그렇구나. 야, 신기하다!”

그렇게 신기해? 그럼 속에 입고 있을 속옷도 벗어… 으음~ 음담 패

설은 이쯤 하기로 하고.

"자, 그럼 나도 직업을 얻으러 가보실까?"

세희는 카도라스 세상에 상당한 흥미를 보였다. 지나가는 NPC들만 봐도 탄성을 지르는가 하면 나에게 이것저것을 보라고 손짓을 하기도 했다. 그런 광경들이야 4년을 계속해서 봐온 나에게는 지겨운 것이지만 세희의 기분을 생각해 따라 흥미로운 척해주었다.

길을 가던 중 세희가 고개를 빼꼼히 내밀며 물었다.

"듀라도 직업을 얻으러 가는 거야? 이 게임에선 꽤 유명하다는데 직업 있던 거 아니었어? 직업은 맨 처음에 고르는 거라면서?"

"응. 직업이야 있지. 하지만 이번 기회에 또 다른 직업을 가져보려고. 용병을 해볼까 생각 중인데……."

"용병?"

"응. 마스터 클래스가 워리어인데, 거기서 받는 마스터 아이템에 꽤 흥미가 있어서. 그리고 워리어 스킬은 파괴력이 상당해서 말이야. 아, 다 왔다. 자세한 사항은 나중에 설명해 줄게."

나와 세희는 용병 길드에 들어섰다.

취직하는 방법은 어렵지 않다. 그냥 종이에 서명만 하면 끝이다.

용병 길드 운영 담당 NPC가 말했다.

"마듀라 씨, 용병 아이템을 받으시겠습니까?"

"아니, 됐습니다. 그럼 수고하십시오."

용병으로 취직한 나는 정중히 사양을 한 뒤 세희와 함께 용병 길드를 나섰다.

길드를 나서는데 세희가 또다시 물었다.

"아이템을 준다는데 왜 안 받은 거야?"

"초기에 주는 아이템들은 내가 쓰기에 그리 좋지 못해서 말이야."

"아~ 그렇구나. 아차! 듀라야, 지금 몇 시야?"

"어? 저녁 7시. 시간을 보고 싶으면 '시간을 보고 싶다' 라고 생각해, 그럼 시간 창이 뜰 테니까."

"웅? 아, 듀라야, 미안. 이제 그만 집에 들어가 봐야 할 것 같아. 오늘 정말 즐거웠어. 덕분에 말도 할 수 있게 됐고. 새로운 경험도 해보고. 정말 뭐라고 감사의 말을 해야 할지."

"하하! 뭘, 그 정도 가지고… 그럼 로그아웃하자."

"웅! 그런데 로그아웃은 어떻게 해?"

"로그아웃하고 싶다고 생각하면 '로그아웃하시겠습니까? 라는 문구가 뜰 거야. 그걸 손으로 잡아."

"웅."

"……?"

헬멧을 벗은 세희는 몸 구석구석 이상이 없는지 확인했다. 곧 아무 이상이 없음을 확인한 그녀가 나에게 눈빛으로 무언가를 전했다.

'오늘 정말 고마웠어, 신성아.'

고맙긴…….

그녀에게 말했다.

"내일 또 접속할 거지? 그땐 더 많은 걸 가르쳐 줄게."

끄덕.

세희는 밝게 웃으며 고개를 끄덕였다.

"자, 내가 집까지 바래다 줄게. 게임기 챙기고… 가자!"

다음날.

이틀째, 학교 등교.

교실에 들어서자마자 용태가 날 불렀다.

"어제 퍼브에서 한참 기다렸는데 왜 안 왔냐?"

아차, 퍼브! 반 친구들하고 만나기로 되어 있었는데, 어제 세희하고 게임에 열중하다 보니 까먹었다!

"미안, 어제 세희하고 게임하느라."

"뭣? 세희하고 게임을?"

그때 세희가 교실에 들어섰다. 나와 눈이 마주치자마자 방긋 웃으며 손을 흔드는 그녀. 나도 그녀에게 마주 손을 흔들었다. 아유~ 나의 공주님! 이뻐 죽겠어!

"만난 지 얼마나 됐다고 벌써부터 웃으며 인사라니… 언제, 어떻게, 그렇게 친한 사이가 된 거여?"

흥분했는지 용태의 입에서 충청도 사투리가 튀어나왔다. '좋아! 여기서 분위기를 업시켜 보자!'

"이게 다, 나의 잘나신 외모와 탁월한 사교성으로 인한 것이지! 세희가 나에게 안 반할 수가 없다는군."

"……."

어라? 분위기가 다운됐군! 좋아! 여기까지. 분위기 업되면 다시 다운시켜 주마!

"세희, 목소리 예쁘데?"

"세희? 쟤 말 못하잖아? 실어증이라구."

"몰랐냐? 카도라스 영령 음성 시스템으로 말할 수 있다는 거? 캬~

목소리가 천상에 하프 소리보다 더 아름답더라구.”

　그때 또다시 교실 문이 열리며 더부룩한 배에 짜리몽땅한 키의 중년 남자가 들어왔다.　영어 담당 열혈 선생님이었다.　이름부터 이열렬이다.

　“자, 오늘은 토요일! 3교시만 하고 집에 간다! 힘내잣!”

　열혈 선생님의 수업이 시작되었다.　담임 선생님은 조회도 안 들어오나? 열혈 선생님이 칠판에 영어 문장을 쓰고 있는 사이, 나는 옆 자리에 있는 용태에게 물었다.

　“담임 선생님은?”

　“선생님 요즘, 카도라스에 푹 빠져서 수업 시간 빼면 게임만 해.”

　허허! 세상 참 좋아졌다니까. 조회 시간도 빠지면서 게임 하는 선생님이라니. 18차 교육 과정이란 참 좋은 것이야.

　3교시 수업이 모두 끝난 직후였다. 종례를 맞기 위해 담임 선생님을 기다리는 도중, 김선미가 나에게 다가왔다.　조금 놀게 생겼지만 잘빠진 애 말이다.

　“오늘 이라스 동쪽 퍼브에 꼭 와! 안 오면 죽어! 어제 얼마나 기다렸는 줄 알아?”

　허어～ 협박인가? 날 진짜 뭘로 보고! 내가 물로 보이냐? 우스워 보여? 이래 봬도 검도 5단에 태권도 2단짜리 실력이시다! 어디서 감히 … 무섭게 왜 이러세요.

　“이봐, 선미! 신성이, 그렇게 기죽일 필요 없잖아. 신성인 친구라구, 친구! 신성이가 니 시다바리가?”

　오옷! 그래, 용태! 넌 진정한 내 친구야! 비록 만난 지는 이틀밖에 안

됐지만.

"용태, 대가리에 번개 맞고 싶지 않으면 닥쳐."

"예."

용태 자식! 한마디에 고분고분해지냐. 아무래도 이 반은 선미가 휘어잡고 있는 것 같다.

자기 자리로 돌아가는 선미를 보며 용태가 나에게 귓속말을 했다.

"사실 선미 쟤, 카도라스 레벨 90이야. 나보다 레벨 1 낮은데 실력으로 치자면 우리 학교 짱 먹어. 아마 네가, 자기를 누르고 이 학교 짱이 될까 봐 두려운 걸 거야. 그래서 괜히 너에게 히스테리 부리고 그러는 거지."

…그런가?

"히스테리 말 나와서 말인데 선미 쟤, 성격도 우리 학교 짱급으로 더러워. 지금은 졸업한 우리 학교 선배가 사소한 걸로 선미한테 시비를 건 적이 있었는데, 재수없게도 선미가 '그날' 이었던 거야. 선미 빡 돌아가지고 그 선배 전치 2주 만들었잖아."

걸리면 아작이겠군.

"아무튼 네가 게임에 접속하면 선미가 너에게 시비를 걸어올 거야. 너의 세숫대야 같은 넓은 아량으로 선미를 이해해 주렴. 알겠지?"

그래, 여자 친구 걱정 하난 각별하구나.

[로그인되었습니다.]

로그인하자 세희가 맨 먼저 보였다.

크으~ 카도라스에 접속하면서 이리도 기분이 좋은 적은 처음인 것 같다. 아침에 눈을 뜨자마자 미소녀가 반겨준다든지 하는 기분이 지금의 내 기분이다.

나는 그녀의 닉네임을 외치며 다가갔다.

"실리!"

"아, 마듀라!"

"많이 기다렸어?"

"아니, 나도 방금 왔어."

"그래? 그럼, 퍼브로 가자! 학교에서 들었지? 오늘 모임 있다는 거.
반 친구들이 기다리고 있을 거야."

"응!"

퍼브의 문을 열자 시큼한 알코올 냄새가 코끝을 찔렀다. 후각 인지
시스템으로 3천 가지의 냄새를 구별해 낼 수 있다는데, 퍼브 안의 냄새
는 실제 술 냄새와 별반 다름이 없었다.

퍼브의 가장자리에 테이블 여섯 개를 붙여놓고 앉아 있던 반 친구들
이 손을 흔들며 나와 세희를 불렀다.

"신성아, 여기야!"

"오옷! 환영환영!"

"세희는 덤이냐?"

그들의 환호를 받으며 나와 세희는 빈자리에 앉았다. 반 친구들 25명
이 모두 모인 것 같았다.

아니, 더 있네? 저건 누구… 앗! 담임 선생님! 열혈 선생님! 또 한 분
은… 여잔데 처음 본다.

담임 선생님께서 말씀하셨다.

"신성이, 아니, 마듀라라고 불러야겠지? 설마 내가 누군지 몰라보는
건 아니겠지?"

"…담임 선생님이잖아요."

"하하, 자식! 여기선 담임 선생님이 아니지. 여기서의 이름은 레오날도란다."

레오날도? 혹시, 레오나르도 디카프리오에… 에이~ 설마, 아니겠지? 저 면상으로 무슨.

"호호! 신성이라 그랬지? 우리 앞으로 자주 만나자."

그때 허리까지 내려오는 긴 흑발의 여성이 내 이름을 불렀다. 얼굴은 대충 미인 축에 속할 정도인데, 어째서 선생님들 틈에 끼어 있는 거지? 분명 학생은 아니다.

"나는 대전 고교 양호 선생님이야. 이름은 정미인."

아~ 양호 선생님이었구나. 이름이 정미인이란다, 미인. 그래, 미인인 거 인정합니다.

"안녕하세요, 시신성입니다. 게임 아이디 마듀라라고 합니다."

"나는 셀비아. 그동안 네 명성은 익히 들어왔어. 만나서 반갑다."

그녀와 통성명을 나누는데 열혈 선생님이 끼어들었다.

"나는 이열렬! 알지? 열혈 선생님으로 통한단다! 허허허! 게임 아이디는 광정렬이란다."

광정렬? 꼭 한자 이름이 안 된다는 법은 없지만 이름과 생김새가 비슷해서 잘 어울리는군. 광 자는 빛 광(光) 자가 아니라 미칠 광(狂)으로 해서, 미치도록 정열적인… 아니, 정열에 미친?

어쨌든 선생님들과의 통성명이 끝난 날 보며, 전까지 학교에서 가장 레벨이 높았던 용태가 입을 열었다.

"통성명은 이쯤 하시고, 본 주제로 넘어가서 우리 대전 고교 2학년 3반 길드를 만들었으면 합니다. 이에 반대 의견 가지고 계신 분? 참고로 길드에 들지 않으실 분은 조용히 퍼브를 나가주시길."

아무도 나가지 않았다. 자식이 퍼브를 나가라니…….

"자, 그럼 모두 동의하는 것으로 알고, 길드 이름에 대한 건의 말씀해 주십쇼."

"대전 통합!"

"2학년 3반 길드!"

"러/판 어드벤처!"

"마녀 엠페러 김선미 길드!"

"떨거지들의 모임!"

"마님과 돌쇠!"

갈수록 심오한 건의가 나오는군.

그때 세희가 내 얼굴에 자기 얼굴을 밀착시키며 귓속말을 했다. 난 순간 뽀뽀하려는 줄 알고 쿵쾅 했다.

"듀라야, 길드는 뭐 하는 거야?"

"으응, 사람들하고 모여서 친목도 다지고 단체 지원 시스템이랄까? 뭐, 별거 아니야."

"으음."

그렇게 한참 떠들어댄 결과, 길드 이름은 막강 대전고 길드로 정해졌다. 참으로 유치가 하늘을 찌르고 뽕짝이 부르스를 춰댈 만한 길드 이름이다.

용태가 이어서 말했다.

"그럼 길드 마스터를 정해야 하는데, 여기에 건의할 사람?"

순간 나에게로 쏠리는 모두의 시선. 이미 예상은 하고 있었다. 내가 마스터 레벨이거니와 나만큼 경험이 풍부한 놈도 없을 테니까. 하지만 길드 마스터란 게 꽤 귀찮은 건데.

나는 대충 핑계를 둘러댔다.

"난 바빠서 길드를 제대로 운영할 수 없을 거야."

그러자 모두들 '아~ 마스터 레벨이면 바쁘겠구나' 하는 표정을 지었다. 단 한 사람만 빼고.

"흥! 바쁘긴 뭐가 바빠? 귀찮으니까 내빼는 거 아냐? 하여간 맘에 안 들어!"

김선미. 쟤하고 눈을 마주칠 때마다 눈에 스파크가 일어서 제대로 보기가 힘들어.

"능력도 없고, 돈도 없고, 경험도 안 돼서 일부러 내빼는 거 아냐?"

그래, 나 능력없다. 후후! 하지만 내가 네 속셈을 모를 줄 알았더냐?

선미는 나를 흥분하여 도발시킨 뒤 자신과 한번 겨뤄보자는 뜻을 명백히 비추고 있었다.

"듀라야."

옆에 세희가 내 손을 꼭 잡고 '선미하고 사이좋게 지내' 라는 눈빛을 보냈다. 세희 얼굴을 봐서라도 당근 참아야지. 나는 21세기 최고의 인내심 청소년.

"호오~ 세희하고 히히덕거리느라 바쁜 모양이로구나! 그럴 줄 알았어! 마스터 레벨은 무슨! 쟤도 역시 양심불량, 능력없는 소더러였어!"

'……!'

순간 김선미가 내뱉은 말, '세희하고 히히덕거리느라 바쁜 모양이로구나' 라는 부분에서 내 이성의 끈이 뚝 끊어지고 말았다. 저 전기 먹은 계집이 방금 뭐라고 했느냐?

"…능력이 있는지 없는지는 붙어보면 알 거 아닌가?"

“뭐?”

선미가 약간 놀라는 투로, 하지만 걸려들었단 표정으로 날 바라보았다. 나는 최대한 얼굴을 화알~짝 펴며 그녀에게 다시 말했다.

“붙어보면 알 거 아니냐고? 네가 원하던 게 그거 아니었나?”

험악해진 분위기 사이로 용태가 끼어들어 우리 둘을 말렸다.

“마듀라, 참아! 힐도라(선미의 닉네임), 너도 왜 그래? 왜 그렇게 신성일 못 잡아먹어서 안달이야?!”

“됐어! 잘됐어! 마듀라! 나가자! 한번 붙어보자고!”

나는 선뜻 그녀의 요구를 승낙했다. 나와 선미 사이를 지켜보던 세희가 걱정스런 얼굴로 내 팔을 잡았다. 하지만 나는 말 대신 눈빛으로 그녀에게 뜻을 전했다.

남자에겐 피할 수 없는 싸움이 있는 거야. 그것이 바로 자존심 싸움이지. 자존심 싸움이야말로 사나이의 로망!

캬~ 죽인다! 사나이의 로망! 말로써 내뱉었다면 더 좋았을 것을…….

“야! 싸움이다, 싸움!”

“어서어서 나가! 붙어붙어!”

“선생님! 좀 말려보세요!”

반 애들은 좋은 구경 났다 신나게 떠들어대는 도중, 용태만이 선생님들에게 구조 요청을 보냈다. 하지만 선생님들의 반응은 태연했다.

“애들은 싸우면서 크는 거지.”

그것은 참된 교육자로서의 한마디였다.

퍼브 밖.

“오늘 이 자리에서 마스터 레벨을 꺾어보이겠어!”

각오가 대단하시군. 감히 날 이길 수 있으리라 생각하는가? 싸워보지 않아도 이 게임은 99% 반올림 둘째 자리 수까지 내가 이긴다. 레벨 119와 마스터 레벨의 차이는 엄청난 것이다. 마스터 능력치와 마스터 스킬, 마스터 무기의 능력을 무시할 수 없기 때문이다. 그런데 한낱 90짜리 캐릭터가 나에게 개겨봐야 얼마나 개기겠는가?

전기먹은 계집. 내가 이 자리에서 마스터 레벨의 공포와 이 많은 인파들에게 쪽을 당하게 해주고, 동시에 그 싸가지를 고쳐 개과천선시키겠노라!

"아 유 레디? 라운드 원."

담임 선생님이 직접 심판을 보셨다. 싸움을 말리긴커녕 심판을 보시겠다니…….

나는 세희에게로 시선을 돌렸다. 걱정스러운 얼굴로 날 바라보고 있는 그녀. 나는 그녀에게 걱정하지 말라고 싱긋 미소를 지어준 뒤, 조용히 자세를 잡았다.

곧 이어 시작 신호가 떨어졌다.

"파이트!"

"체인 라이트닝 오브 라이트닝 스트라이크!"

시작 신호가 떨어지자마자 김선미가 미리 외워뒀던 스킬을 시동시켰다. 뇌격계 주문, 그것도 중상급짜리 두 방.

참내, 누가 전기먹은 계집 아니랄까 봐 번개 공격 쓰는 거 봐라.

나는 손바닥을 앞으로 가져가며 검기막을 몸 주위에 펼쳤다. 선미의 뇌격 공격은 나의 검기막에 가볍게 막혀 버렸다.

그러자 주위에서 탄성이 흘렀다.

"선미의 히스테리 공격을 막았다!"

"대단해! 이제 선미의 시대는 갔구나!"

"시끄러! 닥쳐! 조용히 못해? 대갈통을 찌릿하게 해줄까?"

오우~ 히스테리 부리는 거 보면 지하철에서 자리 싸움 난 노처녀 아줌마로군.

"이번에 끝장을 내주겠어! 어디 이것도 받아보시지! 라이트닝 스톰!!"

이번엔 번개 폭풍이다. 번개 공격만 쓰는 거 보니까 속성은 천(天)인가 보다. 여기서 마법사는 각각의 속성을 가지는데, 한 계열 원소의 특정 마법을 특히 잘 쓴다는 그런 것이다.

어쨌거나 나는 왼손 손바닥을 펴, 앞에 지름 1m짜리의 그것, 검광진을 펼쳤다. 소더러만의 기술. 흡사 마법진 비슷하게 생각할 수 있는 이것은… 보면 안다.

"……?"

완성된 검광진에 손바닥을 가져가자 번개 폭풍은 서서히 위력을 잃어가며 사라졌다. 검기를 이용한 마법 속박이다.

번개 폭풍이 완전히 걷혀지자 선미가 상당히 흥분하며,

"이, 이럴 수가! 어째서? 이게 정말 죽고 잡냐!!"

"선미 양, 흥분하면 주름살 늘어요. 낭랑 18세에 아줌마 소리 들으면 기분 나쁘지 않아요?"

"죽여 버리겠어!!"

선미가 사투리 섞인 욕지거리를 내뱉으며 마법 캐스팅을 준비했다. 바보가 와서 오야붕 할 만한 짓이다. 세상에 마법사가 마법 캐스팅 완료할 때까지 기다려 주는 정신 이상 분열 자폐증 환자가 어디 있단 말인가?

나는 오른손 검지를 펴, 공기 중에 한 번 그었다. 손가락이 지나간 자리에 검은색 초생달 모양의 검기가 나타났다. 그것은 선미에게로 빠르게 쇄도해 나가며 그녀의 어깨 로브를 가볍게 찢고 지나갔다.

"꺄악!"

덕분에 마법 캐스팅을 실패한 선미는 비명을 지르며 뒤로 물러났고, 나는 그에 그치지 않고 손가락으로 검기를 연속해서 만들어내 선미에게 쏘아 보냈다. 흐흐! 잠시 후에 나올 나의 작품을 기대하시라.

"꺄악! 꺅! 꺅!"

검기 공격에 옷이 찢겨 나가는 그녀를 보며 반 남학생들과 구경꾼 유저들이 환호와 탄성을 질렀다. 아무리 가려도 속살 다 보인다.

"마듀라, 파이팅이다!"

"좀 더! 더더!"

"그래, 그렇게 찢어! 찢는 거야!"

"어우! 변태들!"

주변은 혼란의 도가니가 되었고 선미는 땅바닥에 주저앉아 울먹이다시피 하였다. 승패는 이미 결정되었다. 그러게 이 오빠한테 잘 보였어야지. 진작에 잘 보였으면 이런 개쪽 당하진 않았잖아? 이제 아래쪽 로브 부분만 찢어내면…….

"내가 졌어! 내가 졌다고! 흑! 내가 졌으니까 그만 해. 훌쩍!"

울먹일 때가 다 되어서야 선미가 패배를 시인했다. 동시에 주위에서 안타깝다는 탄성이 퍼졌다. 물론 나도 안타깝다. 조금 더 개겼으면 볼 장 다 보는 건데.

그냥 계속 찢을까?

"힐도라, 기권 패! 마듀라 승!"

막 손을 뻗으려는데 선생님이 경기를 마무리지어 버렸다. 이런 어이 없는? 저거 지금 학생 인권 무시한 거지?

오늘이 토요일이다. 그리고 다음날이 일요일, 휴일이다. 즉, 토요일 날 밤을 새도 다음날이 쉬는 날이기 때문에 부담없이 밤샘 노가다를 할 수 있다.

이날은 학/폐 날로 불리며, 연휴가 겹치면 그야말로 폐인들의 세상 살이가 시작된다. 참고로 학/폐는 학생 폐인이란 뜻이다.

"실리, 오늘은 밤 샐 거야."

"밤을 새다니? 아, 게임으로 밤을 샌다고? 어떻게?"

"그야, 레벨 업 노가다지! 우선 레벨 1부터 20까지 노가다의 격전지 라 불리우는 아마디스 숲으로 가야 해. 내가 도와줄 테니까 긴장하지 말고! 아마디스 숲으로 출발!"

"출발!"

그렇게 우리는 이라스를 벗어나 아마디스 숲으로 향했다.

아마디스 숲.

가니아 대륙의 1/15을 차지하는 큰 숲으로 오크, 슬라임 등의 하급 몬 스터들이 모여 있는 저 레벨들의 사냥터이다. 이곳에서 레벨 2~30까지 만들 수 있는데 숲에 깊숙이 들어갈수록 더욱 강한 몬스터들이 출현한 다.

숲에 들어선 우리들은 몇몇 몬스터들과 마주쳤다. 하지만 그런 몬스 터들은 피해 어느 지점으로 향했다. 아마디스 숲에 몬스터 천지인 곳 을 내가 알고 있다. 듬성듬성 떨어져 있는 몬스터들 찾기가 얼마나 짜 증나는가? 그냥 떼거지로 불러 모아 대량 학살 시키는 게 더 경제적이 고 전력을 보충하는 데 훨씬 더 이득인 것이다.

지금 우리의 목적은 단시간 내에 레벨 업이니까.

"숲에 꽤 들어온 것 같은데, 아직이야?"

"거의 다 왔어."

1시간 정도 숲 안으로 들어섰을 것이다. 옆 풀숲이 움직이더니 웬 돼지머리가 튀어나왔다. 그것도 꽤 많이.

도착인가 보군. 나는 아이템 창에서 세희 몸집만한 대검을 꺼내 들었다. 그리고 세희한테 일러두었다.

"실리, 네가 할 일은 크리티컬 운즈로 몬스터들을 공격하는 거야. 스킬 사용법은 타격을 줄 상대에게 시동어를 외쳐. 아, 꼭 말하지 않아도 돼. 속으로 생각해도 스킬은 나갈 테니까."

"응, 알았어!"

곧 오크 무리가 달려들었다. 오크의 숫자는 50마리. 그 뒤에 대기하고 있을 미믹이나 슬라임, 호넷들도 있을 것이었다.

좋아! 그럼 시작해 볼까?

의외로 세희는 잘 싸웠다. 신관의 스킬들을 제법 요령있게 사용할 줄 알거니와 공격법도 스스로 익혀 나갔다. 전투에 본능적으로 타고난 건지, 가르칠 게 없어 내가 다 허무할 정도로… 지금 내 마음을 표현하자면 제자가 너무 잘난 나머지 가르칠 게 없는 스승의 심정이랄까? 이 정도면 4년 전 오픈 때부터 시작해서 지금까지 마스터 레벨은 되고도 남았겠다.

"……."

속으론 세희에 대해 감탄을 연발하면서도 겉으론 달려드는 오크의 대가리를 검으로 후려갈기는 중이었다.

　카도라스의 액션엔 그리 잔인성이 들어가 있지 않다. 피가 튀거나 살점이 떨어져 나가는 등의 모션은 있지만 잘린 파편이나 사망한 시체는 바로바로 사라져 버리기 때문에 시체가 발밑에 쌓이지 않는다. 시체가 쌓였으면 세희는 지금쯤 구토감을 느꼈을걸?

　거의 다섯 시간가량을 숲에서 뒹굴었을 것이다. 지금 시각 새벽 3시. 게임은 게임인지라 실제 피곤함은 느껴지지 않았다, 다만 캐릭터의 액션이 느려지는 것뿐. 그것도 세희가 피로 회복 주문을 쓰면 깨끗이 사라지거니와, 나는 마스터 레벨이라 몇 시간을 움직여도 피로가 잘 쌓이지 않는다. 이 정도 전력이면 24시간 노가다에도 끄떡없을 것이었다.

　"후유~ 이제 몬스터들도 더 이상 안 오려나 보다. 10분 정도 기다리면 또 쌓이겠지만. 지금 레벨 몇인지 알아?"

　"응. 잠깐만."

　잠깐의 짬을 이용해 세희에게 묻자, 그녀는 대답과 함께 오른손을 허공에 펼쳤다. 모션과 생각만으로 스탯(스테이터스의 줄임말) 창을 켠 것이다. 물론 개인 정보를 위해 타인에겐 스탯 창이 보이지 않는다.

　잠시 후 세희가 어정쩡한 미소를 지으며 말했다.

　"13인데? 별로 레벨 업을 못한 것 같다."

　"아니야! 다섯 시간 만에 그 정도면 다른 사람은 엄두로 못 낼걸? 처음 하는 사냥치곤 꽤 잘하는구나."

　"정말? 그럼 듀라는 레벨 몇인데?"

　"응. 나는……."

　나는 대답하려다 말고 잠시 망설였다.

　사실대로 밝힐까? 아님 거짓말을 해야 하나.

"난 레벨 10."

"어? 그거밖에 안 돼? 내가 더 높네?"

"실리는 게임에 타고났다니까."

"호호! 아, 몬스터들 다시 나타났다. 어서 일어서야지! 듀라보다 먼저 레벨 20을 만들고 말겠어!"

"그전에 스탯 포인트를 찍어야지. 신관은 가즈 포인트(신력)에만 무조건 스탯을 찍어."

"응, 찍었어! 가자!"

세희가 먼저 몬스터들 사이로 뛰어들었다. 나도 뒤이어 몬스터들 사이로 뛰어들었다. 나도 빨리 넥스트 레벨 15를 향해 가자!

뭐~니 뭐니 해도 레벨 업은 폭렙(폭발적인 레벨 업)이다. 폭렙을 어떻게 하느냐? 자신보다 레벨 높은 몬스터를 사냥하면 폭렙을 할 수 있다. 참고로 나는 거의 폭렙으로 레벨 업을 했다고 볼 수 있다.

사실 폭렙이 아니면 4년을 꼬박 게임에 빠져도 마스터 레벨에 이르기 어려운 것이다. 하지만 폭렙에는 상당한 위험성이 따른다. 자신보다 레벨 높은 몬스터를 상대하는 것부터 그렇다.

그럼 자신보다 레벨 높은 몬스터를 어떻게 사냥하느냐? 그것엔 수많은 방법들이 있다.

가장 효과적인 방법은……

"이것 봐! 오늘부터 일주일간 가니아 대륙에서 타워 이벤트를 한대! 이벤트 내용 죽여! 우선 타워에 들어가서 몬스터를 사냥하면 경험치를 주는데, 일반 경험치에 2배나 되는 경험치를 준댄다. 그런데 그 경험치는 타워의 보스를 깨지 못하면 말짱 도루묵으로 사라진대. 이건 그렇다 쳐도 더 웃긴 게 뭔 줄 아냐? 파티(팀)로 게임을 하다가 일거수가 로그아웃하면 그가 가지고 있던 경험치는 팀 내의 동료들에게 나눠진댄다. 캬! 이거 폭렙할 수 있는 절호의 기회 아니냐?"

나는 순간 귀가 번쩍 뜨였다. 폭렙할 수 있는 기회! 어제까지 18시간 사냥으로 레벨 20에 이른 나와 세희에겐 절대 반가운 소식이었다.

이벤트의 내용인즉슨 위에 용태가 말한 대로,

가니아 대륙에 있는 3백 개의 타워에서 이벤트를 한다. 몇 명이 팀플로 참가하든 상관없지만 일단 타워의 몬스터들을 죽여 나가며 경험치를 모아간다. 그리고 타워의 맨 꼭대기 층 보스를 깨면 모아놓은 경험치를 가질 수 있다. 단, 도중에 로그아웃하면 지금까지 타워에서 모았던 경험치는 팀 전원에게 골고루 나눠진다.

"애들아! 우리 막강 대전고 길드가 오늘 이벤트를 한다! 오늘 저녁 7시! 이라스 동쪽 퍼브다! 이 소식을 옆반 애들에게 널리 공포하여라!"

"와아아아아아!!"

곧 이어 열혈남아 다섯 명이 다른 반에 이벤트 소식을 전하러 교실 밖을 뛰쳐나갔다. 그래, 사람이 많으면 많을수록 좋지.

나는 복도 쪽 창가 맨 앞 자리에 앉아 있는 세희에게 다가갔다.

"세희야, 이벤트 내용 들어서 알고 있지? 내가 책임지고 세희를 폭렙시켜 줄게."

"……?"

'폭렙? 그거 한번에 레벨 업을 하는 거 아냐? 전에 폭렙은 위험하다고 하지 않았어? 그리고 무슨 수로 폭렙을 해?'

나는 세희가 보내는 눈빛의 뜻을 파악하고 싱긋 미소 지었다.

"나와 마듀라만 믿어!"

"……."

세희는 멀뚱히 눈만 깜박이고 있을 뿐이었다.

이라스 동쪽 퍼브 앞.

퍼브 앞엔 200명 가까이 되는 인원이 모여 있었다. 나와 세희를 포함한 막강 대전고 길원 25명 전원은 물론이고 2학년 다른 반도 끌고 나온 것 같았다. 그리고 일반 유저들도 파티에 참여하게 된 듯 파티에 끼어 있었다.

용태가 나에게 말했다.

"어이, 마듀라! 어서 파티에 붙어! 실리도 붙고!"

"파티 비밀번호는?"

"12345."

단순한 비밀번호구나. 그간 알아본 건데 용태는 상당히 단순한 뇌구조를 가진 놈이란 것이다. 아마 카도라스 아이디도 전용태의 jyt와 그 뒤에 붙은 생년월일일 것이고, 비밀번호는 12345678/123456일 것이다. 뭐, 추측이니까 너무 믿지는 말고. 어쨌거나 그룹 창을 띄워 창 안에 숫자를 입력했다. 일개 파티에 들어가기 위해서는 그 파티의 비밀번호를 알아야 하기 때문이다. 그리고 파티는 레벨 20 이상부터 할 수 있다. 레벨 1~2짜리 저 레벨이 폭렙을 하게 되면 단번에 중렙을 넘어설 수 있기 때문에, 게임성을 생각하여 운영자들이 그렇게 정한 것이다.

세희한테는 전에 파티하는 방법을 가르쳐 줬기 때문에 그녀도 가볍게 파티에 참여했다.

[파티에 참여했습니다.]

카도라스 안내원의 목소리가 들려오고 난 후 용태가 퍼브 앞에 있는 작은 단상에 올라가 외쳤다.

"좋아! 마스터 레벨도 붙었겠다! 우리는 천하무적이다!"

"와아아아아아!!"

"우리의 목적지는 크로겟 타워… 로 하려 했으나, 생각해 보니 마스터 레벨이 있는 우리 파티에 그 어떤 시련과 고난이 있겠는가? 우리는 천하무적 막강 대전고 길드! 목표는 가니아 대륙, 최고의 타워로 인정받고 있는 골드 타워다!"

"와아아아아아!!"

용태 녀석, 나를 내세워 유저들의 사기를 올려대다니. 약았다.

곧 그룹이 떼를 지어 골드 타워로 향했다. 서로 부푼 꿈을 안고… 곧 이어 닥쳐올 험난한 여정과 허무한 미래를 누구도 예상하지 못한 채… 음하하하하!!

가니아 대륙은 전에 조금 설명했다시피 세잎 클로버 모양으로 생겼다. 그중 서남쪽으로 뻗어 있는 잎, 중앙에 이라스가 있고 더 아래쪽으로 아마디스 숲이 있다. 이라스의 북동쪽으로 올라가 보면 알스카디 산맥이 있는데 이 산맥이 서남쪽으로 뻗어 있는 서남 잎사귀 대륙의 보호막 역할을 한다.

그 알스카디 산맥을 넘어서면 푸른 초원과 숲, 광활한 대지가 펼쳐져 있다. 그리고 그 땅에는 3백 개가 조금 넘는 타워가 세워져 있는데, 그중 가장 어렵고 험난하다는 타워가 바로 골드 타워다.

하루가 조금 지나서야 타워에 도착한 200명의 일행들. 아직까지 단한 명의 낙오자도 없었다. 아참! 하루가 지났다고 했는데 게임의 시간과 현실의 시간은 같이 흘러간다. 무슨 말인지 알겠는가? 게임을 하루 동안 했다는 뜻은……!

학교를 빼먹었단 소리다.

하지만 문제될 건 없었다. 전날 담임 선생님한테,

"선생님, 오늘 저희 반 전체가 카도라스 이벤트를 하게 되어 학교에 출석을 할 수 없게 되었습니다. 3일의 시간을 주십시오."

라고 했다. 그러자 선생님 왈,

"그래? 교감 선생님껜 잘 말해 둘 터이니 나도 같이 가자. 물론 학교에는 출석으로 체크돼 있을 것이니 염려 말거라."

크으! 얼마나 대단한가? 학생들의 의견을 존중하는 선생님! 그 선생님이 지금 내 옆에 있다.

"교사가 수업 빠져도 돼요?"

"교감 선생님껜 특별 체험 학습 간다고 일러뒀다. 따라서 담임 선생인 나도 체험 학습에 가지."

그러니까 체험 학습 간다고 뻥치고 게임하러 왔다는 것이군. 그것도 3일씩이나… 대단해.

골드 타워는 기울어지지 않은 피사의 사탑을 떠올리면 그 모습이 쉽게 상상된다. 하지만 그 규모는 63빌딩의 두 배 크기에 층도 48층이나 된다는 것이다.

골드 타워의 몬스터로는 오우거, 트롤, 미노타우르스 등의 중급 몬스터들이며 레벨은 대략 50~80대. 나라도 혼자 꼭대기 층에 도달하려면 꼬박 사흘은 걸린다. 날아간다면 모를까.

“좋아! 골드 타워의 길은 단 하나! 일단 10층까지 돌격한 뒤 그곳에서 대열을 정비한다! 모두 20열 종대!”

용태의 명령에 따라 학생들이 20열로 줄을 서 10줄을 만들었다. 나와 세희는 앞에서나 뒤에서나 몬스터들의 공격을 받지 않는 다섯 번째 줄에 서게 되었다.

“돌격!!”

용태가 앞장서서 골드 타워로 달려나갔고 길원들이 그의 뒤를 따랐다. 골드 타워의 내부는 20명이 한 줄로 들어가고도 남을 정도로 공간이 넓었기에 돌격하는 데 어려움은 없었다.

“우와아아아아아아이!!”

우리의 함성 소리를 들은 타워의 몇몇 몬스터들이 이쪽으로 달려왔다. 어차피 길은 하나. 무조건 돌진하여 녀석들을 물리치고 가야 한다. 일명 무대포식 밀물 작전.

소름 끼치는 괴음과 함께 몸집만 4~5미터에 육박하는 오우거와 트롤들이 맨 먼저 우리 일행들을 맞이했다. 우리 일행들은 수적 우세로 10여 마리에 육박하는 오우거와 트롤들을 100명이 달려들어 다구리 까고 쥐패서 이겼다. 참으로 부끄럽고 창피한 싸움이 아닐 수 없다.

옆에서 나와 함께 싸우는 모습을 지켜보던 세희가 물었다.

“우리는 안 싸워?”

“안 싸워도 돼.”

“그치만 경험치를 못 받잖아.”

“후후, 걱정 마. 나만 믿어.”

“……?”

"우와아아아아!! 돌격이다아!!"

시끄러운 함성 소리가 길게 이어진 골드 타워 내부를 쩌렁쩌렁 울렸다.

드디어 골드 타워 10층.

여기까지 올라온 수는 150명. 나머지는 몬스터한테 아웃당하거나 자진 포기한 놈들이다. 물론 그 녀석들이 골드 타워에서 받은 경험치는 모두 우리에게로 돌아왔다. 이거야말로 누워서 죽 먹기, 식은 떡 먹기인 셈인 것이다. 뭐, 저 꼭대기 층의 보스를 깨지 못하면 말짱 도루묵이지만.

"좋아! 여기까지 잘 와주었다, 제군들! 이번 목표는 20층이다! 대열 정비! 돌격!!"

10분 정도 쉬었을까? 다시 강행군이 시작되었다.

처음보단 많이 떨어졌지만 여전히 우렁찬 기합 소리를 지르며 달려가는 녀석들이었다. 그나저나 10층부터 몬스터가 한층 더 업그레이드될 텐데 괜찮으려나?

곧 이어 우리의 앞에 세 마리의 미노타우르스가 리젠(리제네레이트 줄임말, 재생)되었다. 지금까지 10층을 올라오는 도중 미노타우르스를 본 것은 이번이 처음이었다.

미노타우르스는 몸집만 8m에 힘도 오우거에 몇 배에 달하고 양손에 배틀 엑스를 든, 일반 중급 유저도 상대하기 껄끄러운 녀석이다. 내가 도와줘야 하나?

"우아악! 죽여 버려! 괴물 X끼!!"

"으아아! 밟아! 찢어! 지져! 태워!"

"삶아, 구워, 식혀, 먹어!"

하지만 미노타우르스들을 요리하는 모습에 나는 방금까지 도와야겠다
는 생각을 씻어버렸다. 잔인한 놈들… 다구리엔 장사 없다더니, 4~5마
리까진 어떤 몬스터든지 피 하나 안 보고 처리하겠군.

그렇게 몬스터들을 요리하며 타워를 오르길 20시간. 드디어 40층에
도달할 수 있었다. 카도라스 4년 역사상 200명의 인원이 20시간 만에
골드 타워 40층에 도달했다는 것은 신기록인 것이었다.

뭐, 용태의 형편없는 용병술과 지휘에 그나마 단시간 내에 오긴 했
지만 피해가 좀 컸다.

40층까지 올라온 사람은 고작 다섯 명. 어이가 없어라. 역시 뇌세포
가 부족한 단세포 동물에게 지휘를 맡기는 게 아니었는데.

"하하, 피해가 좀 있었지만 오긴 왔구나."

여기까지 올라온 사람은 나와 세희, 용태와 김선미, 그리고 후드로
얼굴을 가리고 있는 한 사내가 전부였다. 세희를 제외하면 모두 레벨
90 이상이었다. 후드로 얼굴을 가린 사내에게 물어보니깐 90이라더라.
뭐, 사실인지 아닌지는 잘 모르지만, 어쨌든!

8층만 더 오르면 보스 층이다!

"자, 좀만 더 오르면 보스 층이다, 제군들! 지금껏 죽어 나간 동료들
의 경험치를 헛되이 날리지 않도록 하며, 반드시 보스를 무찌르자!"

"와아."

"……."

"……."

함성을 지른 건 나뿐이었다. 갑자기 무지 X팔리는…….

옆에서 김선미가 날 갈궜다.

"이 빙충아! 상황 파악 좀 해라! 지금이 함성 지를 때냐? 아유!"

그래, 나 빙충이다. 빙충인데 니가 보태준 거 있냐? 전기먹은 아줌마 같으니!

내가 속으로 욕지거리를 날리는 사이. 앞으로 걸어나가던 용태가 갑자기 발걸음을 뚝 멈췄다.

세희가 물었다.

"무슨 일이야? 왜 가다가… 앗!"

순간 세희도 놀라고, 용태도 놀라고, 김선미도 놀라고, 후드 남자도 놀라고 나만 안 놀라 버렸다. 앞을 가로막고 있는 저 정체 불명의 몬스터! 저것은……!

멸종 위기에 직면한 천연기념몬스터 135호 좀비 드래곤이 아닌가?

내가 마스터 레벨이 되기 전에 카밀리베아 대륙에서 딱 한 번 본 적 있었다. 썩어빠진 살점에 뼈만 남아 있는 앙상한 드래곤의 몸체. 녀석의 최대 무기인 산성 브레스는 염산과 황산을 2대 3의 비율로 섞은 뒤, 히타늄 가스를 혼합한 프록메타니움일산성화탄가스다. 간단하게 산성 브레스라고도 한다. 이거 외우려고 몬스터 도감과 씨름했던 기억이 새록새록.

"야, 저거 처음 보는 몬스턴데? 위험한 거냐?"

희귀종 몬스터라 용태도 모르는 모양이었다.

나는 잘난 체나 할 겸 좀비 드래곤에 대해 설명했다.

"좀비 드래곤. 염산과 황산을 2대 3의 비율로 섞은 뒤, 히타늄 가스를 혼합한 브레스를 사용 하며 브레스의 공식 명칭은 프록메타니움일산성화탄가……."

"닥쳐! 빙충이!"

빠악—!

순간 전기먹은 년이 나의 말문을 막으며 내 머리를 주먹으로 박았다. 그리고 그 순간 혀가 꼬여 버려 며칠을 외웠던 좀비 드래곤의 데이터가 모조리 날아가 버렸다!

이런 말도 안 되는……? 며칠을 외운 건데!

"나와 용태 선에서 끝낼 테니 너흰 지켜보고 있으라구! 흥!"

김선미가 코웃음을 치며 용태와 함께 좀비 드래곤에게로 달려들었다. 이번 기회에 나에게 무너진 자신의 능력을 어필해 보려는 것이었다. 그런데 저 좀비 드래곤 브레스에 맞으면 살이 썩어서, 얼렸다 녹인 요구르트가 되는데 괜찮을까? 아무렴 어때. 저 전기먹은 아줌마가 맞으면 좋겠다.

드래곤이,

촤아아아아아아아아—!!

하고 브레스를 내뿜으면 비명 소리가 그 뒤를 잇는…….

"꺄아아악!"

"으아아악!"

그래, 바로 이 소리! 뭔가에 몸이 녹아드는 듯한 고통을 받을 때 나는 이 소리!

그런데 선미하고 용태가 어디 갔지?

희생자 둘이 늘었다. 고로, 그들이 지금까지 모았던 골드 타워에서의 경험치는 나와 세희와 후드사내에게 골고루 돌아갔다. 무려 197명의 경험치를 갖게 된 우리. 그것도 곱하기 2로.

"좋았어. 이 정도 경험치라면 레벨 60은 만들고도 남겠어! 실리, 너는 여기 꼼짝 말고 있어. 이봐요, 후드 아저씨, 실리 좀 봐줘요."

“…나, 아저씨 아니야. 이래 봬도 18살이란 말이다.”

허어~ 그런가? 얼굴이 보여야 말이지. 그나저나 나랑 동갑? 그럼 말 놔야지!

“아무튼 실리 좀 봐줘.”

“잠깐! 저 드래곤과 싸우려는 것인가?”

“그럼 드래곤하고 춤이라도 추리?”

“…내가 한다. 넌 뒤에서 쉬고 있어.”

오~ 직접 싸우겠다고? 뭐, 나야 이 시대의 밝디밝은 청소년이니까 상대방의 호의를 무시할 이유는 없지. 그래서 친척들이 돈 주면 덥석덥석 다 받아먹고. 히힛!

나는 대답 대신 뒤로 한 발자국 물러섰다.

내 또래라 밝힌 검은 후드의 사내는 좀비 드래곤에게 다가가며 뭐라 중얼거리기 시작했다.

마법 스킬인가? 로브를 쓴 걸로 봐선 대충 마법사라 예상은 했었지만…….

좀비 드래곤은 후드사내가 가까이 다가오자 으르렁거리며 경계를 하더니 곧 그가 범위 안에 들어오자 프록메타니움일산성화탄가스를 발사했다.

그리고 그 순간 후드사내가 오른손을 앞으로 뻗었다. 그러자 그의 앞에 일어나는 엄청난 회오리 폭풍! 뒤로 펄럭이는 로브 자락과 한데 어울려 일어나는 그 윈드 허리케인은 좀비 드래곤의 프록메타니… 어쨌든 산성 브레스를 가볍게 중화시켰고, 이어서 네 갈래로 서서히 분열되어 나갔다. 순식간에 산성 브레스를 막아내는 마법이라니? 위력이 대단한데?

"……!"

후드사내가 앞으로 뻗었던 오른손을 위로 들어 올렸다. 그러자 분열된 네 개의 윈드 허리케인은 좀비 드래곤에게로 빠르게 쇄도해 들어갔다. 마치 날카로운 전기 톱날이 쇠를 가르는 소리를 일으키며 그것은 좀비 드래곤을 둘러쌌다.

"대단하다……."

나나 세희나 그 광경에 감탄사밖엔 나오지 않았다. 네 개의 바람 기둥 안에서 비명을 지르는 그 좀비 드래곤의 모습은 진짜 같은 연출이었던 것이다. 정작 당사자인 좀비 드래곤은 아파 죽을려고 하지만.

쿠어억! 쾌액! 쿠억아악우어액!

결국 허리케인의 공기류 압력을 견디지 못한 좀비 드래곤의 몸체가 이리저리 찢겨져 나갔고, 찢긴 좀비 드래곤의 몸체는 공간에 흩어져 형체조차 보이지 않았다. 윈드 허리케인의 위력이 거치고 나서야…….

"후우, 끝났군. 올라가지."

후드사내가 태연하게 발걸음을 돌렸다. 저 자식! 레벨 90은 거뜬히 넘을 것 같은데… 도대체 정체가 뭐지? 내 카도라스 4년 동안 저 정도로 위력적인 마법 스킬을 사용하는 녀석은 본 적이 없었다.

―크크크! 잘 왔다, 인간들이여. 나의 귀여운 애완용(좀비 드래곤)을 가볍게 해치우다니, 보통 내기는 아닌 것 같군! 크크크…….

어둡지는 않은 공간이었다. 원형 룸 안, 가운데 놓인 파란색 불꽃 때문인지 주위는 상당히 환했다. 그리고 그 불꽃을 기준으로 반대 편에 보이는 검은 로브의 보스 몬스터. 이 골드 타워의 최종 보스 리치 킹이다. 어떻게 생겼냐고?

학교 과학실에서 인체 골격 표본 찾아서 천 원짜리 보자기 뒤집어 씌워 봐라, 그게 바로 리치다. 그리고 2천 원짜리 약간 고급스틱한 보자기 뒤집어씌우면 그게 리치 킹이다.

아차! 세희가 리치 얼굴 보면 놀라 기절할지도…….

—자, 그럼 잔말 말고 시작해 볼까? 이곳에 발을 붙인 이상, 살아 돌아갈 생각은 하지 않는 게 좋을 것이다!

쟤, 바보 아냐? 로그아웃하면 살아 돌아갈 수 있다는 걸 모르는 모양이군?

리치 킹의 말을 끝으로 그의 뒤, 벽에서 이상한 그림자들이 튀어나왔다. 평범한 리치 열 마리였다. 난 또 뭐라고… 가 아니었다!

"꺄악! 귀신이다!"

놀라 비명을 지르는 세희를 진정시키는 게 더 급선무다. 여기서 무섭다고 로그아웃하면 지금까지의 노력이 다 허사가 되는 것이다.

"진정해, 실리. 내가 지켜줄 테니까. 여기서 조용히 쭈그리고 앉아 있을래? 금방 끝낼게."

"으응."

후우~ 다행이다. 금방 진정을 되찾았으니.

좋아! 그럼 사냥 시작이다. 후드사내는 이미 시작했군. 벌써 파이어월로 리치 네 마리를 지지고 있었다. 저대로 구워버리면 아무짝에도 쓸모없는 뼛가루가 되고, 삶아버리면 쓸모없는 곰탕이 된다. 그렇다! 리치는 아무짝에도 쓸모없는 뼈다귀일 뿐이다!

앗! 그렇지! 지나가는 똥개한테 줘버리면 쓸모가 있지 않은가? 역시 옛 조상들로부터 전해져 왔던 '개똥도 쓸모가 있다' 란 말이 맞았어.

속으로 이런저런 생각을 하며 손을 휘휘 젓던 나는 어느새 검광진을 완성시켰다.

오른손 손바닥에 검광진에 가져다 대며 외쳤다.

"검진열참연력광참!"

그러자 검은색 초생달 모양의 빛들이 쏟아져 날아와 리치 다섯 마리를 숭숭 썰어버렸다. 아, 여기서 이건 깍뚝 썰기다. 채썰기하면 뼈가 상할 수 있거든.

"아이스 애로우!"

후드사내도 마지막 일격으로 리치 한 마리를 보내 버렸다. 둘 다 별 힘들이지 않은 상태였다. 솔직히 너무 싱겁다.

리치 킹이 뒤로 흠칫 물러서며,

—보, 보통 이상이로군! 크윽!

"흥! 넌 내가 물로 보였니?"

—하지만… 이대로 물러설 순 없다!

리치 킹 아저씨가 갑자기 세희에게로 달려드는 것이 아닌가? 빼꼼히 싸우는 모습을 구경하던 세희가 갑자기 달려드는 해골의 모습에 비명을 질렀다.

저 자식이 감히 누구한테! 장차 나의 신부(?)가 될 사람한테 어딜 감히!

"죽엇!"

—크억!

나의 검기 공격에 팔이 잘려 나간 리치 킹이 움직임을 멈췄다. 후드사내의 공격이 이어졌다.

"파이어 볼!"

콰아앙!

후드사내가 쏘아 보낸 파이어 볼의 구체에 의해 리치 킹의 대갈통이 시원하게 깨져 나갔다. 후드사내와 눈이 마주쳤다 싶을 때에 살짝 고개를 끄덕여 고마움을 표한 나는 세희에게 다가갔다.

"실리, 괜찮아? 어디 다친 데는 없어?"

"괜찮아. 조금 무서웠지만 뭐."

표정을 봐서는 괜찮지 않아보이는데… 눈물도 찔끔했구만. 이런 걸로 울기까지 하다니… 하여간 점점 보호 본능이 자극된다니깐.

"그나저나 레벨 업은 많이 했나?"

그때 후드사내가 다가와 물었다. 그래, 깜박하고 있었다. 레벨이 얼마나 올랐을까나?

스탯 창을 열어보자.

견습 용병 Lv.63.

이라고 적혀 있는 걸 확인할 수 있었다. 레벨이 20에서 63으로 훌쩍 뛴 것이다. 무려 43이나 폭렙을 해버리다니! 간만에 느껴보는 폭렙의 희열! 오오오!

그나저나 세희는 얼마나 업했으려나?

"실리, 레벨 몇인지 확인해 봐."

"훌쩍. 어? 65라고 나와 있는데?"

그럼 세희는 무려 45나 폭렙을 해버렸단 말이로군. 어째서 나보다 더 경험치를 많이 받은 거지? 이건 여성 인권 존중인가? 남성 인권 무시인가?

"어쨌거나 즐거웠다. 나는 이만 헤어져야겠군."

후드사내가 그렇게 말하며 뒤돌아섰다. 나는 그가 떠나기 전에 궁금했던 것을 물었다.

"너, 닉네임이 뭐지? 기억해 두고 싶다."

저 정도 실력을 가진 마법사라면 이름쯤 아는 것도 나쁘진 않을 것이다. 내 질문에 그가 잠시 뜸을 들이더니 곧 대답해 주었다.

"…카이데스."

그 말을 끝으로 카이데스가 망토를 한차례 펄럭이며 자리에서 사라졌다. 로그아웃한 건가? 개X랄 똥폼으로 잡고 나가는 거 봐! 어우~ 재수없어. 지가 멋있는 줄 알아?

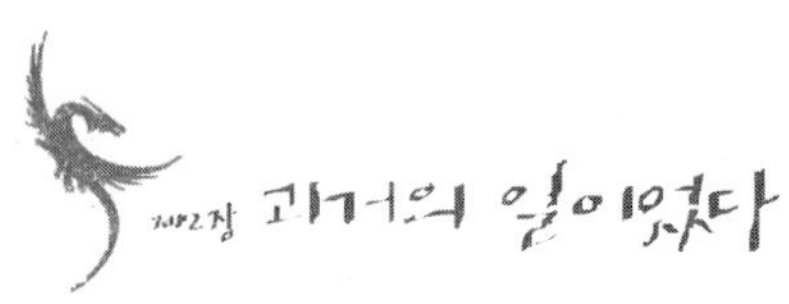

옛날에… 정확히는 2년 전.

오픈 때부터 2년 동안 검사를 키워 드디어 3차 전직 소더러가 된 소더러 A가 있었다. 이제 갓 레벨 100에 이른 그는 부푼 꿈을 안고 소더러 조합 스킬 발전에 모든 돈과 시간을 투자한다.

하지만 결과는 대실패. 스킬과 스킬과의 충돌 때문에 도저히 스킬 조합을 할 수 없었던 것이다. 실의에 빠진 소더러 A는 어느 날 한 남자와 마주하게 된다. 그는 소더러 B였다. 그는 실의에 빠진 소더러 A에게 스킬 비충돌 비기서(충돌력이 강한 소더러 스킬을 충돌하지 않게 하는 비기서)를 보여주며, 자신과 함께 소더러 대량 살상 스킬을 개발해 PK의 길을 선택하지 않겠냐고 한다.

소더러 A는 당근스럽게 대량 살상 스킬을 만드는 데 협조하겠다고 했고, 1년 동안 작업한 결과 그들은 소더러 대량 살상 스킬을 99% 가까이 개발, 해독하게 되었다.

그리고 적게는 레벨 1짜리 유저부터 많게는 99까지의 유저들까지 닥치는 대로 잡아 스킬 실전을 행했다(여기서 실전의 뜻은 PK를 의미한다). 그렇게 그들의 손에 죽어 나간 유저들의 숫자는 무려 10만 명. 동시 접속자 수만 백만 명이므로 유저들 중 1/10이 희생된 것이다.

결국엔…….

소더러 A. 현상금 5백만 골드.

소더러 B. 현상금 5백만 골드.

특징. 둘 다 검은 망토를 뒤집어쓰고 있어서 신원 파악 불가. 잡아도 5백만, 신고해도 5백만. 자수해서 광명 찾자!

현상금 5백만이 목에 걸려 버렸고 카도라스 최고의 인물들이 되어버렸다.

그렇던 어느 날

소더러 A가 개인 연구실에서 자신이 지금껏 개발한 스킬 조합을 보고서에 적는 중이었다.

그렇다. 소더러 A의 목적은 소더러의 발전이었다. 초보 소더러들의 스킬 조합 어려움을 덜어주기 위해 그는 보고서 작성에 이른 것이다.

그런데 갑자기 작업실 문이 열리며 누군가가 들어섰다. 상대는 한 명. 현상금 사냥꾼이리라…….

"당신을 PK범으로 체포한다. 네 동료가 너를 신고했더군. 후후."

"뭣? 소더러 B가? 이럴 수가!"

"자, 조용히 잡히시지!"

"그럴 순 없다!"

그렇게 소더러 A와 현상금 사냥꾼의 맞짱이 시작되었다. 하지만 재수없게도 소더러 A는 잘못 걸렸다. 상대는 마스터 레벨이었기 때문이다. 결국 볼품없이 깨져 버려 깜빵에 잡혀 들어간 그는 운영자 재판에 들어갔고 아이디 정지 처분 5년을 선고받았다.

*　　　*　　　*

이 이야기에서 몇몇 사람들은 내가 그 소더러 A를 잡은 현상금 사냥꾼이 아니냐는 생각을 하게 될 것이다. 하지만 그것은 잘못된 생각이다. 나는 그 소더러 A를 신고했을 뿐 아무 짓도 하지 않았다. 나는 착한 놈이니까 사회악의 뿌리를 뽑은 것뿐이지.

"어서 가야지! 뭐 해, 마듀라?"

세희의 목소리에 난 퍼뜩 회상에서 깨어났다.

이곳 마도 미궁은 소더러 A와 자주 PK를 했던 곳이었다. 그래서 잠시 회상해 본 거다. 아~ 그러고 보니 벌써 1년이나 지났구나. 녀석이 잡혀 들어간 지.

에잇! 그만두자. 옛날 일 생각해서 뭐 하겠냐.

"자, 간다. 실리!"

"응!"

마도 미궁. 레벨 50~70대 유저들이 이용하는 던전이다. 몬스터로는 떵(?)개X끼들밖에 없다. 떵개X끼가 뭐냐고?

켈베로스.

"플레쉬 투 스톤 오브 블레이즈!"

골드 타워에서의 폭렙으로 저 레벨을 넘어서자마자 견습 딱지를 뗀 우리들은 중 레벨 던전에서 열렙(열혈 레벨 업)에 들어갔다. 그와 함께 세희의 전투 경험도 나날이 늘어 이제는 투스킬 마법도 제법 부릴 줄 안다.

이건 정말 대단한 것이다. 이렇게 나날이 발전하다 보면 세희가 마스터 레벨이 되어 지금의 4대 마스터 지존들을 물리치고 최초의 카도라스 마스터가 될지 모르겠는데? 그럼 지금 4대 마스터들의 여왕이 되겠지? 허어~ 나도 빨리 분발해서 세희 밑에 자리 하나 얻어야지.

이라스, 중앙광장.

"하아~ 피곤하다. 이제 그만 샤워하고 자야지. 벌써 새벽 4시야. 듀라야, 나중에 1시에 보자."

"그래, 그만 쉬어."

"응! 바이바이."

세희가 손을 흔들며 로그아웃했다. 정말 귀엽고 예쁘고 사랑스럽고 앙증맞고 애교스럽고, 청순, 가련, 고귀, 청초, 애잔이란 말이 모자랄 정도라니깐. 세희는 왜 저렇게 예쁜 걸까? 세희는 정령 조물주의 야심작이란 말인가? 그런데 왜 세희의 목소리를 뺏어갔을까? 자기가 만들어놓고도 세희가 너무 완벽한 나머지 질투가 나서 그런가?

"저… 마듀라 씨, 맞습니까?"

그때 누군가 나에게 말을 걸어왔다. 상대는 갑옷을 걸친 내 또래 정도의 사내. 예쁘장하게 생겨먹은 게 딱 기생오라비다.

재수없어.

너 같은 자식이 커서 여자들 XXX 다니는 바람둥이가 되는 거야! 이

사회의 악 같은! 에라이, 악의 뿌리! 여자의 적! 죽어라 X자식! 아우~
난 지지배 같은 남자들 보면 열이 뻗쳐! 꼭 '그 자식' 이 생각난단 말이
야!

상대가 생겨먹은 게 그렇다 보니 나는 저절로 반말이 튀어 나갔다.

"마듀라 맞는데? 왜?"

"찾았군요. 연합 길드에서 왔습니다. 마스터께서 뵙고 싶어하십니
다."

연합 길드? 연합 길드의 마스터라면… 술따러?

연합 길드.

1년 전쯤 21개의 길드가 통합되어 만들어진 길드다. 연합 길드의 마
스터는 마스터 레벨에 이른 소드 마스터로서 나하곤 조금 안면이 있는
사이다.

닉네임 술타르. 일명 술따러.

나와 호적수를 이루는 또 한 명의 4대 마스터로서 내가 꽃미남들을
싫어하는 이유가 바로 이 녀석에 있다. X나 밥맛없는 놈이니 이에 관
한 자세한 사항은 신경 끄도록 하자.

"간만이군, 마듀라."

"안녕했나?"

서로 성의없는 인사치레를 끝으로 그가 먼저 용건을 꺼냈다. 내 성
격을 잘 알기에 일 처리를 빨리 끝내려는 것이다.

"우리 길드에 들어와라."

"대답은 알고 있겠지?"

"물론이다, 거절할 것이라는 거. 특별히 길드가 싫어서 그런 게 아니

라는 것도 안다. 정보통에 의하면 막강 대전고라는 길드에 가입했다는 소문이 있던데?”

역시 연합 길드의 정보력은 무시할 수 없군. 하긴, 주위에 스토커들이 엄청 따라붙으니까.

“사적인 일엔 간섭하지 않기로 하지 않았나?”

“제2의 10만 유저 대참사 같은 일은 피하고 싶어서 말이지.”

술따라는 내가 2년 전의 PK범이라는 걸 알고 있었다. 녀석이 소더러 A를 잡았던 그 녀석이었으니까. 그때 나는 술따라와 협상을 했었다. 소더러 A의 행방을 알려주고 현상금 5백만 골드를 전부 주는 대신 나의 수배는 무효로 해달라고. 뭐, 나야 소더러 A를 이용해 스킬을 꽤 익혔으니 충분히 이득을 본 것이었다. 마침 그도 길드를 세우는 데 자금이 필요했던 터라 나의 제안를 흔쾌히 받아들였다. 하지만 지금 이 녀석은 그것을 빌미로 나를 협박하는 것과 다름없었다. 길드에 들어오지 않겠다면 카도라스에 발붙이기 어렵다는…….

“과거를 빌미로 나를 이용하려는 속셈, 소용없다.”

“훗!”

나는 그만 자리에서 돌아섰다. 더 이상 이곳에 있을 필요를 느끼지 못했다. 그리고 술따라, 저 녀석하고 같이 있으면 재수가 털려! 기지배같이 생긴 게 머리는 또 길어가지고…….

막 응접실을 나서는데 술따라가 말했다.

“네 옆에 있던 그 아가씨… 여자 친구인가?”

순간 난 발걸음을 멈춰 섰다.

“그녀도 게임에 발붙이기 힘들어질 거다.”

“…세희, 아니, 실리를 건드릴 시에 연합 길드는 박살이다.”

상대에 대한 경계심에 나도 모르게 살기가 들어가 버렸다.

하지만 그는 별 신경 쓰지 않는 듯 태연하게 대꾸했다.

"과연 그럴 수 있을까?"

"두고 보면 알겠지?"

다시 이라스 광장 거리.

술따러하고 얘기할 때면 무슨, 뜨뜻미지근한 조직 액션 영화에서나 나올 법한 장면이 연출되곤 한다.

예를 들어 이런 장면······.

'거래는 이걸로 끝내도록 하지.'

'그럴 수 있을까? 너는 우리 조직에서 나갈 수 없다.'

'나갈지 안 나갈진 내가 결정한다.'

'잠깐! 너는 지금 이 자리에서 떠나는 순간 우리 1만 2천 조직의 적이다.'

캬~ 정말 진지한 어투와 대사가 아닌가? 지금에서 생각해 보니 내가 저런 걸 했다는데, 어우~ 닭살!

위의 대화가 현실상에서 이루어진다면 아마 이럴 것이다.

'거래는 이만 끝내자.'

'누구 맘대로? 넌 우리 나와바리에서 못 나가!'

'내 맘이야!'

'야! 너! 거기 선 넘으면 우리 애들 1만 2천명의 사시미가 배때기를 그어버릴 것이다!'

이렇게······.

참고로 이 소설은 코믹러브액션판타지이기 때문에 진지는 개나 줘

버린 지 오래다. 아, 내가 지금 무슨 쓸데없는 잡생각을?

어쨌거나 지금 내 용병 클래스 레벨이 66이다. 그리고 세희는 클레릭 클래스 레벨 69다. 똑같이 레벨 업을 시작했는데 레벨이 무려 3 차이나 난다. 어쩌다 이렇게 차이가 벌어졌는지 모르겠다. 골드 타워 폭렙 후부터인가?

80을 넘어서 중 레벨 존에 들어가게 되면 레벨 업이 힘들어지기 때문에 지금 레벨 밸런스를 맞춰놔야 하고… 그럼 나 혼자 미궁으로 출발이다! 세희가 돌아올 1시까지는 3업을 하고 말리라!

나와 세희가 레벨 70이 된 것은 거의 동시였다.

스탯 능력치를 찍고 있는 나에게 세희가 물었다.

"레벨 70도 됐는데 다른 던전은 없을까? 이제 한곳에 오래 머물러 있으면 금세 지겨워지는 것 같아."

"음, 지겹긴 지겹지. 그럼 엘프의 숲 이벤트 하러 갈까?"

"엘프의 숲 이벤트?"

나는 세희에게 엘프의 숲 이벤트에 대한 사항을 자세히 알려주었다.

"엘프의 숲은 우리가 맨 처음 사냥했던 아마디스 숲 근처에 있는데, 사람들이 잘 안 다니는 곳이지. 엘프가 살고 있다는 것 외엔 아마디스 숲과 별다를 게 없거든. 엘프의 숲 이벤트에는 여러 가지가 있는데, 그 중 오크 사냥 이벤트는 엘프의 부탁을 받아 오크를 잡아오면 그 오크의 숫자에 따라 경험치를 준다는 거야. 비록 오크 정도지만 경험치는 후하게 쳐준다더라? 하루아침에 80쯤은 문제없을걸? 게다가 오크는 아시다시피 하급 몬스터라 잡기가 쉽잖아. 위험한 중급 던전에서 싸우는 것보단 부담이 덜 돼서 좋을 거야."

“우아~ 별 이벤트가 다 있네?”

“그럼 당장 엘프의 숲으로 출발할까?”

“그래!”

엘프의 숲. 엘프 부락촌.

엘프들은 NPC다. 인공 지능 게임 인형이란 말이다. 엘프 부락촌에 들어서자 꽤 많은 엘프 NPC가 모여 있는 것을 볼 수 있었다. 누굴 모델로 만들었는지 모르지만 하나같이 미남, 미녀들에 뾰족한 귀가 인상적이다.

“안녕하십니까, 유저 여러분. 엘프 부락촌에 오신 것을 환영합니다.”

나이 지긋이 들어 보이는 할아버지 엘프가 우리에게 꾸벅 인사를 했다.

나는 존칭으로써 그에게 마주 인사했다.

“안녕하십니까. 이곳에 이벤트가 있다고 들었습니다만?”

“이벤트요? 어떤 이벤트를 말씀하시는 겁니까?”

“오크 사냥입니다.”

“아, 그렇군요. 방법은 간단합니다. 이곳 엘프의 숲 근처엔 오크들이 꽤 많습니다. 여러분들이 할 일은 오크를 잡아오면 되는 것입니다. 기한은 일주일까지입니다.”

“오크는 산 채로 잡아옵니까?”

산 채로 잡아오자니 번거롭고 죽인 채 잡아오는 건 불가능하다. 사라져 버리기 때문이다.

할아버지 엘프 NPC가 말했다.

"죽었든 살았든 그건 상관없습니다. 통째로 가져오기만 하면 됩니다. 설사 죽는다 해도 시체가 사라질 일은 없으니 걱정 마십시오."

시체가 사라질 일이 없다… 라고 하면 역시 파편 튀기는 짓은 하지 않는 게 좋을 것 같다. 그럼 몽둥이로 때려잡아야 하나?

이런저런 생각을 하며 오크를 찾아 엘프의 숲을 돌아다니는 중이었다. 풀숲 이곳저곳을 뒤지는 도중에 세희가 물었다.

"듀라야, 어째서 NPC에게 존칭을 쓰는 거야? NPC는 인공 지능 프로그램일 뿐이잖아?"

"아, 그거?"

그것엔 사실 이유가 있지. 몇몇 특별한 NPC는 유저들에게 반말을 사용하기도 한다. 그런데 유저가 그런 NPC한테 같이 반말을 사용하게 되면 욕하고 토끼는 경우가 가끔 있다.

말하지 않아도 X나 열받는다.

한낱 AI(인공 지능) 프로그램 주제에 사람한테 욕하고 토끼는 장면을 상상해 보라! 목에 사시미 박고 90도 돌린 다음 경추를 뽑아 씹어먹어도 시원치 않을 녀석들이다. 하지만 NPC들에게 폭력을 행사했을 시엔 명성치 다운을 감수해야 한다. 고로 아무 NPC에게나 반말을 툭 까면 서로 피 볼 수 있으니 조심해야 한다.

위의 사항을 세희에게 설명하자 세희가 고개를 끄덕였다.

"아, 그렇구나. NPC는 참 특이한 존재네? 반말도 사용하고?"

"하지만 그런 놈들은 거의 극소수지. 앗! 전방 5m, 오크 떼거지로 발견! 실리, 준비해!"

"응!"

그렇게 우리는 내일이 무슨 날인지 까맣게 망각한 채 게임에만 열중했다.

다음날 학교.

용태는 아침부터 카도라스 타임즈를 들고 반을 휘젓고 있었다.

"선미야! 오늘 새로운 이벤트 생겼대!"

"어이, 관우! 오늘 이벤트 같이하러 가지 않을래?"

"이거 렙제 80이야! 갈 사람 다 붙어."

"신성아, 너는 꼭 같이 가."

"세희도 같이 가."

…이렇게 말이다. 매일 아침 녀석의 시끄러운 잡소리 때문에 하지도 않는 자습에 지장을 받고 있다. 으~ 저 녀석 때문에 시험 망치는 거 아냐? 어째 오늘 같은 시험날에도 저렇게 떠들 수가 있는 거지?

그때 교실 문이 열리며 담임 선생님이 들어섰다.

"자자, 조용히 해라! 첫 교시는 국문학이다. 최선을 다해 성심 성의 껏 풀든 말든 너희들 알아서 하도록!"

사실 나, 시험날인 거 오늘 아침에야 알았다. 1학기 학력고사라더 라… 어제까지 시험 공부 하나도 안 하고 게임만 했는데 어쩌지? 나뿐 만이 아닌 반 친구들 전체가 시험 망칠 게 분명했다. 그걸 어떻게 아냐 구? 같이 게임했으니까 알지.

그때 용태가 절규처럼 외쳤다.

"오늘이 시험이야?"

저 녀석은 시험날인 거 이제야 알았나 보다.

1분 후,

담임이 나눠 준 시험지를 대충 훑어보자 아는 게 더 많은 것 같다.

답을 다 쓰고 제일 먼저 책상에 엎드렸다. 문득 대각선 앞 자리를 바라보자 세희가 땀을 삐질삐질 흘리며 시험을 치는 것을 볼 수 있었다.

세희는 평소에 공부 잘했을까?

시험 8교시가 모두 끝난 후,

종례 시간인데 담임은 종례를 하지 않는다. 고로 지금은 세희와 하교하는 길이었다.

"세희야, 시험 잘 봤어?"

"……."

내 물음에 세희는 고개를 가로저었다. 표정을 보아하니 정말 못 본 것 같기도 한데…….

"기죽지 마. 성적 떨어졌다고 카도라스 접을 필욘 없어."

"……."

굳어졌던 세희의 표정이 약간이나마 풀어졌다. 그녀가 방긋 미소 지으며 고개를 끄덕였다. '나, 게임 그만두지 않을 거야. 나의 목소리를 찾아준, 새로운 나를 찾아준 게임이니까.'

미소 속에 스며 있는 뜻은 이런 것 같았다. 세희의 미소는 투명해서 딱 보기만 하면 무슨 뜻인지 이해가 간다. 세희는 다른 것도 다 예쁘지만 미소 하난 정말 끝내주거든.

어느새 세희의 집 앞에 도착했다. 전부터 알고 있었는데 세희의 집은 우리 집에서 100m밖에 떨어지지 않은 곳이다. 바로 옆집이더라(이런 구라쟁이 같은!). 부모도 없이 세희 혼자 살기엔 상당히 큰 집이다.

세희가 문 안으로 들어서며 나에게 손을 흔들었다.

'그럼 안녕, 나중에 봐.'

“그래, 나중에 보자.”

나는 세희가 집에 들어가는 것을 확인하자마자 100m 14초의 위력을 발휘해 집으로 X빠지게 달렸다. 게임에 1초라도 빨리 접속해야 해!

다음날, 시험 성적표가 나왔다. 그리고 성적표를 받아 든 친구들의 입에서도 절규에 찬 비명이 새어 나왔다.

나는 담임한테 받은 성적표의 점수를 확인했다.

국문학 97점, 수학 100점, 영어 90점, 물리 100점, 중국어 90점, 정보기술 100점, 사/탐 100점, 이론 96점.

평균을 계산해 보면… 대충 96점이군. 인천에 있을 때보다 1점 오른 점수였다. 어째서 이런 사기 같은 점수가 나왔냐고? 사실 나 초등학교 때까지 영재 수업받았었다… 면 믿겠는가?! 나도 안 믿겨지니 믿지 마시라. 원래는 시험 일주일 전에 모두 몰아서 공부를 했어야 하는 건데…….

담임이 말했다.

“우리 반 평균이 40점이더구나. 다행스러운 것은 우리가 2학년 전체 중 꼴찌에서 2등이란 것이다. 하하핫! 나중에 한턱 쏜다. 그럼 즐거운 방학들 보내도록!”

담임이 나갔다. 꼴찌에서 2등이란 게 기분 좋은지 콧노래까지 흥얼거린다. 꼴지 반은 교장한테 혼나지만 꼴찌에서 2등은 안 혼나나 보군.

나는 시험 성적표를 가방에 꼭꼭 챙겨 넣은 뒤 세희에게 다가갔다. 세희는 의외로 밝은 표정이었다.

점수가 잘 나왔나 본데?

“세희야, 기분 좋아 보인다? 시험 잘 봤어?”

“······!”

끄덕끄덕.

고개를 세차게 끄덕이는 긍정의 표시. 세희의 기쁨은 나에게도 기쁨! 오옷, 과연 성적이 얼마나 나왔을려나?

나는 세희의 손에 들린 성적표를 보았다.

국문학 100점, 수학 95점, 영어 100점, 물리 91점, 중국어 100점, 정보기술 90점, 사/탐 100점, 이론 100점.

…이 점수 가지고 어제까지 침울했단 말인가? 어째 나보다 평균이 더 높은 것 같은… 어디 보자, 평균 97점! 이럴 수가!

“세, 세희, 공부 딥따 잘하네?”

놀라 말을 더듬거리기까지 하는 내 뒤로 김선미가 다가와 비꼬는 말투로 말했다.

“세희는 전교 1등이라구! 오호호홋!”

꼭 지가 전교 1등인마냥 말한다. 나, 재하고 말하기 싫어. 쟤 좀 출현 안 시켜주면 안 되나?

시험도 끝나고 여름 방학이었다.

[아이디:sss0226/패스워드1:********/패스워드2:*******]

[로그인되었습니다.]

집에 도착하자마자 카도라스에 접속한 나는 한 NPC와 마주하게 되었다.

“전달 NPC입니다. 마듀라 씨 맞으시죠? 편지입니다.”

전달 NPC는 운영자가 특정 유저에게 정보를 전해줄 때에 사용되는 NPC이다. 이런 것을 나에게 보내올 운영자라면 최준 형밖에 없는데…….

"……."

나는 NPC가 내어준 편지를 받아 들고 내용물을 뜯어보았다. 역시나 최준 형이 보낸 편지였다. 최준 형은 나의 카도라스 정보통이다. 현재 카도라스, (주)카마디에서 이벤트 담당 일을 하고 있기 때문에 그쪽에서 들어오는 정보를 바로바로 들을 수 있다. 그 형 도움 꽤 많이 받았지.

어쨌든 편지의 내용.

오늘 오후 3시. 이벤트가 있다. 이라스 좌표 452.5972. 삼파룡의 영토 확장.

…이게 다인가?

편지의 뒷면을 보았지만 그곳은 공백이었다.

이게 뭐야? 무슨 이벤트인지 알려줘야 할 것 아냐! 달랑 시간과 장소만 가르쳐 주면 내가 뭘 어떻게 할 줄 알고? 그리고 삼파룡의 영토 확장? 이 형이 판타지 소설을 너무 많이 읽더니 별 희한한 구절들을 다 쓰네?

"듀라야, 많이 기다렸어? 어? 그 손에 든 건 뭐야?"

그때 세희의 목소리가 들려왔다. 방금 로그인한 건가?

나는 2초 만에 손에 들고 있던 편지를 찢어버리고 길거리에 내던진 뒤 짓밟고 불태워 버렸다.

세희가 의아해하며 물었다.

"응? 뭔데 그래? 편지는 왜 찢어?"

"하하! 그런 일이 있거든. 신경 쓰지 말고 가자."

"어디로?"

"나도 몰라."

세희는 고개를 갸웃했지만 순순히 내 뒤를 따랐다. 정말 순종적이라 아니 할 수 없다. 생각해 보면 이런 여동생 한 명 갖는 것도 나쁘진 않겠군.

452.5972 좌표는 이라스 도심 속 꽤 넓은 광장이었다. 하지만 사람들은 열 명 이상 눈에 띄지 않는 상당히 한적한 곳이었다.

나와 세희는 광장 한구석 벤치에 조용히 앉았다. 지금 시각 1시 10분.

……

정말 조용하다. 마치 폭풍 전야 같다. 정말 무슨 일이 있긴 있는 건가?

"……"

"저… 신성아."

"……?"

길다면 길고 짧다면 짧은 시간이 흐르는 도중 갑자기 세희가 내 본명을 불렀다. 나는 세희에게 고개를 돌리며 그녀가 말하길 조용히 기다렸다. 세희는 시선을 땅으로 떨군 채 잠시 뜸을 들였다.

"저기… 말이야… 신성이는… 저기……"

"왜? 무슨 말인데?"

"…아니야. 아무것도."

"……?"

나는 다시 하늘로 시선을 돌렸다. 바람이 약간 거세지는 느낌이었

다. 허~ 폭풍 전야라고 했는데 진짜 폭풍이 오려나? 카도라스 4년 역
사상 자연적인 폭풍은 한 번도 친 적이 없었는데?

시스템 오류인가?

"저기… 신성이는……."

"잠깐, 뭔가 이상해."

"어? 뭐, 뭐가?"

"설마… 그 형이 날 죽이려고 작정한 건가?"

"……?"

세희도 날 따라 시선을 하늘로 돌렸다. 곧 그녀도 한곳으로 시선을
집중했다. 저건?

"파란 색깔 박쥐하고 빨간 색깔 박쥐네? 페인트칠했나?"

세희, 이 상황에서 분위기 철저하게 깨는구나.

나는 즉시 세희를 데리고 건물 뒤로 숨었다.

곧 이어 광장 바닥에 드래곤 두 마리가 착지했다. 50m 크기의 웜 급
드래곤. 그것도 두 마리.

끼이이에에에엑!

쿠와아아아아악! 그르르르르—!

드래곤 두 마리가 땅에 착지하자마자 사이렌 저리 가라 하는 도마뱀
피어를 내질렀다. 레드 드래곤과 블루 드래곤이다. 멀리서 봤다면 세
희가 말한 대로 페인트칠한 박쥐로 볼 수 있겠지만, 가까이서 보면 그
것은 크기만으로 상대를 압도하는 거대한 도마뱀이다.

이런, 젠장! 최준 형, 드래곤이라면 드래곤이라고 말 좀 해줄 것이지!
하필 드래곤 이벤트라니! 한 마리라면 어떻게든 상대하겠는데, 두 마리
라면… 아무것도 준비하지 못한 나에겐 불리하다.

"듀, 듀라야. 저 도마뱀 뭐야, 도대체?"

"쉿! 조용히. 실리, 너는 당장 이라스 동쪽 광장으로 가서 사람들에게 구조 요청을 해. 내가 여기서 드래곤들의 발목을 붙잡고 있을 동안."

"하, 하지만!"

"그렇게 해! 여긴 너에게 너무 위험해! 레벨 80 정도로 상대할 수 있는 상대가 아니야."

"…알았어. 하지만 죽으면 안 돼."

"걱정 마."

연애무협지에서나 나올 법한 뜨뜻미지근한 장면을 연출하던 나와 세희는 곧 헤어졌다. 세희, 너만이라도 살아야 해! 크흑! 여자 친구를 위해 이 한 몸 희생하겠다는 불굴의 투지! 내가 생각해도 너무 멋있어!

나는 동쪽으로 향하는 드래곤들을 가로막으며 오른손을 손 날 모양으로 만들어 허공에 그었다. 허공에 만들어진 초생달 모양의 검기는 드래곤에게 기세 좋게 나아갔다.

하지만 50㎜ 철판쯤은 가볍게 두 동강 낼 나의 검기는 드래곤의 몸체에 닿자마자 옆으로 길게 비껴나 비늘만을 깊숙이 찢었다. 동시에 드래곤 두 마리가 나에게 시선을 돌렸다. '니가 감히 내 앞을 가로막아?'라는 띠껍고도 재수없는 표정의 녀석들.

그래! 저거야! 김선미가 저런 표정을 항상 달고 살지! 그래서 주름살도 늘어가고.

"어이! 거기, 전기먹은 도마뱀 둘! 어딜 가시나? 나랑 놀아야지?"

쿠워어어어어어어어!!

레드 드래곤이 화염 브레스를 발사했다. 나는 즉시 오른손을 뻗으며 몸 주위에 검기막을 형성시켰고, 이어서 직경 3m나 되는 화염 브레스가 나의 검기막을 덮쳤다. 검기막에 떨어진 브레스는 날 중심으로 원형 모양의 크레이터를 광장에 새겼다. 하지만 그 위력에 감탄하고 있을 때가 아니었다. 왼손을 뻗어 검광진 아홉 개를 띄운 뒤 주먹을 쥠과 동시에 그것을 하나로 겹쳤다.

그리고 겹쳐진 검광진의 중앙으로 오른손을 뻗었다. 검광진을 파고든 내 오른손은 검은색 광체의 무언가를 빼냈다.

성스러운 검은빛의 직날 장검. 이것이 바로 소더러 검기 스킬, 무형광검이다!

"이곳을 지나가려면⋯⋯."

검기를 모두 뽑아낸 나는 드래곤에게 슬쩍 살기를 뿌렸다.

"날 먼저 쓰러뜨려라."

낼 수 있는 최고의 스피드로 레드 드래곤에게 튀어 나간 나는 무형광검을 레드 드래곤의 목에 박아 넣었다. 드래곤의 비늘은 가볍게 뚫렸고 목 깊숙이 검기가 박혔다. 박힌 무형광검을 빼내자 드래곤의 목으로부터 피가 분수처럼 터져 나왔다. 동맥을 건드렸나?

크아아아아!

레드 드래곤이 길게 비명을 지르며 몸을 세차게 뒤흔드는 사이, 나는 레드 드래곤의 몸에서 도약해 이번엔 블루 드래곤에게로 뛰었다.

그런데 내가 허공에 뜬 틈을 타 블루 드래곤이 라이트닝 브레스를 발사했다.

번쩍― 쿠콰카카카카카카캉!!

"크으읏!"

순간적으로 시야가 번쩍하며 어지러운 광경이 스치고 지나갔다. 라이트닝 브레스에 맞고 건물 벽에 처박혀 버린 나는 무너지는 건물 파편에 깔려 버리고 말았다.

가상 게임이라 고통은 느껴지지 않지만 입에선 피를 토하고 몸과 팔이 심하게 저리며 경련을 일으켰다. 캐릭터에서 고통을 호소하는 것이다. 하지만 마냥 누워 있을 순 없기에 힘겹게 몸을 일으켰다. 그런데 내 주위를 쓸어버리겠다는 의지를 담은 레드 드래곤의 꼬리가 날 덮쳤다.

"C발 도마뱀!"

돌 더미와 함께 10여 미터를 날아가 근처 건물에 처박혀 버린 나는 정신이 아찔해졌다. 마스터 레벨인지라 이 정도에 아웃 내지 기절 따위 하지 않았지만 데미지가 컸다.

"크으으!"

신음과 함께 벌떡 몸을 일으킨 뒤 오른손을 위로 치켜 뻗었다. 동시에 검광진 여덟 개가 나타났다.

"쌍할 도마뱀들!"

네놈들이 날 미친놈으로 만드는구나! 그래, 미친놈이 되어보자! 다 죽여 버리겠어! 소더러 마스터가 얼마나 무서운지 똑똑히 보여주마!

"광살참!"

스킬 시동어를 외치며 위로 치켜들었던 오른손을 드래곤에게로 뻗었다.

그와 함께 검광진 여덟 개에서 길이 1m의 짧은 창 모양의 검기가 무수히 뿜어져 나오며 드래곤과 주위를 초토화시켰다. 드래곤들은 내가 쏘아 보내는 광살참에 맞고 비명을 지르며 몇 발자국 뒤로 물러섰다. 녀석들의 크기와 몸집을 비교해 보자면 사람이 다트에 맞는 것과 비슷한 것이다.

하지만 드래곤들의 몸부림에도 멈추지 않고 나는 결정타를 위해 왼손을 주먹 쥐었다. 그리고 그곳으로 검기를 한껏 모았다.

쿠아아아아악!!

키에에에에엑!!

어느새 여덟 개의 검광진에서 뿜어져 나오던 광살참이 점차 그 위력을 잃어가자 드래곤들이 다시 나에게 다가왔다. 으, 20초만 더 버텼으면 좋겠는데!

쿠와아아아아아!!

레드 드래곤이 고개를 뒤로 쳐들었다. 브레스를 뿜으려는 것이리라! 제길! 우선 이거라도 먹어랏!!

나는 검기를 모았던 왼주먹을 드래곤에게로 힘차게 뻗었다. 내 주먹에서 빠져나간 검은색 검기 구체는 일직선으로 레드 드래곤에게 향했다. 드래곤 한 마리쯤은 너끈히 잡아내는 파괴력을 지닌 검폭소멸신! 아직 기가 완전히 모이지 않아 짝퉁이긴 하지만 드래곤 한 마리쯤은……

쿠와아아아아아아아.

"……?"

약간의 시간차로 레드 드래곤이 화염 브레스를 뿜었다. 레드 드래곤의 화염 브레스는 나의 검폭소멸신에 일직선으로 맞부딪쳤다. 짧은 순간…

"헉!"

두 개의 에너지 덩어리는 허공에서 폭발해 버리며 에너지 광구가 일대를 뻗어 나가 이라스 광장을 휩쓸어 버렸다.

이라스 광장 한 켠이 형체를 알아볼 수 없을 정도로 녹아내릴 만한 파괴력이었다.

"하악, 하악."

숨을 헐떡이지 않으려 해도 몸은 계속해서 더 많은 산소를 요구하고 있었다.

폭발의 여파로 땅바닥에 나뒹굴다시피 한 나는 간신히 몸을 일으켜 또다시 드래곤과 대치했다. 만약 내가 마스터 레벨이 아니었다면 그 폭발에 게임 오버였으리라.

"하아… 하아… 후우… 후욱!"

잠시 숨을 고른 나는 드래곤에게로 시선을 돌렸다. 레드 드래곤은 금방이라도 숨이 끊어질 듯 보였고, 현재 내가 대치하고 있는 블루 드래곤은 전신에 피를 흘리고 있었지만 치명상없이 방방 날뛰고 있었다.

왜 저 자식은 왜 멀쩡한 거야? 지 동료가 저렇게 나자빠졌으면 따라서 같이 나자빠져 줘야 하는 거 아냐?

날뛰던 블루 드래곤이 나에게 라이트닝 브레스를 발사했다.

번쩍― 콰카카카캉!!

간신히 검기막을 형성해 라이트닝 브레스를 막긴 했지만 내 몸은 그 자리에서 5m 이상 밀려나 버리고 말았다. 체력의 한계가 밀려오기 시작했다. 아으, 좀만 더 버텨줘라, 마듀라! 너는 대한민국… 아니, 아시아 최강의 소더러 마스터가 아니더냐?

"크하악! 하아악! 하악!"

쿠어어어어어어!!

번쩍― 콰카카카캉! 번쩍― 카카카카캉! 번쩍― 카카카카캉!!

"크으윳!"

세 번의 연속 라이트닝 브레스를 맞고 나서야 나는 땅바닥에 뻗어버리고 말았다. 이젠 방어조차 버겁다. 마스터 레벨인 내가 이런 개꼴이라니…….

술따러, 그 녀석이 지금 내 모습을 봤다면 싸가지가 바가지를 긁어 뚫을 듯한 말투로 이렇게 말하겠지?

'넌 마스터 레벨의 수치야!'

…라고. 아, 그 X끼 생각하니깐 X나 열받네. 당장에 드래곤을 죽여 패버리고 싶은 충동이 일어나는… 에잇! C발! 죽어! 죽어버려! 블루 드래곤 말고 술따러! 니가 더 X 같은 자식이야! 감히 세희를 가지고 협박해? 뒈져 버릴 자식!!

"듀라야! 듀라야! 정신 차려, 마듀라! 신성아!!"

이 목소리는… 세희인가? 환청은 아닌데? 어째서, 어째서 다시 돌아온 거지? 위험하다고 말했는데!

"파이어 버스트!!"

쿠카카카카카캉— 카카캉!

끼에에에에엑!!

그때 긴 가스 폭발음과 함께 드래곤의 비명 소리가 울려 퍼졌다. 나는 내 의지와 상관없이 감기려 하는 눈을 부릅뜨며 드래곤에게 시선을 돌렸다.

블루 드래곤의 주위로 불꽃이 연속적으로 폭발하는 장면이 보였다. 블루 드래곤이 괴로운 비명을 지르며 라이트닝 브레스를 이곳저곳에 발사했다. 브레스의 여파로 이라스 광장에 불길이 치솟았지만 그런 블루 드래곤의 브레스는 새발의 피 정도의 위력이었다. 진정 이라스에 불을 지르는 저 불꽃은…….

"블리자드 스톰!!"

크에에에에에아아아아악!!

누구지? 화염 계열의 상급 마법을 연속으로 난사하는 일자무식 마법사의 정체는? 이라스를 날려 버리려고 작정했나?

"월 빅뱅 헬 파이어!"

땅에서부터 불꽃 기둥이 연속적으로 일어났다. 그것은 드래곤의 몸체를 때리며 드래곤의 비늘, 살, 뼈까지 다 태우고, 지지고, 터뜨렸다. 걸레짝이 되다 못해 다 떨어져 낡아빠지고 20번은 꿰매서 게워낸 고무신짝이 된 드래곤의 몸체가 힘없이 땅바닥에 쓰러졌다. 그리고 가루가 되어 서서히 사라져 갔다. 너무나 허망하게…….

"후우, 잡아냈군."

블루 드래곤을 고무신짝으로 만든 주인공이 이쪽으로 다가왔다. 그리고 나는 그의 정체를 확인할 수 있었다. 그는 전에 골드 타워에서 환상적인 마법을 선보였던 재수 똥폼 마법사 카이데스였던 것이다!

"고생 많이 했나보네? 최강의 소더러 마스터가 이렇게 다 떨어져 낡아빠지고 20번은 꿰매서 게워낸 고무신짝이 된 모습은 처음 보는걸?"

"…닭 가져와라, 쳐줄 테니까! 무슨 뜻인 줄 알지? 닥치라고! 나 지금 스타일 무지 구겨서 기분 다운됐어!"

"……."

카이데스는 조용히 입을 다물었다. 크으, 다 떨어져 낡아빠지고 20번은 꿰매서 게워낸 고무신짝이 된 모습을 녀석에게 보이다니. 이건 마스터 레벨의 수치야! 아, 혀 깨물고 죽… 고 싶진 않지만 X팔려 미치겠네!

"잠시만 기다려, 내가 치유해 줄게."

세희가 약간 울먹거리는 말투로 말한 뒤 양손을 모아 기도하는 자세를 취했다. 치유 스킬을 사용하려는 것이리라. 참고로 세희는 신관 2차 클래스 클레릭이다.

"힐 큐어 크리티컬!"

치유 스킬을 한 번 받고 나자 몸에 웬만큼 피로가 풀렸다.

세희가 다시 주문을 외웠다.

"힐 큐어 크리티컬 오버 힐링!"

좀 더 고급 치유 스킬을 쓰자 그제야 몸이 원상태가 되었다. 또다시 주문을 외우려는 세희를 말리며 나는 몸을 서서히 일으켰다.

"후우, 죽는 줄 알았네?"

만약 게임 오버되었으면 짝퉁 소더러가 되었을 것이다. 마스터 레벨이라도 경험치 다운을 감수 안 할 수 없을 테니까.

"정말 괜찮은 거야?"

세희가 거의 울먹이다시피 하며 재차 물었다. 나는 방긋 미소를 지으며 고개를 끄덕였다. 그러자 세희가 울면서 나에게 매달렸다. 허어, 사람들 보는데 이러면… 기분 좋네.

"나는… 네가 어떻게 되는 줄 알고……."

"하하! 어떻게 되긴! 나는 소더러 마스터라구. 짝퉁 마스터 술따러 따위는 100마리가 덤벼도 무섭지 않은 몸이야! 하하핫!"

"그래도… 그렇게 위험한데……."

"괜찮다니까 그러네. 어차피 게임인걸. 하하, 쑥스럽게……."

쑥스럽기야 쑥스럽지. 하지만 떨어질 수야 없지.

저 카이데스는 우리를 보기 민망한지 애써 시선을 외면하고 있었다.

그렇게 분위기 좋은 그때,

"거기, 연애 중인 두 분과 로브 아저씨 한 분. 아직 안심할 때는 아닌 것 같은데요?"

저 똥폼 카이데스도 분위기를 파악하고 가만히 있는데 누군가 이 분위기를 깨부쉈다. 어떤 자식이야? 내가 세희 안는 데 불만을 대는 놈이?

상대는 근처 건물 구석에서 이쪽을 바라보고 있는 내 또래 정도의 사내였다.

내가 그를 무섭게 쏘아보자 그는 여유로운 미소를 지으며 손가락을 들어 하늘을 가리켰다. 따라서 나와 세희와 카이데스는 그가 가리키고 있는 손가락 방향으로 시선을 돌렸다. 그리고 우리 셋은 모두 경악하고 말았다.

모두가 경악하는 가운데 나는 최준 형이 보냈던 편지의 내용을 떠올렸다.

오늘 오후 3시. 이벤트가 있다. 이라스 좌표 452.5972. '삼파룡'의 영토 확장.

"……."

나는 조용히 하늘을 바라보며 세 가지를 결심했다.

하나는 절대 게임 오버 당하지 않겠다는 것이고,

또 하나는 반드시 저 도마뱀을 쓰러뜨리겠다는 것,

그리고 또 하나는 살아 돌아가 최준 형을 박살 내겠다는 것이다.

"까만 칠한 거 보니까 블랙 드래곤이군요. 그것도 크기가 1백 미터는 되어 보이는데요?"

"전에 건 윔 급 정도, 이번 건 에이션트 급 정도? 그나마 다행인 건 4대 마룡이 아니라는 것이지."

에이션트나 4대 마룡이나 그게 그거지.

정체 불명의 사내와 카이데스가 나누는 대화를 지켜보던 나는 고개를 설레설레 저었다.

이를 어쩐다지? 에이션트 급 정도의 블랙 드래곤이라면 나와 카이데스만으론 무리다. 저 정체 불명의 사내까지 합세한다면 잘 모르겠지만.

블랙 드래곤. 레드 드래곤보다 더하면 더했지 절대 덜하지 않을 정도로 성격 더럽다는 드래곤이다. 그런 히스테리 드래곤을 우리가 막아 낼 수 있을 것인가?

마스터 레벨 세 명이 덤벼도 겨우 이길까 말까 한 상대인데… 아마 동쪽에 있던 유저들은 드래곤을 보자마자 도망쳤을 것이다. 로그아웃했거나… 애당초 그들의 지원은 바라지도 않았지만.

세희가 말했다.

"나도 싸울 거야!"

"안 돼!"

나는 극강 반대했다.

세희는 여자다. 그리고 카도라스를 시작한 지 얼마 안되는 초짜다. 레벨 80짜리 클레릭으론 블랙 드래곤을 어찌할 수 없는 것이다. 괜히 게임 오버만 당할 거야.

"왜 안 된다는 건데? 내가 짐밖엔 안 된다는 거야? 그렇다면 차라리 카도라스를 접겠어!"

"……!"

헐~ 무서워라. 그, 그냥 니 맘대로 하세요. 세희 화나니깐 정말 무섭네.

"…알았어. 하지만 조심해. 녀석과 싸우는 도중엔 널 지켜줄 수 없을지 몰라."

"걱정 마! 나 열심히 싸울 거야!"

"참고로 말하지만 저 녀석은 지금껏 우리가 상대해 왔던 몬스터들하곤 차원이 달라. 전에 봤던 오우거 알지? 그 녀석의 1,759배 정도 더 세다고 보면 돼."

"괜찮아."

그러자 정체 불명의 사내가 세희에게 박수를 보냈다. 생긴 건 그저 평범하게 생긴 놈이었다. 허리에 차고 있는 검으로 보아 검사 정도로 보인다.

"하하! 여장부가 탄생했군요. 대단한 기백입니다. 맘에 들어요."

"실리한텐 신경 끄시지."

"아니, 그쪽이 실리 양을 찜하기라도 했습니까?"

"아까 서로 껴안은 거 보면 모르나? 하여간 너, 처음부터 분위기 깨는데 맘에 안 들었어! 너, 저 드래곤 처리하고 나서 보자!"

"하하! 기대하지요!"

쳇! 우선 저 드래곤이 언제 지상에 착지할지 모르니 전략을 짜보자.

"너! 드래곤과 싸울 정도의 기백은 있겠지?"

그 정체 불명의 사내에게 묻자 그는 사람 좋게 웃어 보이더니 당연하다는 듯이 대답했다.

"물론입니다. 그리고 제 이름은 시린터. 기억해 두십시오."

뭐? 시터? 나는 분위기 깨는 놈 이름은 기억할 수 없는 자가 기억 판단 성명 저장 시스템의 고장으로 녀석의 이름을 기억할 수 없었다.

어쨌든 저 녀석은 됐고 이번엔 카이데스에게 시선을 돌렸다. 전에 보았던 '로브 펄럭이며 로그아웃하기'에 상당히 재수 털려서 그와는 다시 마주치고 싶지 않았는데 이 상황에서 녀석이 얼마나 반갑고 존경스럽게 보이는지…….

"카이데스, 너는 설마 배신 때리지 않겠지?"

"배신? 음, 그런 건 하지 않아. 그치만 왠지 짐이 될 것 같다."

"뭐?"

"전의 마법 때문에 마나가 거의 다 바닥났다. 혹시 마나 포션 있나? 1.5리터 정도면 웬만큼 마법을 사용할 수 있겠는데."

마나 포션이라…….

나는 아이템 창에서 1.5리터짜리 마나 포션을 꺼냈다. 신전에서 포션 50% 세일 할 때 산 것이다. 비상용으로 가지고 다니던 건데, 지금 그런 거 따질 때가 아니지 않은가?

그것을 받아 든 카이데스가 마나 포션의 병뚜껑을 땄다. 그리고 벌컥벌컥 들이키기 시작했다. 저래서 언제 다 처먹냐?

쿠궁!

그때 하늘을 유유히 배회하던 블랙 드래곤이 지상으로 착지했다.

나는 재빨리 명령을 내렸다.

"어쨌든 지금 우리의 전력은 카이데스의 마법이다! 우선 나와 시… 리터가 블랙 드래곤의 발목을 붙잡는다."

"시린터라니깐요."

"따지지 마!"

"잠깐! 그럼 난 뭘 하면 돼?"

그때 뒤에서 지켜보던 세희가 물었다.

나는 검광진을 만들어내며 세희에게 말했다.

"불똥이 튀지 않도록 카이데스의 주위로 바리어를 펼쳐."

"알았어!"

　세희를 이런 위험한 전투에 집어넣는다는 것이 마음 편치 않지만 지금으로선 어쩔 수 없다. 지금은 한 명이라도 더 전력이 필요할 때니까. 그런데 저 자식은 언제까지 벌컥벌컥 마셔대고 있을 거야?!

　"꿀꺽! 꿀꺽! 헤엑! 헤엑! 30초만 기다려!"

　"야! 너! 마법사 아냐? 마법사가 왜 마나 포션도 없어?"

　"나 마나 포션 있는데?"

　"뭣? 그럼 나한테 마나 포션을 요구한 이유가 뭔데?"

　"당연히 내 마나 포션 아끼려고."

　"……."

　나는 하늘을 바라보며 또 하나의 결심을 했다. 드래곤을 처리하고 나면 저놈은 시린터와 세트로 죽여 버리리라.

　"으아아아아아아압!!"

　내 옆에 있던 시린터가 드래곤의 가슴팍까지 날아가 자신이 들고 있던 검으로 드래곤의 가슴을 내려쳤다. 그와 동시에 그의 검이 폭발하며 불꽃을 일으켰다. 불길과 먼지가 치솟고 드래곤이 비명을 질렀다.

　저 파괴력… 설마, 소드 마스터인가?

　크에에에에에엑!!

　드래곤의 가슴팍 70m 지점에서 지상까지 착지한 시린터가 날 돌아보며 소리쳤다.

　"뭐 하시는 겁니까? 어서 싸우지 않고?"

　…지가 다 알아서 해먹고는 나한테 이래라저래라야? 그리고 그 정도 공격력이라면 니 혼자 드래곤하고 맞짱 떠도 되겠다!

　속으로 불만을 대면서도 나는 양손을 펼쳐 10m에 이르는 거대한 검광진을 생성해 냈다. 검광진 주위에서 뿜어져 나오는 바람이 내 머리카락을 찰랑이며 지나갔다.

실로 아름다운 장관! …을 연출했을 것이리라.

주위 여자들이 별로 없다는 게 조금 안타깝군. 세희는 내 모습을 봤을까나?

"만류기격화방성!!"

시동어와 함께 검광진으로부터 검은색 안개가 뿜어져 나왔다. 이어 양손을 주먹 쥐자 그 검은색 기운은 드래곤에게 빠르게 쇄도해 나갔다. 소더러 A가 99% 개발하고 내가 1% 승화시킨 검기 폭발!

만류기격화방성은 블랙 드래곤의 몸에 정확히 맞아 떨어졌고, 큰 폭음을 일으키며 터졌다. 주위를 어지럽히는 검은 먼지가 광장을 에워쌌다. 그런데 바람이 몇 번 세차게 불며 순식간에 먼지가 걷혔다. 드래곤이 날개를 이용해 먼지를 날려 보낸 것이었다.

게다가……

"헛수고했군요."

"이런 어이없는……!"

블랙 드래곤은 단 하나의 상처도 없이 멀쩡했다. 비늘 하나하나 광택을 발하는 말짱한 모습 그대로.

내가 가진 대량 살상 스킬 중 다섯 번째로 강한 걸 썼는데 꿈쩍도 안 하다니. 그냥 비장의 기술로 한 방에 날려 버릴까? 아니야, 그건 체력 소모가 너무 심하다. 그럼 어찌한다? 검광진 열한 개를 겹쳐서 무형참황검을 만들어 버려? 하지만 그것 역시 지금의 나에겐 벅차다.

막상 스킬을 쓰려니까 쓸 게 없어 고민되네.

"다됐다! 모두 물러서!"

그때 카이데스가 외쳤다. 그래, 저 녀석이 있었지! 너만 믿는다, 재수 똥폼 법사!

"인시너레이트 오브 헬파이어!!"

라이터만 켜도 아마디스 숲 1/10이 날아간다는 염화성 구름 인시너레이트와 덤으로 헬파이어 추가! 좋아, 이거라면 어떤 드래곤이든 도마뱀 구이가 될 것은 확실하다!

하지만 드래곤도 그것을 미리 알아차렸는지 입을 벌려 브레스를 준비했다.

쿠워어어어어어!!

쏴아아아아아아!

효과음 죽이고! 샤워기 틀어놓은 것 같은 묘한 음향과 함께 드래곤이 쏘아 보낸 산성 브레스가 카이데스의 헬파이어와 충돌했다. 딱 보기에 헬파이어의 위력이 더 강했다. 아무리 드래곤이 발악을 해봐야 상급 화염 마법 스킬, 헬파이어의 불꽃을 꺼뜨릴 리가…….

"……!"

"…….'

"……?"

…있구나.

기세 좋게 날아가던 카이데스의 불꽃은 불 만난 소방차마냥 가볍게 꺼졌다. 이런 황당한! 저거 내 마나 포션 마시고 허탕친 거 맞지?

어째서 불이 꺼진 걸까? 왜 꺼진 거지? 운영자들의 농간인가? 아니면 카이데스의 오판인가? 왜 불이 꺼진 거야?

정적 속에서 카이데스가 나지막이 말을 내뱉었다.

"저기… 마나 포션 한 병만 더 줄래?"

5분 후,

나는 지금의 상황을 파악할 수 있었다.

산성 브레스는 드래곤의 이물질이 공기 압력을 받아 만들어졌다…고 카도라스엔 설정되어 있다. 그 브레스가 산화시킬 수 있는 것엔 공기 중의 산소도 포함.

물리학 기초 상식, 불은 산소가 없으면 타지 않는다.

이런 구라쟁이 같은 경우를 보았나!

"으아아아아악!! 이거 놔! 죽여 버릴 거야!"

"차, 참으세요. 참아요!"

지금 내 손엔 갓난아기 머리통만한 짱돌이 들려 있다. 그리고 에X게리온 폭주 직전 같은 모습으로 카이데스를 향했다. 그런 날 필사적으로 말리고 있는 시린터.

"그게 얼마짜린데! 무려 30골드란 말이다, 30골드!! 야, 이! X자식! 네가 물어내기라도 할 거냐? 대갈통에 바람 구멍을 만들어주겠어! 이거 놔, 시리터!"

"시린터라니깐요."

"따지지 마!"

그때 갑자기 카이데스가 손가락으로 하늘을 가리켰다. 그리고 외쳤다.

"앗! 드래곤이 공격해 온다!"

뭣? 드래곤이 공격해 와? 전투 준비!

쿠우우우우우우… 그르르르르르…….

드래곤은 가만히 있는데 무슨 공격이야!

다시 카이데스를 돌아보는데 녀석은 이미 그 자리에 없었다. 고새

토끼다니…….

시린터가 의아한 표정을 지으며 말했다.

"이상하군요. 우리들을 공격할 의사가 없어 보입니다. 블랙 드래곤이 저렇게 착했나요?"

"그러게?"

그리고 보니 성격 짝퉁스럽기로 유명한 블랙 드래곤이 왜 저렇게 순순하지? 보통 때였으면 지지고 박고 다 해먹었을 텐데?

그르르르! 쿠워어어어어어어!!

가만있던 드래곤이 갑자기 꼬리를 이용해 주위 건물을 휩쓸었다. 꼬리 길이만 40m는 돼서 주위 건물들이 휙— 쓸려 나간다. 마치 먼지를 쓸어 담는 빗자루를 보는 듯.

휩쓸린 건물 틈으로 고꾸라져 있는 NPC들이 보였지만 곧 사라졌다. 죽은 것이다.

"허어~ 아무래도 도시를 파괴할 생각인가 보군요. 이제 알겠습니다. 먼저 왔던 두 마리의 드래곤은 도시 파괴에 방해되는 유저들을 한 차례 휩쓴 뒤, 그 뒤에 저 블랙 드래곤이 도시를 파괴하도록 프로그램 된 것 같습니다. 물론 예측입니다만……."

그럴듯하군. 하지만 운영자들이 우릴 너무 물로 봤어. 후후, 도시 파괴 목적으로 만들어진 저 블랙 드래곤은 한낱 허수아비, 동네북, 샌드백, 스트레스 해소 인형이란 말이 아닌가?

"좋아! 그럼 방어도 필요없이 무조건 공격이야!"

"하지만 아까 보셨지 않습니까? 금방 자체 치료가 됩니다. 아무래도 드래곤 하트까지 공격 범위가 미치지 못하면 타격을 주지 못할 것 같습니다."

"그래서 어쩌자는 건데?"

"드래곤 하트를 박살 내거나 빼내야겠죠."

"어떻게 빼내냐고?"

"그거야 최초, 최강의 소더러 마스터인 마듀라 씨가 해야 할 일 아닙니까?"

어쭈? 이건 책임 회피?

"너도 마스터 레벨이잖아! 아까 그 공격력은 소드 마스터가 분명해!"

"……!!(뜨끔)"

뜨끔 하는 거 보니깐 마스터 레벨이 맞군. 알려지지 않은 마스터 레벨이 한두 명 있다고 들었는데 그 녀석이 이 녀석인가 보다. 그럼 이제 5대 마스터가 되는 건가?

어쨌든 시선을 다시 드래곤에게로 돌렸다.

도시 참 잘 부순다. 어서 방법을 찾아야 할 텐데?

시린터가 말했다.

"우선 발목을 잡아야겠습니다."

달리 방법도 없으니.

"알았어."

"타핫!"

시린터가 주위 건물을 타고 도약해 드래곤의 어깨곽까지 점프했다. 그리고 검에 검기를 만들어 폭발시켰다. 드래곤의 몸 이곳저곳에 다시 상처가 생겨났지만 금방 재생됐다.

나는 오른손을 앞으로 뻗어 손바닥을 위로 향하게 했다. 그러자 손바닥 위 5㎝ 지점에서 자그마한 검광진 일곱 개가 나타났다.

"검폭소멸연!"

시동어와 함께 검광진 중앙에서 하얀 구체들이 튀어나왔다. 나는 그 것을 드래곤에게 힘껏 던졌다. 제각기 머리, 어깨, 무릎, 발, 무릎, 발에 맞아 떨어지며 터지는 그것들!

하하핫! 맛이 어떠냐? 나도 검기 폭발쯤은 할 수 있다, 이 말이야!

"우와앗! 이봐요, 마듀라 씨! 귀띔이라도 좀 주시고 하시죠! 위험하 잖아요!"

"어라? 너 아직도 거기 있었냐?"

"……."

드래곤과 접근전을 펼치던 시린터는 드래곤과 함께 나의 공격 범위 안에 들어 이곳저곳 피해 다니는 중이었던 것이다. 뭐, 녀석을 신경 쓸 이유는 없으니까 상관없지, 죽든 말든.

키에에에엑! 크아아아아아!!

드래곤이 홧김인지 산성 브레스를 발사했다. 그것이 이라스 서쪽 지 역을 강타하자 이라스 서쪽 1/20 정도가 완전 녹아버렸다. 건물들이 엿가락이 되어버린 것이다. 우와~!

"오히려 역효과군요."

"…닥쳐!"

어쩌면 좋지? 저거 생각해 보면 폭주한 드래곤이 아닌가? 단번에 드 래곤 하트를 노리지 않으면 효과가 없는데…….

크으! 이를 어찌하면 좋단 말인가?

탁탁탁탁탁.

어? 이게 무슨 소리?

빠른 발걸음 소리가 들려오는 쪽으로 고개를 돌리자 누군가 쌩 하니 달려나가는 것을 볼 수 있었다. 긴 검은 머리카락을 휘날리며 드래곤에게 달려나가는… 세희?

"블레스 오브 발키리 자벨린!"

세희가 달려나가며 축복 마법을 자신의 몸에 시전하고 마법 창을 만들었다. 무, 무슨 짓을 하려는 거야?

"실리! 돌아와!!"

나의 외침에도 불구하고 그녀는 블랙 드래곤 앞에서 또 다른 시동어를 외쳤다.

"점프!"

순식간에 드래곤의 머리 앞 100m 지점까지 뛰어오른 그녀가 발키리 자벨린을 드래곤의 눈에 던졌다. 타오르는 그 불꽃 창은 드래곤의 왼쪽 눈에 정확히 명중했고 드래곤이 고통에 겨워 냅다 비명을 질렀다.

그런데…….

쿠와아아아!

덥석.

드래곤이 고의로 그런 건지 우연히 그런 건지 세희를 덮쳤다. 그것도 입으로… 입으로?

꿀꺽.

"허어~"

세희를 삼킨 듯 한 드래곤을 바라보며 나는 시린터에게 물었다.

"실리가 어디 갔냐?"

"…먹힌 것 같군요."

"장난치지 말고 어딨냐고."

"…먹힌 것 같군요."

"한 번만 더 장난치면 죽여 버린다! 실리 어딨니?"

"…먹힌 것 같군요."

쌍할!

나는 오른손에 모든 검기를 집중시켰다. 다 날려 버리겠어!!

"그만 하십쇼. 아직 실리 양은 죽지 않았을 가능성이 있습니다. 그리고 섣불리 행동한다면 실리 양의 생사가 불투명해집니다."

시린터가 태연한 말투로 날 말렸다.

"10분. 그 안에 구출하지 못하면 실리 양은 드래곤의 위액에 녹아 아웃당하고 말 겁니다. 그 안에 구출해 내는 게 지금으로선 최선의 방법입니다."

"제길! 비켜! 내가 저 녀석의 뱃속에 들어가 실리를 구출해 내겠어!"

"침착하십시오! 냉정해져야 합니다! 드래곤 뱃속에서 실리 양을 구출한다는 건 오크가 젓가락 들고 드래곤한테 개기는 짓보다 무모한 짓입니다!"

설마 하니 오크가 젓가락 들고 드래곤한테 개기는 짓보다야 무모하겠어?

나는 왼손 손바닥을 펴 검광진 아홉 개를 생성해 냈다. 그리고 주먹을 쥠과 동시에 검광진을 하나로 겹쳐 그 안에서 무형광검을 꺼냈다.

"네가 저 녀석의 발목을 붙잡아! 내가 틈을 타서 녀석의 입 안으로 들어간다!"

"아, 글쎄 무모한 짓이라고……."

"이번 일 성사시키면 백 골드다!"

"발목을 잡을 동안 빨리 들어가십시오!"

자식, 웃기는 짬뽕이로세. 돈 준다니까 저렇게 달라지다니. 어쨌든 1분 1초가 아까운 상황이다.

우리들은 그렇게 세희 구출 작전을 실행에 옮기려 했다. 그런데 이건 또 뭐야?

구구구구— 구구구궁! 쿠쿠쿵!

왜 갑자기 땅이 울려? 지진인가? 이라스 전체가… 요동 친다?!

"명을 따라 내 앞에 모습을 드러내라! 골렘 소환!"

엇? 이 목소리는 재수 똥폼 법사 카이데스? 그리고 골렘 소환?

무너진 건물 돌 잔해들이 떠오르며 서로 길거나 뭉툭한 모형을 만들었다. 이건 카도라스 4년 역사상 처음 보는 광경! 뭐지?

시린터도 마찬가지로 묘하고 희한한 광경을 보는 듯한 표정이었다.

쿠궁— 쿠쿵! 쿠구궁!

뭉쳐진 돌덩어리들은 이어서 무슨, 합체 변신 로봇같이 몸통, 팔, 다리, 머리가 붙었다. 그러더니 어느 순간 30m에 육박하는 거대한 돌 인형 세 구가 만들어졌다.

엄청난 위압감의 그 돌 인형은 틀림없는 골렘!

골렘이 나타나다니? 던전에서나 나오는 중급 몬스터인 녀석들이?

"뭐 해? 세희를 구해야지! 너희 둘! 어서 타!"

전직 야타족이 아닐지 의심 가는 말을 내뱉은 카이데스의 말에 잠시 멍하게 있던 나와 시린터는 각기 골렘의 어깨에 올라탔다. 마치 골렘 마스터가 된 듯한 기분.

"골렘으로 드래곤을 밀어 쓰러뜨려. 도마뱀은 뒤집히는 걸 죽기보다 싫어하거든. 그 틈에 시신성, 네가 드래곤 뱃속으로 들어가 세희를 구출해 내!"

……?

난 내 본명을 가르쳐 준 적이 없는데 저 녀석은 어떻게 내 이름을 알지? 그리고 세희도? 음, 그런 건 나중에 따지는 게 좋을 것 같다. 문제는 세희의 구출이니까.

우리들은 골렘을 몰아 드래곤에게로 달려갔다. 겨우 드래곤의 다리까지밖에 안 오는 크기였지만 녀석을 넘어뜨리는 덴 전혀 문제가 되지 않았다(어떻게 조종했냐는 태클은 걸지 말길).

쿠워어어어어어어어!!

쿠궁—!

육중한 드래곤의 몸체가 뒤로 쿠궁! 넘어지며 드래곤이 쓰러진 100m 부근 건물들이 모두 폭삭 무너졌다. 어쩌면 도마뱀 도시 파괴 공범죄로 아이디 정지 먹지 않을까 하는 걱정도 들었다.

"이 틈이야!"

나도 알아, 이 재수 똥폼 법사야! 나는 골렘에서 뛰어내려 드래곤의 배와 가슴 부분 위로 거침없이 달려갔다. 그렇게 입 부분에 도달했는데 드래곤이 입을 열지 않았다. 이빨 사이로 비집고 들어가려 했지만 틈이 없었다. 이걸 어쩐다? 아, 그렇지!

"야! 골렘으로 드래곤 배 내려쳐 봐!"

내가 외치자마자 시린터가 골렘을 이용해 드래곤의 배를 주먹으로 내려쳤다. 그러자……

쿠어어어아아아아악!!

드래곤이 비명을 지르며 입을 벌렸다. 좋아, 입을 벌리는 사이다! 나는 드래곤의 입으로 다이빙했다.

드래곤의 입을 통해 식도를 기어가고 있을 즈음이었다. 뱃속은 조금 어두컴컴했지만 그럭저럭 주위를 분간할 정도는 되었다. 그렇게 식도를 기어다니다가 어느 순간엔가 커다랗고 넓은 공터에 다다랐다. 드래곤의 위였다.

"앗! 듀라야!"

이 목소린… 세희? 목소리가 들려온 쪽으로 고개를 돌려보자 세희가 이쪽으로 다가오는 것을 볼 수 있었다. 무사했구나! 다행이다!

그녀가 물었다.

"듀라도 잡아먹힌 거야?"

"아니, 잡아먹혀 준 거야."

"에? 무슨 소리야, 그게?"

"나중에 설명해 줄게. 우선 이곳을 빠져나가야 해. 어서 나가자."

"응."

나와 세희는 다시 드래곤의 식도로 향했다. 그때 거기서 문득 시린 터가 했던 말이 떠올랐다.

"하지만 아까 보셨지 않습니까? 금방 자체 치료가 됩니다. 아무래도 드래곤 하트까지 공격 범위가 미치지 못하면 타격을 주지 못할 것 같습니다."

드래곤 하트! 이왕 드래곤의 몸속에 들어온 거 지금이 기회다! 네놈의 위장을 갈기갈기 찢어줄 테다!

"검진열창연력광참!!"

시동어를 외치며 오른손을 뻗자 드래곤의 식도가 검은색 검기에 의해 갈기갈기 찢어졌다. 그러자 주위가 크게 요동 쳤다. 드래곤이 고통에 겨워 몸을 뒤흔드는 것 같았다. 우씨! 드래곤 하트를 찾아야 하는데 이렇게 뒤흔들면 드래곤 하트가 어디 있는지 찾기 힘들잖아!

세희에게 외쳤다.

"실리! 드래곤 하트! 붉은색으로 밝게 빛나는 보석을 찾아! 그리고 부숴!"

"아, 알았어!"

나는 드래곤 내장, 어느 한구석에 붙어 세희의 가녀린 허리를 꼭 끌어안아 흔들리지 않도록 했다. 이제 세희가 드래곤 하트를 부숴주기만을 기다릴 뿐이었다.

곧 그녀가 무언가를 발견했다.

"앗! 저건가? 자동차 크기만한 빨간색 보석?"

찾았나 보군! 어서 부숴라, 세희!

"크리티컬 운즈 오브 함!"

크아아아아아아아!!

으윽! 드래곤이 비명을 내지르는 소리가 귀청을 떨어뜨릴 듯이 울려왔다. 몸속에서 이렇게 울릴 줄은 생각지 못했는데?

드래곤의 비명 소리와 함께 뭔가가 쩍쩍 갈라지는 소리와 그 뒤를 이어 유리 깨지는 비슷한 음이 울렸다. 드래곤 하트가 깨지는 소리인가?

"부쉈어, 듀라야!"

"좋았어, 실리!"

쿠구구구구궁.

갑자기 주위가 울렸다. 곧 드래곤의 몸이 서서히 사라지고 주위가 밝아지기 시작했다.

그리고 골렘 세 마리와 카이데스, 시린터, 그리고 꽤 많은 인파들이
보였다.

"성공했군!"

"대단하다, 시신성!"

"드래곤 뱃속에서 나왔어!"

"대단하다, 저 사람!"

"앗! 마듀라 아냐?!"

하아~ 끝났다. 하하, 나하고 세희가 드래곤을 물리치다니. 비록 개
꼴을 당하긴 했지만.

나는 끌어안았던 세희의 허리를 놓… 진 않고 긴 한숨을 쉬었다. 그
리고 세희의 귀에 작게 속삭였다.

"수고했어, 실리."

그러자,

"낯 뜨거운 장면은 때를 보아가면서 하시죠."

시린터가 분위기를 깼다! 저 자식, 정말 재수없어!

다음날 아침.

나는 몸 이곳저곳을 둘러보았다. 접속하자마자 캐릭터를 둘러보는
게 내가 4년 동안 습관화되어 왔던 것이다. 곧 아무 이상이 없음을 확
인한 나는 스탯 창을 열었다.

어제 드래곤을 잡아서 용병 클래스 레벨 101이 되었다. 이제 워리
어 마스터도 얼마 남지 않은 것이다. 그러고 보니 세희의 클레릭은 레
벨이 몇이지? 어제 드래곤 깨고 바로 로그아웃을 해서 물어보질 못했
다.

그때였다.

"듀라야, 벌써 접속한 거야?"

"엇? 실리? 이렇게 아침 일찍 웬일이야?"

"웬일은… 너 기다리고 있었지."

"많이 기다렸어?"

"아니, 5분쯤."

아, 10분 더 일찍 접속할걸. 여자를 기다리게 해서야 되겠어?

어쨌든 만났으니 가야지.

"자, 가자!"

"응!"

우리 둘은 이라스 동쪽 퍼브로 향했다. 어제 그들과 약속을 잡았기 때문이다.

이라스의 동쪽은 유저들이 꽤 많다. 이라스에서 가장 큰 상점이 이 곳에 있고 가장 큰 퍼브도 이곳에 있기 때문이다. 원래 돈이 많이 도는 곳은 사람들이 많이 모이는 것이다. 똥 덩어리가 더 큰 쪽이 파리가 더 많이 꼬이듯.

퍼브에 도착해 자리를 잡으려 할 때였다. 아침 7시경이었지만 사람 들이 꽤 많아 자리를 잡기는 힘들 것 같다. 어떻게 자리를 잡을까 고심 하는 도중,

"이쪽이다, 마듀라."

"이쪽입니다, 실리 양."

누군가 동시에 나와 세희를 불렀다. 날 부른 건 카이데스고 세희를 부른 건 시린터였다.

저 자식, 세희한테 흑심 품은 거 아냐? 만약 그랬다가는 면상을 칼로 긁어낸 다음 벗겨진 살갗에 염산을 들이부어 주겠어!

그나저나 모두 8시에 만나기로 되어 있었는데 다들 한 시간이나 일찍 나왔네?

나와 세희는 그들의 앞에 마주 보고 앉았다. 나는 잡설없이 카이데스에게 물었다.

"너, 정체가 뭐냐? 골렘을 만든 것부터 나와 세희의 이름을 알고 있는 것까지 미심쩍어."

"훗!"

카이데스는 재수없게 한번 웃어 보이더니 말을 이었다.

"나는 대전고교 2학년 4반 강태민. 네가 전학 오기 전까지 내가 카도라스 지존이었지."

허~ 같은 학교 옆 반이었다니? 그리고 내가 오기 전까지 카도라스 지존? 대전고의 지존은 용태가 아니었나? 실력으로 치자면 선미가 지존이고.

"어떻게 생겨 먹은 놈인지 면상 한번 보자."

그러자 그가 후드를 뒤로 벗어제꼈다. 거부할 줄 알았는데 의외로 순순히 후드를 벗는군.

카이데스는 단정하게 깎은 머리가 상당히 잘 어울리는 범생이 타입이었다.

"그리고 나는 마법사가 아니라 네크로멘서다. 어제 마스터 레벨이 되었지."

네크로멘서? 그리고 어제 마스터 레벨이 되었다니? 그럼 어제 드래곤 잡았을 때 마스터 레벨이 되었단 말인가?

"어떻게 네크로멘서가 되었지? 그런 직업이 있다고만 흘려들었을 뿐 지금껏 한 번도 보질 못했는데?"

"그건 노코멘트하겠다."

…그래, 그건 넘어가도록 하지. 카이데스가 우리 학교 학생이란 것과 네크로멘서란 것만 알면 된 거니까.

이번엔 시린터에게 시선을 돌렸다. 녀석은 기다렸다는 듯이 술술 말하기 시작했다.

"저는 바로 일주일 전에 마스터 레벨이 된 초짜입니다. 아직 이렇다 할 명성을 떨치지 못해 마스터로서는 거의 알려지지 않았죠. 마검 즈루커를 다루는 소드 마스터라고만 알아두십시오. 아, 본명은 장민규입니다."

역시 마스터였군. 이로써 6대 마스터가 되었다. 이제 세희도 한 달 안에 마스터 레벨이 될 테니 7대 마스터가 되겠지? 그러고 보니 세희 레벨을 안 물어봤구나.

"실리, 레벨이 몇이야?"

"응? 잠깐만… 음, 105."

105? 나보다 4레벨이나……!

그때 시린터가 끼어들었다.

"각설하고, 제가 이렇게 여러분들을 모은 이유는 단 하나, 팀 결성 문제 때문입니다."

팀 결성? 모두가 의아해하고 있는데 그가 양손을 탁자 위에 내려치며 말했다.

"예, 그렇습니다! 우리는 드래곤 슬레이어! 마스터 팀을 결성하여 길드를 만드는 것이죠!"

저게 미쳤군. 누구 맘대로 길드를 만들재?

나와 세희는 그 자리로 퍼브를 빠져나왔다. 시간만 낭비했네. 젠장!

*   *   *

시신성과 세희가 퍼브에서 나간 후 자리엔 나와 시린터뿐이었다. 시린터는 시신성이 나간 그 시점부터 굳어 있었다. 무시받은 게 그렇게도 충격적인가? 그렇게 1분간의 길고도 긴 정적이 흘렀을 것이다.

시린터가 허탈한 웃음을 날렸다.

"하하, 마듀라 씨만 있으면 길드 하나쯤 세우는 건 어렵지 않은데."

나는 자리에서 일어섰다. 마스터 레벨도 되었는데 이곳에 가만히 있을 수만은 없었다.

막 퍼브를 나서려는데 시린터의 목소리가 날 막았다.

"부탁이 있습니다. 카이데스 씨."

"……?"

내가 말하라는 듯 고개를 끄덕이자 그가 머뭇머뭇 다가오며,

"저도 같이 동행해도 될까요? 혼자선 심심해서 말이죠. 받아주신다면 물심양면으로 뭐든지 다 하겠습니다."

"……동행? 동료가 되자는 말인가?"

"그렇죠. 동료죠. 싫으세요?"

"……."

동료라… 4년간 홀로 게임을 해온 나에게는 생소한 단어였다. 아니, 그때 들어본 것도 같구나. 세희에게서…….

"따라올 테면 따라와라."

"그 말뜻은 동료로 인정해 주시겠단 소리?"

뭐, 의리도 있어 보이고 마스터 레벨이라니 강하겠지. 최소한 짐은 되지 않으리라. 시린터는 나의 첫 동료가 되는 셈이구나.

시린터가 물었다.

"그런데요, 어쩌다 드래곤과 싸울 생각을 하신 거죠? 보통 유저들은 드래곤만 보면 도망치지 않나요?"

"음… 뭐, 나도 처음엔 도망치려고 했는데……."

"했는데?"

"그게 그렇게 됐지 뭐. 그때 맞은 따귀에 정신을 차렸다고 할까?"

나는 왼쪽 뺨에 손을 가져갔다. 그리고 잠시 그때 일을 회상했다.

이라스 동쪽 구석진 골목을 지나갈 때였다. 사람이 많은 곳보단 인파가 드물고 어두컴컴한 곳을 좋아하기 때문에 이동은 이라스 뒷골목을 이용하는 편이었다.

그날도 한적한 골목길을 거닐던 중,

탁탁탁탁.

골목길 저편으로부터 누군가 달려오는 발걸음 소리가 들렸다. 급한 마음에 골목길로 들어선 유저인 모양이다. 이 골목길은 이라스 동쪽 대로가로 통하는 지름길이니까.

나는 그가 골목길을 수월히 지나갈 수 있도록 벽 옆으로 붙으며 걸었다.

상대가 어느 정도 나에게 가까이 다가온 거리.

탁탁탁— 탁!

"아얏!"

"……?"

어이없게도 상대의 머리가 나의 가슴에 꼴아박혔다. 눈을 어따 팔고 다니는지…….

나는 앞서 그에게 사과했다. 긴 머리로 보아 상대는 여자였다.

"괜찮습니까?"

"도와주세요! 지금 듀라가 커다란 도마뱀하고 싸우고 있어요!"

나와 부딪친 그녀가 날 붙잡고 매달렸다. 어두운 골목길이었지만 상대의 얼굴은 명확히 보였다. 그리고 나는 그녀의 얼굴을 확인하자마자 소스라치게 놀라 버렸다.

"부탁이에요! 제발! 듀라를 도와주세요!"

그녀는 2학년 3반의 이세희. 우리 학교 넘버원 퀸카이자 실어증 소녀로 통하는 그녀였다. 전에 골드 타워에서 봤었는데 여기서 또 보게 될 줄이야. 설마 세희가 날 알아봤을까?

"제발요! 그 도마뱀들 무척이나 강하다구요!"

울고불고 사정하는 그녀의 모습에 나는 당황했다. 언제나 침착한 줄로만 알았던 그녀가 신성이 때문에 이렇게 울고불고한다는 것이 말이다. 신성이 녀석, 벌써 세희를 꿀꺽했나? 부럽다. 쯥.

나는 세희를 진정시키며 말했다.

"차근차근히 설명해 봐. 신성이에게 무슨 일이 생긴 거지?"

"그게… 그러니까."

그때 지축을 뒤흔드는 듯, 천둥 소리 같은 커다란 폭음이 울렸다. 누가 이라스 광장에 메테오라도 날렸나?

그 폭음 때문인지 몰라도 세희는 다급하게, 실어증이라는 것이 믿어지지 않을 정도로 빨리 말했다.

"광장 한가운데에 날개 달린 도마뱀이… 드래곤이 나타났어요! 빨간 드래곤하고 파란 드래곤이었어요! 듀라가 드래곤의 발목을 붙잡을 동안 나보고 사람들을 불러 오랬어요! 빨리 도와주세요! 듀라 혼자선 죽을 수 있단 말예요!"

드래곤… 그것도 두 마리씩이나? 방금 전의 폭발음은 드래곤의 것이었나? 그치만 상대는 드래곤… 나는…….

"갈 수 없어."

이제 곧 마스터 레벨에 이르는데 괜히 드래곤하고 싸우다 죽을 순 없었다. 게임 오버라도 된다면 지난 4년간의 노력이 다 허사가 되어버리고 마는 것이다. 내가 얼마나 마스터 레벨을 꿈꿔왔는데, 또다시 그 개고생을 하라고?

"왜죠? 왜 가주지 않는 거죠?"

"지난 4년간의 노력이 허사가 되어버리는 건 싫으니까."

"……."

세희는 아무 말도 하지 않았다. 그렇게 날 조용히 바라보다 이내 고개를 돌려 내 뒤쪽으로 뛰어갔다. 아마 다른 이에게 드래곤과 싸우기를 요구하겠지.

나는 그녀의 손목을 잡고 막아 세웠다.

"헛수고야. 다른 유저들도 나와 같을 거다. 목숨을 걸고 이라스를 지킬 녀석은 없으니까."

짜악!

경쾌한 따귀 소리와 함께 순간적으로 시야가 휘청 떨리며 고개가 오른쪽으로 돌아가 버렸다. 세희가 내 따귀를 갈겨 버린 후였다! 세희가… 내 따귀를?!

멍하니 세희를 바라보는데 그녀가 속사포처럼 말했다.

"듀라는 게임을 위해 마스터 레벨을 버려가면서까지 싸우고 있어요! 듀라는 게임을 그저 게임으로, 현실에서 채우지 못한 욕구를 가상에서 충족시키는 정도로만 게임을 하는 게 아니에요! 이곳에서 희로애락을 느끼며 진정 게임을 즐기고 있어요! 레벨 업에만 빠져 진정한 게임을 하지 못하는 당신 같은 사람은 알 리 없지요. 비록 듀라와 같이 게임을 한 시간은 얼마 되지 않지만 나는 듀라와 같이 게임을 해온 시간이 그 어느 때보다 즐거웠어요. 목소리를 잃으면서 영원히 잃어버린 줄로만 알았던 행복감을 느꼈어요. 소중한 우정과 동료애 같은 감정도 느꼈어요. 그런 것을 느끼게 해준 이 공간을 저는 잃고 싶지 않아요. 설령 게임 오버를 당한다 해도!"

"……!"

"듀라를 도와줄 누군가가 있을 거예요. 있을 거라 믿어요!"

세희의 말을 들으며 나는 아무 말도 못하고 생각에 잠겼다. 지금까지 나는 단순히 사람들이 날 보며 경외해 주기만을 바라기로 게임을 한 건데… 세희와 신성이를 내가 알지 못했던 건가? 아니면 내가 어리석었던 걸까?

나는 단순히……

"환상을 꿈꾸며 게임을 했던 건가?"

"어서 가야 해요! 시간이 없어요!"

"잠깐!"

다급히 돌아서려는 세희를 막으며 그녀에게 말했다.

"안내해라, 신성이가 있는 곳으로……."

내가 왜 게임을 했을까? 단순한 욕구 충족? 아니면 날 경외하며 바라보는 시선을 위해? 그래, 그랬지. 하지만······.

"하핫! 카이데스 씨는 말수가 별로 없나보군요. 저는 말이 워낙에 많아서요. 하하!"

이젠 게임을 즐겨볼 필요가 있을 것 같다, 나의 첫 동료와 함께.

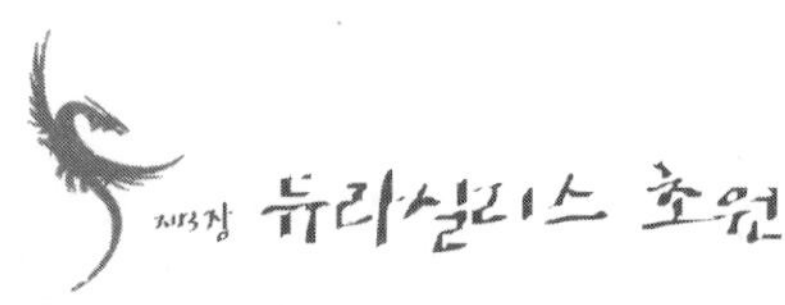

내가 정확히 2년 6개월 만에 마스터 레벨이 될 수 있었던 이유… 라고 한다면 라스트 고렙 존의 그곳 때문이라고 말할 수 있다.

리젠 대륙.

이곳은 그 누구도 모르는 운영자의 대륙. 그 존재는 카도라스 백만 명 유저 중 나밖에 모르는 것이다. 아마 내가 이곳을 몰랐다면 고 레벨에 머물러 소더러 스킬이나 꾸역꾸역 개발하다가 게임을 접었을지도…….

나는 세희를 데리고 이라스의 북쪽, NPC 민가촌이 즐비한 곳으로 향했다.

말없이 어두운 골목길을 걷던 도중 세희가 물었다.

"어디로 가는 거야, 듀라야?"

"일단 따라와 봐."

1시간여 걸었을 것이다. 우리들은 민가촌의 한 집 앞에 도착했다. 이곳은 나와 함께 소더러 스킬을 개발했던 소더러 A의 집이었던 곳. 집 안 내부는 중앙의 허름한 소파와 벽에 걸린 깨진 거울 뿐이라 훔쳐 갈 만한 것도 없었다.

나는 열고 닫힐 때마다 기분 나쁜 소리를 내는 집 대문을 닫고 세희와 집 안으로 들어섰다. 세희가 집 안의 빈터를 둘러보는 동안 나는 중앙에 놓여 있는 허름한 소파를 옆으로 밀쳐 내고 소파 밑, 바닥의 문을 떼어냈다. 어두컴컴한 지하실이었다.

"실리, 들어와."

"어? 거기가 어딘데 그래?"

내가 먼저 그곳으로 들어가자 세희도 따라서 안으로 들어왔다. 지하실은 사다리로 오갈 수 있게 되어 있다. 세희가 사다리를 타고 내려오는 도중, 아래서 그녀의 치마 속을 훔쳐보겠다는 엉큼한 상상은 절대 하지 않았다. 감히 날 뭘로 보고!

생각은 하지 않고 슬쩍 봤을 뿐이다.

"어? 듀라야, 얼굴이 빨개?"

"하하! 아무것도 아니야. 좀 덥네?"

"…게임에서 더운 것도 느껴?"

"……."

그렇다. 여기는 게임. 더위, 추위, 고통은 느낄 수 없는 가상 현실이다. 나는 한순간 말실수했다는 것을 깨닫고 헛기침을 한 번 하며 주위로 시선을 돌렸다.

사방이 벽으로 둘러싸인 이 10평짜리 밀실은 천장의 램프와 자그마한 책상 하나, 의자 둘이 전부인 곳이다.

세희가 먼지 쌓인 바닥을 보며 말했다.

"듀라야, 이곳은 어디야? 정말 썰렁하다."

"내 친구 집이었던 곳. 지금은 그 친구가 게임을 접으면서 쓸모없어진 곳이지. 원래는 사방이 책꽂이로 둘러싸여 있고 이래저래 문서들이 발에 채이던 곳이었는데 다 불타 버렸어."

"으음~ 그런데 이곳으로 날 데려온 이유가 뭐야?"

"그건 아주 중요한 말을 해야 하기 때문이지."

"어떤 중요한 말인데? 다른 사람이 들어선 안 되는 말이야?"

다른 사람이 들어서 되는 말이면 내가 굳이 이곳까지 왔겠니?

나는 지금까지 쌓아온 이미지와는 어울리지 않게, 제법 진지하게 엄숙한 분위기를 만들어내며 책상 아래에 놓여 있는 파이프 의자 두 개를 빼냈다. 그리고 의자 위의 먼지를 털어낸 뒤, 하나는 내가 앉고 하나는 세희에게 권했다.

"실리, 지금부터 내가 하는 이야기, 그리고 그 사실들은 듣는 순간 모두 비밀로 간직해야 돼. 알겠지?"

끄덕.

세희는 대답 대신 고개를 한차례 끄덕였다. 나는 잠시 그녀를 바라보다가 이내 다짐하고는 입을 열었다.

"2년 전, 내가 고 레벨이 됐을 때였어. 막 3차 전직으로 소더러를 택했을 때였지. 그런데 소더러가 고렙 존에 들어서게 되면 레벨 업이 어렵다는 걸 난 그제야 깨달았어. 그리고 스킬 익히기도 무지하게 어려웠지. 때문에 나는 동료를 써가면서 스킬을 개발하고 해독해 냈지. 타인에게 정보가 누설되지 않도록 그 동료를 배신하고 이곳에 있던 소더러 스킬 문서들을 모두 불태우기도 했어. 괜히 마스터 레벨이 늘어나는 게 두려웠던 걸지도 몰랐지."

나는 자리를 고쳐 앉았다. 진지 모드로 나가려니까 낯짝이 간지러웠다.

"그렇게 소더러 스킬을 100% 거의 완벽하게 해독해 냈는데, 이번엔 레벨 업이 문제더라구. 그런데 어느 날이었지. 우연히 운영자와 마주친 거야. 호기심에 그의 뒤를 미행했지. 12시간의 미행 끝에 녀석이 도착한 곳은 카밀리베아 대륙의 벨루니아더군. 벨루니아는 숲으로 이루어진 도시, 아니, 도시라기보다는 숲이라고 해야 맞는 곳이지. 수많은 엘프 NPC들이 모여 있는 곳이니까. 그런데 그 운영자가 벨루니아의 숲에서 어느 곳으로 이동했는 줄 알아?"

"……?"

"리젠 대륙. 벨루니아 숲, 876.XXX 지점에 그곳으로 향하는 통로가 있었어."

"……?"

"모든 몬스터들이 운영진 프로그램에 만들어지는 곳이야. 그곳에서 만들어진 몬스터는 각 대륙의 사냥터로 보내지는 것이지. 대단하지? 오크, 슬라임 같은 하급 몬스터들부터 나이트 셰이드 같은 상급 몬스터들이 진을 치고 있는 곳이야."

"……!"

세희가 엄청나게 놀라는 눈빛을 보였다. 나는 은은한 눈빛으로 그녀를 마주 보았다.

"한 달 안에 마스터 레벨은 시간문제야."

"……."

"나는 세희가 비밀을 지켜줄 거라 믿어. 지금껏 내가 세희를… 세희가 나를 믿어왔던 것처럼. 만약 이 비밀이 누설되어 운영자의 귀에가지 들어가게 되면 계정 삭제를 면치 못할 거야.”

*   *   *

오렌지 빛 석양이 창문으로 내리쬐는 커다란 응접실 안.

자리에 있는 이들은 날 포함해 모두 15명이었다.

나는 이미지 마법에 찍힌 마듀라의 사진을 책상 위에 올려놓으며 자리에 있는 이들에게 말했다.

“4개월. 그 정도 기간이면 충분할 것 같습니다. ‘계획’은 그때 이루어집니다. 문제는…….”

나는 책상 위에 올려놓은 마듀라의 사진을 쓱 내밀며 말을 계속했다.

“마듀라, 이자입니다. 익히 들어 알고 계시겠지요? 카도라스 오픈 2년 6개월 만에 소더러 마스터에 이른 자입니다. 뭐든 자유를 추구하는 성격이라 우리 길드에서도 그를 포섭할 수 없었습니다. 우리의 목적에 걸림돌이 되는 자는 바로 이자. 반드시 제거되어야 할 인물이지요. 4개월 안에 이자를 게임 오버시켜야 합니다.”

“…….”

모두가 침묵을 지켰다. 다들 나 몰라라 하는 척이었다. 하긴, 마스터 레벨에 이른 자라 해도 최초, 최강, 최고의 소더러와 싸우는 것은 그리 달갑지 않을 것이다. 소더러는 키우기 힘들고, 스킬도 어렵고, 여러 가지로 복잡한 클래스이긴 하지만 강하다. 어쩌면 소더러 마스터인 마듀라가 카도라스 최고의 유저일지 모르는데 누가 그와 대적할 수 있겠는가?

　그와 상대할 수 있는 사람은 타미야님, 현 지존 위저드 마스터뿐이
다. 하지만 그는 글러보드에서의 ‘배 작업’ 때문에 이 일에 동참할 수
없다. 그럼 누가 나서야겠는가?

　“제가 실력 좋은 애들을 풀겠습니다, 마스터.”

　“좋습니다.”

　이프.

　마스터 레벨의 레인저이자 카도라스 최강의 어쎄신이라 불리는 그
였다. 지금껏 단 한 번도 일에 실패한 적이 없는 베테랑 중의 베테랑
킬러. 정면으로라면 마듀라를 이기리란 보장은 없지만 배후에서라
면…….

　후후! 마듀라가 카도라스에 발붙일 날도 얼마 남지 않은 것 같군.

*　　　*　　　*

　나와 세희는 카밀리베아 대륙으로 향하고 있다. 떨어져 있는 대륙인
데 어떻게 가냐구? 당연히 배를 타고 간다. 배를 타고 8시간이면 카밀
리베아 대륙, 항구 도시 글러보드에 도착하는 것이다.

　카밀리베아 대륙.

　일명 마(魔)의 대륙이라고도 불리는 이곳은 네잎 클로버 모양이라는
거, 전에 설명했었다. 그 네잎 클로버 모양에서 서쪽과 동쪽은 각각 청
룡성지와 흑룡성지가 있는데, 청룡성지에 살던 청룡은 현 지존 위저드
타미야한테 죽어서 볼 수 없고, 청룡이 살던 성터는 관광지로 쓰이고
있다. 한번 가봤는데 솔직히 볼 만한 거 하나도 없더라. 가서 청룡 인
형 하나 받아온 거밖에는…….

"청룡 인형? 그거 있어?!"

"글쎄? 아이템 창에 보관해 뒀던 것 같았는데… 있다."

"앗! 정말? 듀라야~"

갑자기 세희가 간드러지는 목소리로 내 아이디를 불렀다. 오오~ 얼굴 안 따라주는 여자들이 하면 닭살을 사시미로 긁어 떼어내 살갗을 담뱃불로 지져야겠지만, 세희 같은 초미소녀가 하니깐 가슴이 두근거리는 게… 흥분된다!

세희가 여전히 간드러지는 목소리로 말했다.

"나, 그거 주면 안 될까? 나, 인형 하나~ 갖고 싶은데~"

못 줄 거야 없지! 나는 당장에 아이템 창에서 청룡 인형을 꺼냈다. 머리와 몸통의 비율이 2대 3으로 날개는 몸체에 비해 작게 축소되었고, 얼굴은 귀엽게 디자인되었으며, 배가 뽈록 튀어나온 파란색 드래곤 인형이었다.

갓난아기 크기만한 그 인형을 받아 들며 세희는 함박웃음을 머금었다. 5~6살 어린애들이 인형을 받고 좋아하는 모습 그대로였다. 순수한 그녀, 그대의 이름은 이세희~

그대의 미모에 반해 버릴 남정네들이 족히 수천억만 명(?)에 이르리라.

"꺄아! 너무 귀엽다! 듀라야~ 고마워!"

"하하하핫! 원한다면 그런 거 백만 개도 더 구해줄 수 있어! 하하핫!"

"어머~ 정말? 듀라~ 최고!"

방방 뛰며 기뻐하는 세희의 모습과 으쓱해하는 내 모습을 보며 몇몇 유저들이 배 난관에 기대어 구토를 하는 모습이 언뜻 보였지만 뭐, 부럽나 보지? 크크큭!

*　　　*　　　*

　나는 이프님의 길드에 속해 있는 어쎄신이다. 나는 내 동료, 사스미와 목따거를 데리고 마듀라 암살 계획 임무를 맡았다. 임무 이틀째. 사스미가 마듀라의 행방을 찾아냈다. 마듀라는 가니아 대륙 항구 도시 엘가니아에 있다고 한다. 배편으로 카밀리베아 대륙 글러보드로 간다는 소식도 함께였다.

　"좋아! 승객으로 위장해 마듀라가 카밀리베아 대륙에서 내리는 즉시 계획을 실행한다!"

　"알았다! 하긴싸쌀!"

　그렇게 우리들은 마듀라와 한 배를 타게 되었다. 우리 셋은 지극히 평범한 여행자 복장(안쪽에 연장이 들어 있는 로브와 칼 박힌 구두, 암기가 꽂혀 있는 건틀렛)으로 위장을 한 뒤, 마듀라의 행동을 유심히 살폈다.

　그는 여자 친구인지 애인인지하고 같이 있었는데 그 애인은 보기 드문 초미소녀였다. 역시 주인공 옆엔 미소녀가 따라붙는 건가? 다음 편에 죽어버릴 우리 같은 엑스트라들은 여자 하나 안 붙여주는데. 이거 원, 서러워서 조연 짓 해먹겠나?

　우리는 마듀라와 그녀가 나누는 대화를 엿들을 수 있었다. 있었는데,

　"앗! 정말? 듀라야~ 나, 그거 주면 안 될까? 나, 인형 하나~ 갖고 싶은데~"

　갑자기 그녀가 간드럼 목소리+아양, 애교를 떠는 것이 아닌가? 오

우, 쉿! 코, 코피 터질라칸다.

"까아! 너무 귀엽다! 듀라야~ 고마워!"

"하하하핫! 원한다면 그런 거 백만 개도 더 구해줄 수 있어! 하하핫!"

"어머~ 정말? 듀라~ 최고!"

"우웨엑! 어억!"

그들의 대화를 들으며 나와 사스미, 목따거는 배 난관을 기대 잡고 구토를 해댔다. 정신이상 과다 뇌수 분열증으로 뇌의 중추신경과 뉴턴이 기능을 상실하고 대뇌와 소뇌 전체에 닭살이 돋아오른 것이다!

뭐 저딴 것들이 다 있어? 감히 솔로들을 물먹이는 거야, 뭐야? 어차피 정해진 운명이지만 기필코 저 닭들을 떼어버리고 말리라! 도~저히 눈꼴시어서 못 봐주겠다. 빨리 일 처리하고 이라스로 돌아가고 싶어!

"그치만 부럽다."

쿠콰!

부럽다고 한 목따거의 대갈통을 배 난간에 박아버린 나는 허리춤에 묶여 있는 독 묻은 단도를 살며시 매만졌다. 명령이 없어도 저 여자애까지 죽여 버리고 말리라 다짐하는 나였다.

*　　　　*　　　　*

글러보드에 도착했다. 이제 여기서 마차를 타고 벨루니아까지 가는데 2시간이 걸리는 것이다. 하지만 도시를 구경하고 가자는 세희의 말에 지금은 글러보드 상점이나 돌아다니는 중이었다.

"와아! 이 머리 방울 예쁘다!"

　세희가 상점에 진열되어 있는 머리 방울 두 개를 가리키며 함박 미소를 머금었다. 지극히 평범한 것임에도 오버하며 들뜬 모습이 보기 좋았다. 그리고 그것은 나의 소비 심리를 부추기는 원동력이 되는 것이다. 하지만 먼저 나서진 않았다.

　왜 먼저 나서지 않느냐? 세희가 곧 나에게 시선을 돌릴 것이기 때문이다.

　"듀라야~ 나, 이거 갖고 싶은데~"

　캬~ 죽이지 않은가? 세희의 간드러지는 목소리만 들으면 흥분된다! 세희는 남성의 성적(?) 심리를 흥분시켜 주는 힘이 있다니까!

　"사주고 말고! 사줘야 하고 말고! 아저씨, 이거 얼마예요?"

　상인 NPC에게 돈을 지불한 뒤 머리 방울과 빗과 거울을 샀다. 세희는 거울을 보며, 빗질을 하며, 머리 방울을 머리에 묶었다. 양갈래 방울 머리였다.

　그녀의 허리까지 내려오던 긴 생머리가 양갈래로 묶이자 평소의 순수, 청순 이미지에서 발랄, 상큼, 건강미 넘치는 미소녀로 변신했다.

　지금까지 수많은 미소녀 변신 애니메이션을 봐왔지만 머리 하나 땋은 걸로 이렇게 변한 모습은 처음 봤다. 그 말인즉, 지금까지 봐왔던 애니메이션의 미소녀 캐릭터들은 짝퉁이란 소리다(세일X문, 웨딩X치 등. 복장 하나 바뀐 것뿐인데 남자 주인공들이 못 알아본다).

　"어때? 어울려?"

　"응! 정말 예뻐!"

　"에헤~ 고마워. 유치원 다닐 때 몇 번 땋아보고 이번이 처음이거든. 이상하진 않아서 다행이네."

　세희의 유치원 때 모습이라… 초특급 왕귀염둥이였겠지? 아아, 그때의 세희 모습을 보고 싶어라.

우리는 상점을 나와 마차를 잡기 위해 글러보드 광장으로 향했다. 뒤에서 이상한 기척을 받은 것은 그때였다. 어쎄신들이겠지? 드디어 연합 길드 쪽에서 움직이기 시작했군.

술따러, 그 자식이 말이야.

나는 발걸음을 멈췄다. 그리고 세희의 어깨에 팔을 걸친 뒤 살짝 끌어안았다. 이건 절대 변태 집약적 성 욕구 불만 행위가 아니라는 걸 알아주기 바란다. 그녀를 지키려는 보호 행동일 뿐이다⋯ 라고는 하지만, 솔직히 기분은 좋긴 좋다.

"너희들⋯ 다 알고 있으니까 나와."

"⋯⋯."

하지만 내 뒤에선 아무도 나타나지 않았다. 세희가 뒤를 돌아보며 의아해했다.

"무슨 소리야? 나오라니? 누굴?"

어? 아무도 안 나와? 내가 착각했나? 나도 늙었는지 감이 많이 떨어졌나 보군. 다시 갈 길이나 가자⋯ 라고 생각했다면 오산이지!

"5초 내로 안 튀어나오면 병신을 만들어 버리겠어! 하나! 둘!"

그렇게 손을 들어 올리며 검기를 뿜어내자,

"끄아아악!"

"으으으으!"

"우끼악!"

세 마리가 건물 뒤에서 모습을 드러냈다. 이미 내 검기 공격에 양 손목이 잘려 나간 후였다. 조무래기 중에 조무래기였나 보군.

그중 한 녀석이 말했다.

"어, 어째서… 5초라면서?"

자식이 따지기는…….

"넌 개 풀어놓고 3초 만에 잡는 게 더 빠르다고 생각하냐, 5초 만에 잡는 게 더 빠르다고 생각하냐?"

"……."

바보. 암살자 중에서도 머리 나쁜 놈들만 베스트로 뽑아왔나 보다. 그럼 구체적인 심문이다.

"너희! 배후가 누구냐? 날 죽이라고 지시했던 배후 말이다."

"……."

예상대로 녀석들은 아무 말도 하지 않았다. 어쎄신들은 그런 것에 관해서라면 입이 무거우니까. 하지만 이 마듀라님을 가볍게 보시면 안 되지.

"5초 내로 대답 안 하면 모조리 베어버리겠어. 하나! 둘!"

한 놈의 머리가 날아갔다. 나뉘어진 몸과 머리는 땅에 떨어지기도 전에 가루가 되어 사라졌고 그 모습을 본 나머지 어쎄신 둘이 로그아웃을 시도하려는 듯했다.

그 틈을 놓치지 않고 손날을 공기 중에 긋자 내 손날에서 빠져나간 검기가 어쎄신 두 명의 몸통을 베어버렸다. 1초만 늦었어도 로그아웃될 뻔했네?

"듀라야, 이게 무슨……."

"신경 쓰지 마, 가자."

가루가 되어 사라지는 어쎄신들을 바라보던 나는 다시 세희를 이끌며 발걸음을 돌렸다.

*   *   *

"뭣이? 하긴싸쌀 패거리가 마듀라한테 당해? 이런 젠장!"

암살 한번 제대로 못해보고 당해 버렸다니! 이런 어이없는! 그들은 우리 암살 길드 최고의 실력을 자랑하는 자들인데?

"젠장! 내가 직접 가겠다! 마듀라의 행방을 찾아내!"

*   *   *

어쎄신들과의 혈투(?)가 끝난 후였다. 마차를 잡아 타 벨루니아에 도착한 우리들은 그곳에서 포션 등의 각종 물품을 구입했다.

이곳의 특산품인 이슬 포션, 안개 포션, 허브 포션 등은 상당히 인기가 많다. 하지만 값이 비싸다. 한 병에 50골드(50만 원 가치)나 될 정도니까 말이다. 맛이 특이하다는 것밖에 일반 포션과 다름이 없는 건데 왜 이런 걸 사려는지 모르겠다. 나는 만 골드를 투자하여 일반 포션 1천 병과 마나 포션 1천 병을 구입했다.

그때 세희가 물었다.

"듀라야, 그런데 그 돈은 다 어디서 모은 거야?"

훗! 궁금한가 보지? 하긴, 1천 골드면 1천 골드, 1만 골드면 1만 골드 거침없이 쑥쑥 나오는데 궁금하기야 하겠지.

하지만 이건 세희에게도 알려줄 수 없는 비밀이 있다.

나는 대충 얼버무렸다.

"그동안 꼬박꼬박 모은 거야. 빨리 가자. 잘못하면 늦겠다."

벨루니아 도시 한구석엔 아주 작은 풀숲이 하나 있다. 주위에 유저라든지 NPC는 한 명도 보이지 않는, 커다란 풀들이 가리고 있는 아담한 사이즈의 풀숲이다. 이곳이 리젠 대륙으로 통하는 입구. 876.XXX 지점.

나와 세희는 그곳 한가운데에 도착해서야 발걸음을 멈췄다.

세희가 주위를 둘러보며 물었다.

"이곳 어디에 대륙이 있다는 거야?"

"실리, 손거울 좀 잠시 줘볼래?"

"손거울? 자."

세희가 글러보드 상점에서 산 손거울을 넘겨주었다. 손거울을 통해 내 모습을 보자 진짜, 열라 짱 잘생긴 녀석이 보였다. 고놈 인물 한번 훤하구만! 남자라면 이 정도는 돼야지!

"실리, 잘 봐."

한껏 자아도취에 빠져 있던 나는 손거울에 달빛을 반사시켜 땅에 그 반사된 달빛을 쏘아 보냈다. 그러자 풀숲 한가운데에 자라나던 풀들이 사라져 없어지며 그곳으로 물이 솟아났다.

갑자기 땅에서 물이 솟아나자 세희가 엄청 놀라는 빛을 보였다. 나도 처음엔 저런 표정을 지었었지.

어느새 지름 3m 정도의 작은 연못이 만들어졌다.

"이제 들어가면 돼."

그런데 세희는 들어갈 생각도 하지 않고 연못을 바라보더니 얼굴을 새파랗게 질렸다.

"나 열 살 때 물에 빠졌다가 겨우 살아난 적이 있어서 그때 충격으로 수영 못해."

엥? 난 열 살 때 해수욕장에서 수영하다가 여자 엉덩이에 얼굴 박아서 코피 터지고 기절했는데도 수영은 잘한다. 엉덩이 쿠션에 얼굴 박았는데 어째서 코피가 터졌냐구? 남성 호르몬의 과다 분비로 피가 얼굴에 쏠려서 그렇다, 왜?

나는 세희를 안심시켰다.

"이곳은 가상이야. 설마 숨 못 참는다고 죽지도 않거니와 물속에서도 숨을 쉴 수 있으니까 걱정 마. 그리고 내 손을 꼭 잡고 가면 금방이야."

"…그치만."

"걱정 말라니까."

"꺄악!"

풍덩!

나는 세희의 손을 잡고 연못으로 뛰어들었다. 연못 안의 공간은 넓었다. 그리고 밤인데도 물이 투명하게 빛나서 주위가 확연히 들여다보였다. 물에 심한 거부 반응을 보였던 세희는 물속에서도 숨을 쉬는 것을 느끼자 곧 행동이 자연스러워졌다.

나는 세희의 손을 잡고 연못 바닥으로 서서히 내려갔다.

연못 바닥은 연못 바닥. 모래와 자갈이 깔려 있는 평범한 바닥이지만 그 실체는…….

"……!"

내가 연못 바닥에 머리를 박을 줄 알고 날 말리려던 세희가 자신도 연못 바닥에 머리를 박을 것 같자 반사적으로 손을 들어 머리를 방어했다. 하지만 아무런 느낌 없이 나와 세희의 몸은 연못 바닥을 통과했다.

그리고 연못은 서서히 사라졌다.

"다 왔어."

"하아~ 분명 연못 바닥에 머리 박는 줄 알았는데? 그런데 여긴 어디야? 이곳이 리젠 대륙?"

세희가 주위를 둘러보았다. 이곳은 높고 푸른 하늘에 뭉게 구름이 둥둥 떠 있는, 주위는 온통 풀밭인 초원이었다.

이곳이 바로 모든 몬스터들의 생성지 리젠 대륙.

"몬스터는 하나도 안 보이는데?"

"몬스터는 저 언덕을 지나야 볼 수 있어."

내가 손가락으로 저 오르막 언덕을 가리키자 세희는 그곳까지 힘차게 달려갔다. 보면 놀랄걸, 아마?

사박사박.

풀 밟는 소리를 내며 그리 높지 않은 언덕을 뛰어올라 가던 그녀가 언덕 꼭대기에서 발을 멈췄다. 그리고 그 자리에서 경직했다. 역시 놀랐겠지?

언덕 위에서 5초간 경직하던 그녀가 나에게 손을 흔들며 외쳤다.

"대단하다! 엄청나! 빨리 와봐!"

"그래그래, 간다."

언덕 위부터는 다시 내리막길이었다. 사방이 U 자 모양으로 둘러싸인 드넓은 초원. 그 안에 몰려 있는 엄청난 숫자의 몬스터들. 저 레벨부터 고 레벨까지 다양한 레벨의 몬스터들이 개미 때처럼 몰려 있는, 그야말로 몬스터 천국이었다.

나는 그것들을 바라보며 세희에게 설명했다.

"이곳의 몬스터들은 강한 공격성을 띠고 있지 않지. 먼저 공격하지 않으면 상대를 공격하지 않아. 그리고 모여 있어서 대량 살상 스킬로 한꺼번에 때려잡기엔 딱 좋아. 죽은 몬스터는 3초에서 5초 후에 다시 리젠되니까 얼마든지 죽여도 끝이 없지."

"대단해! 그런데 계속 리젠 리젠 하는데, 리젠은 몬스터가 재생하는 걸 말하는 거잖아? 새로 이곳 이름을 지으면 안 될까?"

새로 이름을 짓는다구? 이곳의 공식 명칭은 알려지지 않아서 나도 그냥 리젠 대륙이라 부르는데?

세희가 좋은 이름이 떠오른 듯 외쳤다.

"듀라실리스 초원으로 하자!"

"듀라실리스?"

"응! 이곳을 맨 처음 발견한 마듀라의 듀라와 내 이름인 에실리스의 실리스. 그래서 듀라실리스! 어때? 맘에 들어?"

허어~ 내 닉네임 뒷 글자와 세희의 닉네임 뒷 글자를 합친 거로군. 어감 좋은데? 역시 여자라 그런지 작명 센스가 있다.

"좋아, 그렇게 하자. 앞으로 여긴 우리들만의 듀라실리스 초원이야."

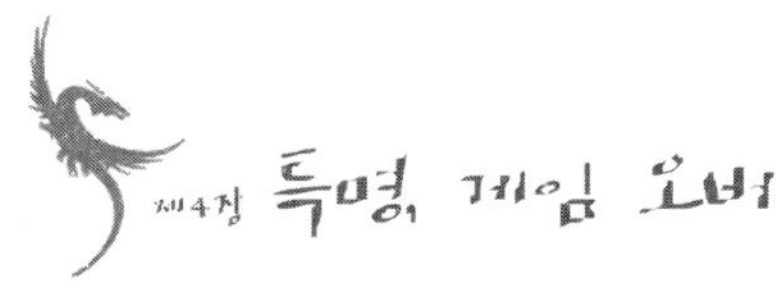

한 달 후.

세희는 게임 시작 두 달여 만에 마스터 레벨에 이르게 되었다. 여기서 몇몇은 세희는 어찌 그리 빨리 레벨 업하느냐라는 태클을 건다.

그럼 나는 네 가지 이유로써 그 태클들을 피한다. 하나하나씩 살펴보기로 하자.

1. 세상 좋아진 이벤트의 증가.

요즘에서야 폭렙 이벤트가 많이 늘었다. 1, 2년 전만 해도 이벤트가 있어봐야 쓸데없는 것뿐이고 폭렙을 해봐야 10~20 정도가 고작이었다. 그런데 요즘엔 (주)카마디에서 이벤트 담당 부서도 만들고 꽤 많은 폭렙터가 생겨 레벨 업이 쉬워졌다. 덕분에 골드 타워에서만 45업을 하지 않았는가?

2. 마스터 레벨의 원조.

여기서의 원조는 원조교제의 원조가 아니다. 빽 든든한 마스터 레벨이 뒤에서 원조를 해주는데 당연히 몇 배나 레벨 업이 빠를 수밖에.

3. 남성 인권 무시. 여성 인권 존중.

가장 문제가 되는 게 바로 이것이다! 세희와 내가 똑같이 직업을 키웠는데 세희가 더 경험치를 많이 받는다. 이건 골드 타워와 드래곤 이벤트 때 충분히 증명된 바 있다. 프로그램의 문제인지 운영자의 여성 인권 존중인진 아직까지 밝혀진 바 없다.

4. 듀라실리스 초원.

이건 말 안 해도 알지?

이런 구라쟁이 같은 네 가지 이유라면 충분히 납득이 되겠는가? 안 되면 말아라. 나도 이해 안 되니까.

어쨌든! 마스터 레벨이 되었다. 하지만 이게 끝이 아니다. 일단 이라스 전직서에서 마스터 아이템을 받고 마스터 스킬을 연마하여 보너스 경험치를 쌓아야 한다. 그리고 세희는 최초의 프리스트 마스터다. 명성만 쌓는다면 게임 잡지사, 게임 방송사에서 취재가 들어올 것이다. 그럼 세희는 이렇게 말하겠지?

'이건 순전히 마듀라 덕분이에요.'

흐흐, 그럼 나는 명성이 배로 뜰 것이고, 현 지존 타미야나 술따러와는 비교가 안 될 정도의 명성 지지도를 받아 카도라스 지존이 될지 모른다.

속으로 상상의 나래를 펼치던 나는 들려오는 전직관 NPC의 목소리를 듣고 퍼뜩 꿈에서 깼다.

"어서 무기 고르세요!"

지금은 워리어 마스터 무기를 고르는 중이었다.

"자, 영검 베도밀과 영검 일리도가 있어요. 무엇을 선택하시겠습니까?"

나는 말없이 영검 베도밀을 집어 들었다. 검날이 한쪽으로만 서 있는(부엌칼 모양), 길이 180㎝의 대검이었다. 파괴력만 카도라스 1, 2위를 자랑하는 마스터 무기인 것이다.

사실 내가 이거 하나 얻으려고 투사가 된 거라고도 볼 수 있었다. 소더리는 공격이 날카롭고 강하지만 특별히 직접적인 파괴력이 없다. 그것을 보충하기 위해 이것을 선택한 것이다.

"축하합니다. 최초의 워리어 마스터 마듀라 씨. 언제나 당신의 곁에 투신이 함께하길~"

NPC의 말을 뒤로 흘려들으며 나와 세희는 용병 길드를 나섰다. 이제 신전으로 가야 한다. 세희가 마스터 무기를 고를 차례인 것이다. 아직 어떤 무기를 고를지 결정을 하지 못한 상태라 내가 먼저 마스터 무기를 고르게 된 거였는데.

에휴~ 저렇게 골똘히 생각하다간 해 다 져버리겠네. 빨리 고르시라구요, 아가씨.

"마스터의 경지에 이른 자, 에실리스. 당신에게 프리스트 마스터의 칭호를 부여합니다."

맨 처음 세희에게 직업을 준 그 늙은 NPC였다. 그가 그렇게 말하며 세희의 머리에 손을 얹자 세희의 머리를 통해 하얀 빛이 빨려 들어갔다.

이어서 그가 손을 휘젓자 아무것도 없던 허공에 옷과 검이 나타났다.

"성의 우카론, 성검 시오르가 있습니다. 무엇을 택하시겠습니까?"

세희는 그때까지 무엇을 고를지 망설이고 있었다. 개인적으로 성검이 좋을 것 같은데… 성의는 최고급 프리스트 로브로 커버할 수 있지만 성검은 프리스트 용으로 만들어진 게 없다. 개인적으로 시오르의 위력이 어느 정도인지 시험해 보고 싶기도 하고……

"결정했어요! 이걸로 하겠어요!"

나와 텔레파시가 통한 것인지 세희가 성검을 택했다. 역시 세희는 나와 필이 통한다니까! 귀여운 것!

"축하합니다. 최초의 프리스트 마스터 에실리스여. 신의 가호가 그대와 함께하길."

그렇게 우리 둘은 신전을 뒤로했다. 신전을 나선 세희가 성검을 이리저리 휘둘러 보았다. 성검 시오르는 레이피어 날처럼 얇고 가벼운 것이었다. 저거 50자루 합친 두께가 베도밀 하나 두께만하겠다.

"나 칼싸움할 줄 모르는데 잘 선택했나 모르겠네."

"걱정 마. 기본적인 검술은 내가 가르쳐 줄 테니까. 그리고 투 클래스로는 검사가 되는 게 좋을 거야. 소드 마스터 말이야."

"응! 좋았어! 그럼 이제 검사 길드로 가면 돼?"

"그렇지."

이젠 척척이구나. 혼자 놔둬도 다 알아서 게임하겠다.

그렇게 그녀와 발걸음을 돌리는 도중,

"아참! 내일이 개학이다!"

"……"

세희의 마지막 말이 내 가슴에 비수처럼 파고들어 와 내장을 후벼팠다.

다음날 학교.

"제군들, 모두 안녕하였는가? 하하핫!"

간만에 보는 용태의 활기발랄, 까불까불한 모습이었다. 기분이 좋은 모양이다? 저 녀석이 기분 좋아하는 모습을 보니깐 아침부터 재수가 없어지려 하는데.

"하하핫! 오오, 마듀라가 아니신가? 하하핫! 내가 어제 길드를 이끌고 스미시아 타워를 정복하였도다!"

허어~ 그 무슨 오크가 포크로 드래곤 때려잡는 소리냐? 그건 상식적으로 불가능해, 불가능. 너의 그 탁월한 지도력과 리더쉽으로 길원들을 몰살시켰을 테니까.

내가 못 믿겠단 표정을 짓자 그가 반 친구들을 돌아보며 외쳤다.

"얘들아! 분명 너희들도 봤지? 내가 어제 스미시아 투구 받은 거?"

"에라이 C! 다 죽여놓고 그런 소리가 나오냐?"

"죽어버려! 너 때문에 아웃당해서 경험치가 얼마나 손실당했는 줄 알아?"

"복수닷!!"

욕설과 함께 여자애들 사이에서 샤프, 자, 커터 칼, 컴퍼스, 사시미, 황산 용액, 염산 등이 날아갔고, 남학생들이 압정 달린 신발로 용태를 밟았다. 말 그대로 몰매를 맞은 용태는 4교시가 끝날 때까지 그렇게 기절했다. 쯧쯧! 평소에 잘 좀 하지.

책상 사이에 처참히 쓰러져 있는 용태의 모습에 나는 안타까운 연민을 느끼며 녀석의 시신(?)을 조용히 교실 뒤쪽으로 옮겨주었다.

그때 교실 문이 열리며 세희가 들어섰다. 나와 눈이 마주치자 싱긋

웃은 그녀는 조용히 자리에 앉아 가방을 풀었다. 오늘따라 그 행동과 자태가 더욱 성스럽고 고귀해 보이는 그녀!

아~ 그대여~ 나의 꽃, 나의 공주님~

막 세희에게 다가가 아침 인사… 를 하려 했는데, 또다시 교실 문이 열리며 들어온 선미의 모습에 나는 그 자리에서 멈춰 섰다.

이런 젠장! 전기먹은 계집! 나와 세희의 사랑을 갈라내려는 악녀!

"뭘 봐? 내 얼굴에 뭐 묻었어?"

띠꺼움과 싸가지가 극을 치달리는 저 말버릇하고는… 그래서 어디 남자 친구나 사귀겠냐? 어휴~ 얼굴 좀 반반한 게 싸가지는 하늘을 찔러, 박아, 쑤셔, 돌려, 뽑아요.

나는 세희에게 다가가려는 발걸음을 아쉽게 돌리며 제자리에 앉았다. 그런데 선미가 가방을 자기 책상 위에 올려놓고는 나에게 다가왔다. 띠껍다고 싸대기라도 한 대 갈길 기세다? 그렇다고 내가 무서워할 줄 알고? 난 무섭지 않아! 단지 쫄았을 뿐이지.

"야! 너! 시신성!"

"왜, 왜왜?"

젠장! 솔직히 무섭다. 선미 앞에 서면 괜히 쫄아붙는다. 말까지 더듬 거리지 않는가? 아무래도 저번에 그 일(결투 편 참조) 때문인 것 같다.

"이거 먹어!"

선미가 싸대기 대신 나에게 샌드위치를 내밀었다. 일반 편의점에서 파는 샌드위치가 아닌 직접 만든 샌드위치? 이게 무슨 짓? 쥐약이라도 먹었나?

쥐약을 먹으면 쥐약의 주 독성 성분인 아크로탈렌판성질환네타콜롭 스틸 독성분으로 위에 마비가 오며 장에 스트레스가 쌓이게 된다. 그리고 그 스트레스는 뇌에 이어져 노스필라스팀포스톤아레이지 호르몬이 과다로 배출되어 정신이 돌아버린다. 지금 선미의 꼴이 딱 그짝이다(물론 근거없는 설이다).

그녀의 의도를 파악하려 했으나 한 가지 가능성밖에 떠오르지 않았다.

샌드위치에 독이 묻어 있다!

"이, 이걸 나한테 주는 이유가 뭔……."

"……!!(찌릿)"

"…진 모르겠으나, 감사히 잘 먹겠습니다."

으아~ 눈빛 공격 하나 진짜 끝내준다. 눈빛 하나로 카도라스 정복하겠다. 크으, 결국엔 먹어야 한단 말인가? 하지만 선미가 준 이 샌드위치, 이거 먹으면 체할 것임이 틀림없었다. 평소 안 하던 짓을 하는 선미의 이런 행동은 나의 내장 활동을 방해하기 때문이다.

하지만 안 먹으면 선미한테 맞아 죽는다. 맞아 죽느니 체해서 죽지.

나는 속으로 눈물을 삼키며 샌드위치를 한 입 베어 물었다. 그리고 나는 1교시 후 양호실로 가고 말았다.

쉬는 시간.

양호실 침대에 가만히 누워 있는데 문이 열리는 소리가 들렸다. 그쪽으로 고개를 돌리자 낯익은 얼굴은 아니지만 낯선 얼굴도 아닌 한 학생이 보였다. 카이데스, 본명 강태민이었다.

나는 침대에서 몸을 반쯤 일으키며 그에게 물었다.

"여긴 어쩐 일이야?"

"할 말이 있어서. 교실에 가보니까 세희가 너 여기 있다고 하더라."

아~ 세희가 직접 찾아왔으면 좋았을 것을…….

그가 말했다.

"어제 스미시아 타워 꼭대기 층에 올랐다."

"무슨 이벤트라도 있었냐? 용태도 그 소리하더라?"

"어. 타워 이벤트가 있었어. 이번 주까지다."

뭐? 타워 이벤트가 있었다구? 어째서 최준 형이 그 사실을 안 가르쳐 줬던 거지? 아, 맞아! 그간 최준 형한테서 온 편지는 보지도 않고 모조리 찢어버렸었지. 전에 그 드래곤 이벤트에 열받아서… 아, 이런 젠장맞을!

"오늘 또 스미시아 타워에 오른다. 이 소식 전해주려고 일부러 찾아온 거야."

"그래, 고맙다. 후후! 세희와 폭렙을 할 수 있는 좋은 기회야!"

[아이디:sss0226/패스워드1:********/패스워드2:******]

[로그인되었습니다.]

게임.

로그인하자마자 세희가 다가왔다.

"듀라야, 오늘 이벤트가 있다면서?"

"어? 응. 타워 이벤트야. 이번엔 애들하고 스미시아 타워에 오르기로 했어."

"그럼 얼마나 폭렙을 할 수 있을까?"

글쎄… 새로 만든 투 클래스 레벨이 아직 1이니까, 한 50까진 금방일걸?

인원이 많다면 60도 가능할 것 같은데… 뭐, 많아봐야 3백 명 정도밖에 더 되겠어?

　나는 속으로 어떻게 해야 폭렙이 잘될까를 고심하며 세희와 함께 퍼브로 향했다.

　맨 처음 마스터 레벨이 되면 '마스터'의 칭호를 부여받는다. 그리고 다른 클래스를 키워 또 마스터가 되면 '투 마스터', 그리고 또 다른 클래스를 키워 마스터가 되면 '쓰리 마스터', 다음은 '포 마스터'라 부른다.
　마스터할 수 있는 클래스의 한계는 포 마스터가 끝이며, 각 마스터마다 레벨이 있는데 마스터는 120. 투 마스터는 240. 쓰리 마스터는 360. 포 마스터는 480. 뭐, 이런 것이다. 하지만 이렇게 레벨 차이가 난다고 해봐야 마스터들의 싸움은 그의 역량에 따라 달라지기 때문에 별로 신경 쓸 필요는 없다.
　나는 소더러와 투사를 마스터하여 투 마스터가 되었다. 쓰리 클래스는 마법사. 아직 레벨 1이지만……
　그리고 세희는 투 클래스로 검사를 택했다. 마찬가지로 레벨 1이다.
　아직까지 카도라스 지존은 타미야로, 그는 나와 같은 투 마스터에 쓰리 클래스로는 격투가를 키우고 있다고 들었다. 레벨 70이라고 한다. 그 외 술따러도 투 마스터라고 들었는데 쓰리 클래스 레벨은 모른다. 70은 안 될 거라고 예상하는데…….
　웅성웅성.
　뭐야? 왜 이렇게 시끄러워? 남 생각하는데 짜증나게?
　나는 퍼브 앞으로 시선을 돌렸다. 그리고 그 순간 놀라 버렸다! 웬 사람들이 이렇게 많지? 1천 명? 전교생을 다 불렀나?
　"이번엔 꼭 스미시아 타워 꼭대기에 도달하고 말 거야!"
　"용태 선배 말은 듣지 마. 그 형은 애들 다 죽여."

"맞아. 어제 우리가 게임 오버 된 건 다 그 선배 때문이야."

위의 대화는 1학년 후배들의 대화였다.

"어머! 쟤, 마듀라 아니니?"

"맞아맞아! 2학년 3반으로 전학 온 애."

"잘생겼다. 나중에 함 꼬셔볼까?"

"그런데 옆에 있는 여자앤 누구야? 흥! 조금 반반하네!"

"쟤 실어증 걸린 세희란 애 아냐?"

위의 대화는 3학년 선배들의 대화였다. 아, 정신없어. 그나저나 카이데스하고 용태는 어디 가서 안 보이는 거야? 그때 퍼브 문이 열리며 몇 학생들이 떼거지로 쏟아져 나왔다. 그중엔 용태와 김선미, 카이데스와 시린터도 포함되어 있었다.

자기가 대장이라도 된 듯 앞서 나온 용태가 퍼브 앞, 작은 단상 위에 서서 크게 외쳤다.

"파티 비밀번호는 12345입니다! 파티 안 하신 분은 빨리 파티하세요!"

훗, 그럴 줄 알고 미리 12345로 파티했지. 이럴 땐 녀석의 단세포가 편하단 말이야? 세희도 이미 파티를 끝마친 상태였다.

파티를 점검한 용태가 외쳤다.

"자, 그럼 출발합니다!"

스미시아 타워는 카도라스에서 가장 큰 탑으로 알려져 있다. 층도 무려 150층이나 되고, 중상급 몬스터들이 새카맣게 포진해 있다. 지금까지 스미시아 타워 꼭대기를 정복한 유저는 손가락에 꼽을 정도. 그중에 나도 포함되어 있고.

개학했기 때문에 방학처럼 느릿느릿 행군을 할 수 없었다. 12시간 안에 스미시아 타워 20층이 목표. 그리고 세이브 아웃을 하여 다음날 스미시아 타워 40층이 목표다. 이렇게 20층, 20층씩 올라가다 보면 7~8일 내에 탑 꼭대기에 도달하는 것이다.

무조건 달려야 한다. 이라스에서 스미시아 해저를 지나 스미시아 타워까지. 게임이라 실제 숨이 찰 일은 없지만 레벨이 낮은 유저들은 캐릭터가 금방 지쳐 버리기 때문에 뒤처질 수밖에 없고 낙오자가 된다.

"꼭 마라톤 시합하는 것 같다."

"그러게."

세희와 이런저런 말들을 주고받으며 대열의 끝쯤을 달리던 중 어느새 스미시아 타워 앞에 도착했다.

용태는 스미시아 타워 앞에 멈춰 서서 앞서 오는 사람 순서대로 대열을 정했다.

20열 50줄이 완성되었고 나와 세희는 45번째 줄에 서게 되었다. 그런데 용태가 태클을 걸었다.

"야! 마듀라! 넌 앞에 서야지!"

저 자식이! 좀 편하게 가자는데, 왜 날 앞세워?

"넌 마스터 레벨이잖아! 인원을 보호해야 할 의무가 있다구!"

"……."

나는 잠시 용태에게 초특급 살인 광선을 내뿜다가 녀석이 능글맞게 고개를 돌리는 모습을 보곤 포기해 버렸다. 옆에 세희를 바라보자 그녀도 나를 따라 앞줄에 서겠다는 의지를 명백히 담고 있었다. 세희도 마스터 레벨이니까 이제 어느 정도 자기 보호는 할 수 있겠지? 나는 그렇게 생각하며 세희와 함께 맨 앞줄에 섰다.

맨 앞에서 대열을 살펴보자 지휘는 용태, 그 뒤에는 김선미와 시린터와 카이데스가 부지휘를 맡고 있었다. 시린터 녀석은 우리 길드도 아닌 게 웬 꼽사리?

"너는 왜 왔냐?"

"저는 선미 양의 보디가드입니다."

뭣? 선미의 보디가드? 드디어 네가 정신 이상 결핍 분열 자아 상실증에 걸려 버렸구나! 젊은 나이에 자폐증이라니!

나는 카이데스에게 다가가 귓말을 날렸다.

"시린터, 어떻게 된 거야? 쟤가 왜 선미의 보디가드야?"

그러자 카이데스가 한숨을 포옥 내쉬며 그때의 일을 회상했다.

시린터와 카이데스가 동료가 되고 그 이튿날, 선미와 우연히 마주친 시린터는 선미에게 한눈에 반해 버렸다.

아니! 단 두 줄만에 끝나 버리는 그런 심오한 사연이 있었다니! 정말 함축적이고도 간결한 사연이다.

나는 카이데스에게 다시 물었다.

"쟤도 쥐약 먹었냐?"

"먹었을걸."

아~ 한 남정네의 인생이 허무하게 망가지는 순간이구나.

스미시아 타워의 몬스터로는 티탄 오우거, 아이언 골렘, 나이트 셰이드 정도이다. 용태는 그 타고난, 천재적인 리더쉽으로 길원들을 죽여 나갔다.

저 녀석은 티탄 오우거가 휘두른 칼자루에 아군 열 명이 나가떨어지는 모습이 보이지 않는단 말인가? 골렘이 달려나갈 때마다 그 안에 깔려 죽는 아군이 보이지 않는단 말인가?

나는 용태의 뒤통수를 후려갈기며 크게 소리쳤다.

"에라이, 미친놈아! 두 눈 똑바로 뜨고 봐라! 우리 아군들이 죽어 나가는 거 안 보여?"

"어. 안 보여."

"……."

…할 말 없게 만드네.

나는 고개를 설레설레 저으며 앞으로 한 발자국 나섰다. 저 앞에서 불쌍하게 죽어 나가는 녀석들을 무시할 정도로 나는 마음이 악하지 않기 때문이다. 크흑, 내가 생각해도 난 너무 착해. 천사표 백만 개야.

"소환주의 명을 따라 나타나라, 영검 베도밀."

그러자 길이 180㎝의 대검이 그 고아한 은빛을 내뿜으며 내 손에 쥐어졌다. 아이템 창에서 꺼내도 되지만 이렇게 소환해 내는 게 더 폼나지 않는가(참고:마스터 무기는 소환해 부를 수 있다)? 세희를 제외한 내 주위의 학생들과 카이데스와 시린터까지 놀라며 소리쳤다.

"워리어 마스터 무기? 투 마스터?"

나는 그들의 기대감 가득 찬 외침을 모두 씹어버리며 티탄 오우거의 머리 위로 점프했다. 천장과의 높이가 20m는 되기 때문에 머리와 천장이 부딪치는 불상사는 발생하지 않았다.

베도밀을 휘둘러 티탄 오우거의 머리를 가볍게 부순 나는 피조차 튀기지 못하고 그 자리에서 가루가 되어 사라지는 녀석의 앞으로 착지했다. 이어서 투사 스킬을 발동하며 골렘에게 베도밀을 휘둘렀다.

"먹어라아앗!"

옆구리에 떨어진 베도밀을 맞고 골렘은 돌 가루가 되어 흩날렸다. 역시 파괴력 하나는 죽여준다. 투사 절정 스킬은 오리하르콘도 박살 낸다고 들었는데.

"대, 대단하다! 우와!"

"꺄아! 너무 멋져, 오빠!"

짝짝짝짝짝. 휘이익~

"마듀라 만쉐이!"

모두들 감탄하며 나에게 박수 갈채를 보냈다. 나는 괜히 으쓱해지며 다시 대열에 합류했다. 내가 그렇게 튀었나?

시린터가 다가오며 감탄사를 터뜨렸다.

"대단하군요. 투 마스터라니……."

"뭐, 별거 아니야."

나는 겸손(?)해하며 베도밀을 다시 돌려보냈다.

시린터가 물었다.

"그럼 소더러 마스터 무기는 무엇입니까? 아직까지 단 한 번도 언급 된 적이 없군요."

"묻지 마, 다쳐."

소더러 마스터 무기는 아직 언급 안 하겠다. 때가 되면 보여줄 것이기에.

그렇게 타워를 오르던 중 갑자기 음침한 목소리가 울려 퍼졌다.

─이곳에 인간이 발을 들여놓은 게 몇 년 만인가?

"……?!"

정면을 바라보자 웬 천 원짜리 보자기를 뒤집어쓰고 있는 리치가 보였다. 웬만하면 2천 원짜리 쓰지, 천 원짜리라니… 그렇게 돈이 없나?

—흐흐흐! 이곳에 발을 들여놓은 이상, 죽어라!

공기 중에 보자기가 몇 장 더 나타났다. 마찬가지로 천 원짜리 리치 열 마리였다.

선미가 시린터를 불러 세우며,

"시린터! 가랏!"

"라져!"

선미의 명령을 받고 자리에서 튀어 나간 시린터가 리치들을 썰어버리기 시작했다. 이제 보니 시린터의 실력도 나쁘지만은 않다. 술따러와 비교해도 손색이 없을 정도로… 뭐, 나한테 비하면 쨉도 안 되지만.

그때 세희가 물었다.

"듀라야, 그런데 이렇게 많은 수가 꼭대기 층에 도달하면 폭렙을 할 수 없잖아?"

세희의 말엔 일리가 있었다. 경험치를 나눠 받기 위해서는 동료가 대량으로 죽어야 하는 것이다. 뭐, 용태의 뛰어난 리더십이 어떻게든 하겠지. 그리고 비상시엔…….

"……."

문득 고개를 돌려 카이데스를 바라보았다.

그렇다! 저 녀석만 있으면 문제가 없지 않은가? 최초의 네크로멘서!

예정대로 20층에서 세이브 아웃을 한, 살아남은 9백 명의 인원들은 국가 능력 향상 제도 18차 교육을 받기 위해 학교로 향했다.

"흐으암~"

"하아아암~"

모두들 밤새 게임을 해서 그런지 다들 피곤해 보이는 모습이었다.

평소 아침마다 방방 뛰어다녔을 용태도 책상 위에 곤히 엎드려 교실이 떠나갈 정도의 코를 골며 자고 있었다. 덕분에 다른 학생들은 잠을 이루지 못하고 있었다.

특히 그의 옆 자리에 앉는 나로서는 더욱더.

나는 용태의 코를 빨래집게로 집은 뒤 세희에게로 다가갔다. 세희는 더없이 고결한 자태로 자리에 앉아 책을 읽고 있었다.

"세희야, 오늘도 좋은 아침이네?"

"……?"

쿠궁! 쏴아아아.

…오늘은 비가 내리는구나. 날씨 한번 변기통에 처박아 넣은 떡 같다(변덕스럽다구).

4분단 끝자리에 앉아 있던 선미가 다가오며,

"일기 예보도 안 보고 왔나보지? 너 우산도 안 가져왔지?"

"……."

그래, 나 우산 안 가져왔다! 왜? 띠껍냐? 띠꺼우면 니가 싸대기라도 갈길 거야? 아, 정말 짜증나게! 왜 자꾸 갈구면서 겁을 주세요, 주기는.

"오호홋! 정말 우산 안 가져 왔나보네? 내가 선심 썼다! 내가 모르고 우산을 두 개나 챙겨왔지 뭐야. 받아라."

"……?"

그리곤 선미가 나에게 우산을 내밀었다. 여자애들이 가지고 다니는 3단 접이 핑크색 우산이었다. 이걸 남자가 어떻게 쓰라고! 누구 쪽팔려 죽일 일 있나? 난 사나이 중에 사나이! 우산이라면 당근 검은색!

"난 검은색 아니면……."

"……!!(찌릿)"

"…다 쓰거든? 고마워."

"호호, 뭘~"

흐으, 살 떨리려고 해. 말 한번 잘못했다간 죽음이다.

[로그인되었습니다.]

내가 가장 늦게 도착한 모양인 듯, 로그인을 했을 때는 이미 9백 명의 인원이 모여 있었다. 내가 로그인한 것을 확인한 용태가 일행을 출발시켰다.

선미가 다가왔다.

"마듀라, 너 내가 준 우산 쓰고 집에 왔지?"

"…어."

쓰긴 뭘 써! 남자가 핑크색 우산 쓰고 등하교하는 게 얼마나 꼴사나운 짓인데! 비 맞고 집에 왔다! …라고 말했음 얼마나 좋았을까?

그때 세희가 외쳤다.

"앗! 저거 슈퍼 사이클롭스 아냐?"

세희가 가리킨 손가락을 따라 시선을 돌리자 슈퍼 사이클롭스가 보였다. 일반 사이클롭스에 1.5배 더 큰 그 녀석은 손바닥으로 사람을 눌러 죽이는 게 주특기라는 녀석이었다. 일명 파리 압사 기술. 저 녀석 하나 상대하려면 중 레벨 유저 20명은 족히 필요하리라.

우리에게로 정면 돌격하는 슈퍼 사이클롭스를 보며, 나는 오른손을 들어 올린 뒤 길이 1m짜리 거대한 원뿔형의 얼음덩어리를 만들었다.

"콘 오브 아이스!"

퍼억!

살 뚫리고 뼈 부서지는 소리 비슷한 음과 함께 복부에 그것을 박아

버린 슈퍼 사이클롭스는 크어어어 하는 비명을 내지르며 그 자리에서 가루가 되어 사라졌다.

나의 마법 속성은 마(魔) 속성. 한 가지 계열의 고급 스킬을 사용할 순 없지만 일반적으로 모든 속성의 마법을 부릴 수 있다. 특별히 공격용으로 마법사를 택한 건 아니다. 텔레포트, 워프 같은 유용한 보조 기술 때문이다. 역시 마법이란 다양한 용도로 써먹을 수 있는 거니까.

여차저차 이래저래해서 우리는 일주일 만에 꼭대기 층에 도달할 수 있었다. 이곳까지 살아남은 인원은 2백 명. 용태의 뛰어난 지도력으로는 상당히 많은 숫자가 살아남았다고 볼 수 있었다. 뭐, 상관은 없지. 지금 살아남은 2백 명은 모두 죽어야 하니까.

나는 지금까지 아무 말 안 하고 일행들을 쫓아온 카이데스에게 다가갔다.

"카이데스, 골렘을 소환해라. 소환해 낼 수 있는 한 많이. 우리가 지나온 길에서 튀어나오게 해 애들을 모조리 밟아버려."

"……?"

카이데스의 몸이 움찔 떨렸다. 후드 속에 가려진 그의 표정은 분명 '인간이 어찌 그런 짓을?' 이란 표정이리라. 크흐흐, 누가 그랬던가? 살아남기 위해서는 동료를 버리라고! 행복은 레벨 순이야! 무조건 살아남기만 하면 다인 세상이지!

"4소환수 골렘이여, 명을 따라 모습을 드러내라."

막 용태가 꼭대기 보스 층 문을 열 때였다.

쿵쾅― 쿵쿵― 쾅! 쿵쾅! 쿵쾅!

갑자기 타워가 크게 진동하며 육중한 음이 우리가 지나온 길에서부

터 울렸다. 그리고 그 진동음이 점점 가까이 들려올 때마다 일행들의
표정이 심각하게 굳었다.

"이, 이게 무슨 소리야?"

"골렘 아닐까, 이 정도 진동음이라면?"

그때 우리가 지나쳐 왔던 길 쪽으로 네 마리의 골렘이 육중한 음을
일으키며 이쪽으로 달려오는 것이 보였다. 빨간색 골렘과 파란색 골렘,
초록색 골렘과 노란색 골렘이었다. 이게 카이데스가 말한 4소환수 골
렘이란 건가?

"으아아악!"

"사, 살려주!"

골렘의 무지막지한 돌진에 일행들은 피할 생각도 못하고 골렘의 발
에 깔려 죽었다. 내장이 터지거나 피가 튀는 장면은 연출되지 않았지
만 친구, 동료들이 비명을 지르며 가루가 되어 사라지는 모습은 나로선
유쾌하고 즐거운 장면이었다. 게다가 나와 세희와 자신 쪽으로는 골렘
이 다가오지 않도록 카이데스가 골렘 컨트롤을 했기 때문에 느긋하게
구경할 수 있었다.

"이런! 모두 물러서!"

갑자기 용태가 앞으로 나섰다. 이미 백여 명의 일행들이 아웃당한
후에서야… 용태가 아이템 창에서 스미시아 투구를 집어 쓰더니 맨손
으로 빨간 골렘에게로 달려나갔다. 용태는 격투가라고 했다. 그런데
주먹으로 돌을 깨부순다는 게 가능할런지… 용태의 주먹이 먼저 깨질
것 같은데?

"우라아아아아!!"

파아악— 으드득.

예상과는 다르게도 빨간 골렘이 용태의 주먹을 맞고 약간 금이 갔다. 오우~ 벼룩의 때만큼 대단한데? 개미 발 사이에 낀 먼지 정도 칭찬해 주지.

"쿠워어어어!"

빨간 골렘이 화가 났는지 그 거대한 돌주먹으로 용태의 머리를 내려쳤다. 그런데 그때 용태가 쓰고 있던 스미시아 투구가 빛나며 빨간 골렘의 주먹을 튕겨냈다! 이런, 뭐지? 스미시아 투구의 힘인가?

"크하하핫! 별것도 아닌 것이! 니 면상이다!"

용태가 실컷 지랄스럽게 떠들며 발차기를 날리자 빨간 골렘의 몸이 산산이 부서졌다. 카이데스가 엄청나게 놀란 듯 몸을 움찔했다.

"의, 의외다! 어떻게 파이어 골렘을… 작게 축소시켜서 파워가 많이 줄었다지만 저렇게 무식한 방법으로 부술 줄이야. 일반 격투가들도 저런 방법으로 골렘을 상대하진 않는데……."

단세포가 그렇지 뭐. 그럼 내가 나서야겠군, 지금 상황에서 용태는 사라져야 할 존재니까.

나는 워리어 마스터 아이템, 영검 베도밀을 소환해 용태에게로 달려 나갔다. 용태의 뒤, 기습이다!

"차아앗!"

쿠궁!

내려친 영검 베도밀은 용태가 쓰고 있던 스미시아 투구를 반으로 갈라 버리며 용태의 머리까지 가볍게 부숴 버렸다. 머리가 터졌지만 그 안에 뇌가 보이는 장면은 연출되지 않았다. 그저 반짝이는 가루로 화했을 뿐.

어쨌든 용태는 비명 한 번 지르지 못하고 허무하게 게임 오버.

내가 그를 오버시켰다는 건 세희와 카이데스밖에 알지 못했다. 다른 이들은 골렘과 싸우느라 정신이 없었으니까. 한마디로 완전 범죄!

나의 행동을 지켜보던 카이데스가 세희에게 귓말을 날렸다.

"저래서 어떻게 동료애를 느꼈냐?"

"…그래도 듀라는 착해."

그들이 나눈 대화는 잘 들리지 않았지만 대충 나에 대해서 말하는 것 같았다.

"실리하고 뭘 그렇게 꿍시렁대?"

"아니, 너 잔인하다고."

"행복은 레벨 순이라니까. 레벨을 위해서라면 동료는 버려도 돼."

흐흐! 위대하신 마듀라님이 남긴 명언이다!

10분 후.

인원들은 모두 게임 오버되었다. 살아남은 사람은 나와 세희, 카이데스와 시린터, 그리고 김선미뿐. 젠장스럽게도 김선미가 살았다. 제일 먼저 죽었어야 했는데! 하지만 지금 김선미에게 손을 댔다간 큰일 난다. 옆에 시린터의 호위 따위는 생각할 바가 아니겠는데 문제는 선미의 보복이다. 내일 학교에서 빈사 직전까지 얻어터질 수 있는 것이다. 생각만 해도 온몸에 소름이 쫙~

각설하고, 어쨌든 보스 층에 들어서자마자 재수없는 목소리가 내 귀를 후벼 팠다.

—크크크! 잘 왔다, 인간들! 나는 이 탑의 주인, 마천사 스미시아다.

들려온 소리는 위쪽이었기에 우리 일행은 위쪽으로 고개를 쳐들었다. 그리고 스미시아 타워 보스를 발견할 수 있었다. 등에 달린 검은색 날개를 빼면 인간과 똑같은 생김새의 마천사.

스미시아 타워의 보스는 상급 몬스터인 마천사였다.

"제 선에서 끝내겠습니다."

시린터가 마천사에게로 튀어 나갔다. 저 녀석 무시하다간 큰코 다칠 텐데? 주제에 상급 몬스터라고 꽤 잘 싸우거든. 녀석의 필살기인 '마구 찌르기'는 진짜 짜증난다.

시린터가 녀석을 이길 수⋯⋯.

"으아아악!"

—별것도 아닌 것이.

⋯큰소리치며 나간 지 4초 34 만에 당해 버리다니! 비명을 지르며 나가떨어지는 시린터를 보며 나는 일주일 전에 실력이 나쁘지 않다고 했던 말을 취소했다. 한심해서 어이가 없네.

"⋯내가 나서야겠군."

보다 못한 카이데스가 앞으로 나섰다. 이 녀석은 시린터보다 좀 더 강하지만 승리는 여전히 불투명했다. 마천사는 전에 봤던 좀비 드래곤 보다 815배 더 강하기 때문이다.

퍼억!

그럼 그렇지. 앞으로 나섰던 카이데스는 5초 13 만에 나가떨어졌다. 저런 실패한 인생들 같으니라구! 마스터의 수치!

어쩔 수 없이 내가 나서야 했다.

—죽어랏!

"싸우는 도중에 요란하게 소리치는 건 여전하구나!"

다가오기를 노려 내가 날린 발차기를 맞고 3m 정도 나가떨어진 녀석은 다시 창을 들고 날 공격했다. 참으로 대단한 오뚝이라 아니 할 수 없다! 짜증나는 놈!

―우워어어어어!

차앙.

머리 위에서 녀석의 장창 공격을 맞받아 친 나는 자연스럽게 녀석의 품 안으로 파고들어 베도밀을 가로 그었다. 마천사가 황급히 뒤로 몸을 뺐지만 베도밀의 길이가 길이인지라 완벽하게 피해내진 못했다. 복부에 커다란 상처를 입고만 녀석은 이어진 나의 베도밀 내려찍기 공격에 머리를 양단당하고 말았다.

몸이 반으로 갈려 버릴 정도로 강력한 일격을 맞아버린 마천사의 몸이 양쪽으로 무너졌다. 믿을 수 없단 눈빛으로 날 바라보던 녀석은 곧 형체 하나 없이 가루가 되어 사라졌다. 그리고 그가 사라진 자리에 스미시아 투구가 툭― 하고 떨어졌다. 이걸로 이벤트 종료.

나는 세희의 치료 스킬을 받고 있는 시린터와 카이데스에게 말했다.

"야, 이 마스터의 수치들아! 너희 일주일 전에도 여기 왔었다며? 그땐 그 실력으로 어떻게 마천사를 물리쳤냐?"

"그게……."

"그땐 저하고 카이데스하고 용태 씨가 다구리 까서 말이죠, 셋이서 싸웠을 때는 별거 아니었는데……."

다구리… 라고?

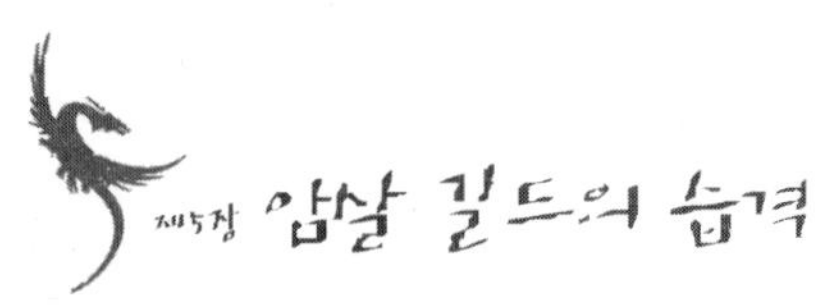

"마듀라가 이라스에 모습을 드러냈습니다!"

"……."

마듀라가 나타났단 말인가? 지난 한 달 동안 녀석의 그림자도 못 찾아냈었는데 갑자기 이라스에 나타나다니? 오늘이 마듀라의 제삿날이로군.

"당장 모든 길원들을 이라스에 집중시켜라. 내가 직접 갈 것이다!"

*　　　*　　　*

스미시아 타워 정복 후, 60업을 했다. 그리고 세희는 64업을 했다. 한 달은 걸릴 경험치를 단 이틀 만에 쌓아 올린 것이다. 이제쯤 듀라실리스 초원으로 가도 될 법한데, 세희는 어느 한곳에 계속 머무르는 것을 싫어해서…….

"이봐, 마듀라! 내 말 무시하는 거야, 뭐야?"

선미의 목소리에 나는 퍼뜩 정신을 차렸다. 지금은 막강대전고 길드의 회의 중이었다. 회의의 주제는 길드 마스터를 다시 뽑자는 것으로서 단순, 무식, 과격, 쪽수로 밀어붙이는 단세포 전법의 용태를 더 이상 길드 마스터로 내세울 수 없다는 대다수 인원의 의견 때문이었다.

그런데 저 전기먹은 계집이 방금 뭐라고 했지?

"어? 미, 미안. 뭐라고 했어?"

"너 길드 마스터하라구!"

허어~ 안 하면 싸대기라도 후려갈길 기세다? 하지만 다른 건 몰라도 길드 마스터는 될 수 없어! 싸대기 백 대, 천 대를 맞아도 좋아! 이번만은 나도 절대 양보 못한다!

"난 자유주의자라 길드 마스터 따위는……."

"……!!(찌릿)"

"너무나 되고 싶었어."

으어어어! 어떻게 3초 전에 한 다짐을 이렇게 깨버릴 수가 있는지… 나는 속으로 눈물을 삼키며 겉으로는 밝게 웃어 보였다. 젠장!

"축하해, 듀라야."

세희가 축하의 말을 건넸다. 세희는 내가 속으로 울고 있다는 걸 모르고 있겠지?

"좋아, 그럼 모두 새로운 마스터의 위임을 축하하는 뜻에서 박수!"

선미가 일어서서 박수를 치자 자리에 있던 친구들도 모두 따라 일어나 박수를 쳤다. 차라리 선미가 길드 마스터가 되는 게 더 나을 듯 보이는데… 여기서 내가 만약 '나, 마스터 관둘래!' 라고 하면 선미의 눈

에서 전기 불꽃 어펙트서널 광선이 뿜어져 나와 나를 지진아로 만들어
버리겠지? 젠장맞을! 이제 내 자유는 끝이야!

"마듀라, 드디어 찾았군!"

"……?"

절규하던 중, 순간 들려오는 목소리에 나는 고개를 돌렸다. 누가 내
성스럽고 고귀한 닉네임을 불러?

돌아보자 웬 젊은 남정네 한 명이 보였다. 20대 중반쯤으로 보이는
그는 짧은 바지와 짧은 소매, 꽉 끼는 경량 건틀렛과 부츠를 신고 있는
새끈하게 빠진 미남자였다. 그의 등장에 반 여학생들이 비명 내지 탄
성을 지르며 순식간에 오빠 부대가 결성될 정도.

아~ 난 예쁜 남자만 보면 재수가 없더라. 자고로 사나이란 나처럼
남자답게 생겨야지!

"나의 이름은 이프. 오늘 이 자리에서 널 아웃시키겠다."

"……?"

이프? 레인저 마스터 닉네임과 비슷한데… 아니, 똑같은데.

카카캉— 챙카캉— 차카카캉!

의아해하는 순간 갑자기 퍼브의 창이란 창문이 모조리 깨져 나가며
검은 복면의 괴한들이 들이닥쳤다. 저 자식들은 뭐야? 유리를 다 깨먹
다니?

이프라 밝힌 그자가 허리춤에 묶여 있는 단검에 손을 뻗으며 말했
다.

"순순히 아웃한다면 네 주위 동료들을 살려줄 용의가 있다. 어떻게
하겠는가?"

연합 길드에서 보내온 어쌔신들인가? 아니, 어쌔신도 아니군. 정면

으로 나타나 암살하는 어쎄신은 지금껏 보질 못했으니.

나는 여유있게 다리를 꼬고 앉아 말했다.

"너… 이프라고 했냐? 레인저이자 어쎄신 마스터 이프?"

"그렇다."

"크큭! 너 진짜 웃긴다. 대낮에 이렇게 당당히 쳐들어오냐? 어이가 없어서 참……."

"……?"

내 여유로운 모습에 넋이 나간 듯 그가 멀뚱히 날 바라보았다. 곧 그 얼굴을 짜부러뜨려 옥동자를 만들어주지!

나는 시린터에게 시선도 주지 않고 말했다.

"시린터, 쓸어버려."

"라져!"

시린터의 몸이 의자에서 전광석화처럼 튀어 나가 앞에 놓인 탁자를 한번 밟고 허공으로 높이 뛰어올랐다. 이프를 포함한 어쎄신들이 바싹 긴장하며 검을 빼 드는 그 순간!

시린터가 허리춤에서 검을 뽑아 들려는 때!

콰앙!

시린터의 대갈통이 천장과 뜨거운 스킨십을 나눴고, 그의 몸이 탁자 위에 볼품없이 고꾸라 박혔다.

쿠당탕!

"크으으! 머리 저려!"

자식이! 폼 좀 잡으라고 기회를 줬더니 분위기만 깬다. 으메~ 얼마나 X팔릴까?

"시, 실수야! 크으, 자! 진짜로 간다앗!"

다운된 분위기와 망가진 이미지를 업시켜 보려고 시린터가 멋지게 검을 빼 들며 검에 검기를 만들었다. 평소라면 '멋져!' 소리는 나올 것인데 '똥폼은……' 이란 소리밖에 나오지 않았다.

어쨌든 저대로 놔두면 시린터가 다 처리할 텐데 가만히 내버려 둘 내가 아니지.

"애들아, 너희들도 나가 싸워야지!"

그러자 용태가 반문했다.

"재 혼자서도 잘 싸우는구만 뭐."

저런 의리없는 놈을 보았나. 그러니 니가 마스터에서 짤렸지.

"마스터의 명령이야!"

"쳇!"

그렇게 우리 반은 어쎄신들과 피 터지게 싸웠다. 승패는 이미 판가름난 거나 다름없었다. 마스터 레벨이 네 명이나 있는 우리들에게 찾아온 이프가 바보지.

차라리 나 혼자 있을 때 기습했더라면 더 좋았을 것을… 녀석이 날 너무 물로 봤다.

"크윽! 젠장!"

결국 안 되겠다고 생각한 것인지 이프가 퍼브 밖으로 뛰쳐나갔다. 물론 순순히 보내줄 내가 아니었기에 그의 뒤를 뒤쫓았다. 그런데 밖에도 애들이 더 있었다. 퍼브 앞에서 나에게 화살을 겨냥하며 서 있는 어쎄신들.

"쏴라!"

이프가 외치자 활을 든 어쎄신들이 나에게 화살을 발사했다. 이런 화살쯤이야 우습지!

검기막을 형성하여 그것들을 모조리 퉁겨낸 나는 화살이 거치자마자 검기막을 거둬들이며 말했다.

"이게 어쎄신 길드의 전부냐?"

"칫, 모두 공격해!"

이젠 가볍게 씹는구나.

나는 오른손을 들어 올려 검광진을 띄운 뒤 살상 스킬을 발동시켰다. 빛의 칼날이 펍 앞 허공에 수십, 수백 번 그어졌고 50명 가까이 몰려 있던 어쎄신들은 그것들에 맞고 즉사, 아웃당했다. 전에 드래곤의 식도를 갈기갈기 찢었던 그것인데 뭐, 조무래기들은 이 정도에도 과분하지.

"이, 이럴 수가!"

"어쎄신 길드라고 했나? 별것도 아닌 것들이 잘난 척하기는."

"크윽!"

이프는 침음성을 흘리며 얼굴을 있는 대로 구겼다. 지금 나와 싸워봤자 서로 피해만 보고 말 것이란 걸 알고 있는 것이다. 서로의 실력은 호각지세. 내 뒤에 있는 마스터 세 명(카이데스, 시린터, 세희)까지 전투에 합세한다면 그의 열세였다. 그래서 쉽게 앞으로 나서지 못하는 것이었다.

"칫, 이대로 물러날 수밖에. 네 실력은 잘 보았다, 마듀라. 다음번엔 반드시 네놈을 아웃시켜 주마!"

만화 영화에서나 나올 법한 악역의 대사를 내뱉은 녀석은 그 자리에서 사라졌다. 나는 이 자리에서 이런 대사를 내뱉어야 한다.

"난 두렵지 않아. 정의는 반드시 승리할 테니까!"

아으, 닭살! 살 껍데길 면도칼로 밀어버리고 염산을 속살에 끼얹어도 닭살! 아윽!

막강대전고 길드의 마스터가 된 나는 연합 길드 어쎄신들의 신고식을 받고, 그 길로 세희와 함께 묘리코로 향했다.

묘리코는 이라스에서 얼마 떨어지지 않은 곳에 있는 중소도시로서 여러 직인들과 예술인이 모여 사는 곳이다. 가장 흔한 음유 시인부터 구두닦이 아르바이트생까지 다양한 아티스트들이 있다.

우리가 이곳에 온 이유는 바로 천상의 목소리 이벤트가 있기 때문이다. 일종의 노래 대회라고 할 수 있는데, 세희가 이 이벤트에 꼭 참가하고 싶다고 해서 오게 된 것이다.

"음~ 예선전부터 치르고 내일 무대에 서서 사람들에게 노래를 부르는 거구나. 잘할 수 있지?"

"응! 잘할 거야!"

개인적으로 세희의 노래를 들어보고 싶어서 나는 세희를 적극 후원해 주기로 했다. 천상의 목소리 이벤트 1등 상금이 백만 골드라서가 저얼~대루 아니다!

"이번 이벤트에는 실제 가수가 참가한다고도 들었는데. 그 때문에 방송사에서 게임 취재 들어오고 그러나 봐."

"가수가?"

"응. 요즘 한창 뜨고 있는 10대 아이돌 스타라나 뭐라나……."

"그래? 음, 그치만 나는 누가 우승하느냐가 아니라 내 노래를 들고 사람들이 감동해 줬으면 좋겠다는 마음이니까."

하하! 하여간 세희는 천사표 백만 개라니까!

나, 세가희. 2034년 초특급 아이돌 스타! …라고 자부하고 있는 꽃다운 17세의 발라드 가수다. 카도라스를 접한 진 2년째 들어서고 있는 나의 직업은 음유 시인.

이곳 카도라스에서도 나보다 노래를 잘하는 유저는 없을 것이라 자부하고 있다. 물론 미모도 나를 능가하는 이는 없을 것이라 자부하고! 오호호홋!

"가희 짱! 가희 짱! 사랑해요!"

"누나 멋져!"

아~ 이 몸은 현실에서나 가상에서나 어디서든 인기라니까. 요즘엔 너무 피곤해.

천상의 목소리 이벤트 예선전을 치르러 가는 길이었다.

탁.

팬들에게 손을 흔들어주며 길을 가는데 누군가 내 어깨를 탁— 부딪치고 지나갔다. 감히, 누구얏? 이 고귀하신 몸을 치고 지나가는 사람이?

"아, 죄송합니다."

"죄송하면 다… 앗!"

상대는 초특급 킹카였다! 100점 만점에 100점을 주고 싶을 만한 완벽한 나의 이상형! 어머나아아아~ 내 정신 좀 봐!

"죄송합니다."

나는 마주 고개를 숙이고 꾸벅 인사를 하며 그에게 사과했다. 일단 잘 보여야 한다!

"제가 정신을 딴 데 두느라… 저, 죄송해서 그러는데 그쪽 성함 좀 알려주시겠어요?"

"…마듀라입니다."

"아, 그렇군요! 아차, 제가 실례했네요! 제 이름은 나나세예요. 본명은 세가희라고 합니다. 실례지만 그쪽 실제 성함 좀 알려주시겠어요? 그리고 연락처하고……."

"…그건 좀 실례되는 질문 같군요. 그럼 저흰 바빠서 이만."

이잉~ 나의 왕자님. 가지 말아요! 그런데… 저흰이라고 했나? 나는 마듀라 씨의 옆에 있는 또 한 사람을 발견할 수 있었다. 그는 여자였다. 신관 로브를 입고 있는 미소녀!

이럴 수가! 나만큼이나 뛰어난 미모를 지닌 여자가 나의 왕자님 곁에?

"가, 가지 말아요!"

"……?"

하지만 나의 마듀라 씨는 나에게 눈길을 한 번 힐끔 주더니 떠나갔다. 이름만을 남긴 채.

마듀라 씨가 말했다.

"빨리 천상 이벤트 접수하고 예선전 해야겠다. 그런데 예선전은 왜 비공개인 거야? 실리 노래하는 거 구경해 보고 싶었는데."

"본 이벤트는 내일 있잖아. 그때 구경해."

천상 이벤트라구? 저 옆에 있는 마녀 같은 계집애가 그 이벤트를 한단 말인가? 오호호홋! 그럼 이벤트 때 마듀라 씨가 날 볼 수 있겠군! 좋아! 이벤트 때 다시 봬요, 나의 왕자님. 당신을 꼭 내 걸로 만들고 말 테야! 어서 예선전부터 치러야겠어!

*　　　*　　　*

천상의 목소리 이벤트 예선전을 치르기 위해 묘리코, 중앙 광장으로 향하던 길이었다.

탁.

길을 걷던 중 누군가와 어깨를 부딪치고 말았다. 한눈을 판 내 실수여서 난 앞서서 상대방에게 사과를 했다. 나는 21세기 최고의 매너남.

"아, 죄송합니다."

"죄송하면 다… 앗!"

그런데 나와 어깨를 부딪친 그녀가 짧게 놀랐다. 뭐야? 이 여잔? 얼굴은 세희만큼 반반하게 생겨 먹은 게…….

"죄송합니다."

그녀가 고개를 숙이고 꾸벅 인사를 하며 나에게 사과했다. 예의 바르고 공손한 모습이었다. 조금 귀엽군. 그렇게 돌아서려는데 그녀가 나에게 살짝 다가서며 물었다.

"제가 정신을 딴 데 두느라… 저, 죄송해서 그러는데 그쪽 성함 좀 알려주시겠어요?"

한 번 부딪친 거 가지고 이름은 왜 물어보지? 보복하려고 그러나? 이름 꼭꼭 외워두고 다음에 나 만날 때, '야! 내 어깨 치료비 백만 골드 내놔!' 하는 거 아냐?

어쨌든 나는 내 닉네임을 순순히 밝혔다.

"…마듀라입니다."

"아, 그렇군요! 아차, 제가 실례했네요! 제 이름은 나나세예요. 본명은 세가희라고 합니다. 실례지만 그쪽 실제 성함 좀 알려주시겠어요? 그리고 연락처하고……."

뭐야, 도대체? 왜 본명을 물어? 그리고 내가 언제 네 이름 가르쳐 달라고 했나?

이번엔 그녀의 부탁을 가볍게 거절했다.

"…그건 좀 실례되는 질문 같군요. 그럼 저흰 바빠서 이만."

아무래도 커서 스토커가 될 가능성이 높은 여자 아이니까 조심하자.

"가, 가지 말아요!"

싫어. 갈 거야! 스토커한테 관심없어!

나는 나나세라 밝힌 그녀에게 힐끔 시선을 주다가 세희에게로 시선을 돌렸다. 세희 쪽이 몇 배나 더 낫지.

"빨리 천상 이벤트 접수하고 예선전해야겠다. 그런데 예선전은 왜 비공개인 거야? 실리 노래하는 거 구경해 보고 싶었는데."

"본 이벤트는 내일 있잖아. 그때 구경해."

오오~ 그럼 오늘 예선전은 반드시 통과해서 내일 본선 무대에 서겠다는 소리? 자신감이 넘치는데, 실리?

다음날.

드디어 오늘이다! 현재 시각, 밤 9시 50분.

난 마스터의 권한으로 막강대전고 길원들을 모두 불러들였다.

이들의 목적은 단 하나!

"실리가 무대에 들어서면 비명 지르고 응원(지랄)하는 거다!"

"예써!!"

일명 바람잡이다. 어제 세희가 당당히 예선전을 통과하고 오늘 무대에 서게 된 것이다. 무대에 섰으니 응원은 당연하지!

"자! 표 한 장씩 나눠 줄 테니까 바로바로 들어가! 그리고 암표 팔면 죽어."

내가 이 3백 장의 표를 구하느라 무려 3천 골드를 투자하여 암표꾼을 매수했다. 하지만 겨우 3천 골드일 뿐이었다. 세희가 무대에 입고 나갈 옷은 1만 골드짜리 드레스다. 그거 고르느라 어제 얼마나 진땀을 뺐는지…….

어쨌든! 지금은 돈 따윌 따질 때가 아니다. 공연 시작 10분 남았다. 빨리 극장에 들어가야지.

*   *   *

가수 대기실.

처음 입어보는 드레스였다. 신성이가 언급은 안 했지만 꽤 비싸게 주고 산 것이란 건 알 수 있었다.

목소리를 찾고 얼마 만에 해보는 노래인가? 정말… 노래를 불러보고 싶었는데. 그 꿈을 이루게 해준 신성이에게 정말로 감사한다. 결코 그 기대를 저버리지 않게 열심히 할 거야!

파이팅, 세희! 나는 속으로 불끈 다짐하며 목소리를 가다듬었다.

"어머! 뭐니? 너 마듀라 씨 옆에 있던 그 애 아니니? 호호홋, 우승은 내 거니까 일찌감치 포기하는 게 좋을걸? 이 몸은 이미 각종 대회에서 우승을 한 몸이니까! 아마추어하곤 차원이 다르다고!"

아, 저 애는 어제 신성이와 어깨를 부딪쳤던 그 애다. 저 애도 참가하나보다.

"안녕, 좋은 노래 기대할게."

"호호홋! 그래, 건투를 빌마. X당하지 않고 무사히 공연을 마친다면 칭찬받을 일이지만……."

"……."

정말 자신감이 넘치는구나. 하아~ 난 떨리는데. 아무리 게임이라지만…….

"자, 곧 시작합니다. 1번 참가자 나와주세요."

내 참가 번호는 맨 마지막 번호인 12번이었다. 음~ 신성이는 지금쯤 관람석에 있겠지?

*　　　*　　　*

관람석은 모두 2천 석. 그중 3백 석은 우리가 차지하고 있었다. 그것도 중간 자리 가로로 쫙— 플래카드도 있었음 좋으련만 너무 급하게 준비한 나머지 만들지 못했다.

관람석에 앉아 가수들이 나오길 기다리는 중. 노란색 나비넥타이를 멘 한 중년 남자가 무대 중앙으로 들어섰다. 나원, 열린 음악회 하는 것도 아니고…….

"안녕하십니까? (주)카마디 이벤트 담당부, 담당 진행부장 가이 인사 드립니다."

짝짝짝짝짝.

박수 갈채가 쏟아져 나왔고, 그가 계속해서 말했다.

"이 자리에 와주신 신사 숙녀 여러분들에게 진심으로 감사드립니다. 이 자리는 카도라스 최고의 가수를 뽑는 대회로서 엄청난 상금과 명예를… 주절주절… 재잘재잘……."

들을 거 없었다. 이쯤 편집하기로 하고, 3분 후.

"…그럼 천상의 목소리 이벤트를 시작하겠습니다. 참가 번호 1번. 도로시아 양의……."

짝짝짝짝짝.

다시 한 번 박수 갈채가 쏟아져 나왔고, 참가 번호 1번이 무대에 들어서 노래를 불렀다. 우리 길드는 박수는 치지 않고 그저 듣기만 했다. '다른 사람들에겐 박수 치지 말고 오로지 세희에게만 친다' 라는 나의 명령이 있었기 때문이다.

어느새 참가 번호 1번의 노래가 끝나고 2번, 3번으로 이어졌다. 다들 노래 못한다. 젠장, 자타가 인정하는 카도라스 최고의 음치인 나를 오야붕으로 모셔야 할 것들! 도저히 못 들어주겠어!

"하아아암~"

용태가 하품을 하며 지루함을 토해냈다. 나도 하품난다. 락이나 재

즈는 노래 안 듣고 반주만 들으면 그럭저럭 들을 만하다. 그런데 발라
드는 노래도 못 부르는 것들이 발라드 부른다고 설쳐 대서 지겹다. 저
런 것들이 예선전을 통과하다니…….

세희는 언제쯤 나오려나?

1시간 정도 지났을 것이다.

"참가 번호 11번, 나나세 양의 Pure Snow. 박수로 맞이해 주시기
바랍니다."

"와아아아앗!!"

휘이이익.

"꺄악! 나나세 짱!"

"나나세 짱!"

거의 졸음 수준으로 누워 있는데 갑자기 환호와 박수 갈채가 터졌
다. 뭐야? 세희 나왔나? 아직 세희 차례 아닌데 누가 감히 함성을 질
러?

"와아앗! 너무 예쁘다!"

퍼억!

헛소리를 지껄인 용태의 대갈통을 한 대 후려갈기며 한 번 더 그 딴
개소리 지껄였다간 죽인다는 무언의 경고를 보냈다. 무대를 바라보자
붉은 드레스의 한 여성을 볼 수 있었다.

쟤는? 어제 나와 어깨를 부딪쳤던 애가 아닌가? 초면에 이름 가르쳐
달라던 스토커. 쟤도 노랠 부르나?

연주 NPC들 사이에서 피아노 반주가 흘러나오고, 이어서 잡다한 반
주음이 퍼지자 그녀가 노래를 부르기 시작했다. 흥분해 있던 관중들은
어느새 조용히 그녀의 노래를 경청하고 있었다.

가랑눈이 살포시 내려온 이 거리에
한숨이 하얗게 하늘로 녹아 들어가요.
당신을 생각하면 어째서
이렇게나 가슴이 뜨거워지나요.
정신이 들면 언제나 인파의 한가운데
양복 매장의 윈도우를 들여다보며
사지도 않을 거면서 골라보고 있어요.
당신에게 어울릴 것 같다며.
참 바보 같지요.
요즘은 한물갔어요.
친구의 연인인 걸
알면서도 사랑에 빠진다는 건.
도리가 없어요. 웃음거리가 되어도 좋아요.
나의 소중한 감정.
Pure Snow Pure Heart
두 사람이 처음 만났던 날에도 눈이 내렸었죠.
사랑보다 애절하고, 사랑보다 거짓 없는
운명을 느꼈었어요.

약간의 반주. 그 틈에 관객들이 환성을 질렀다. 이런, 예상외인데?
꽤 부른다?

그녀가 이야기하는 당신 자랑을

익살 부리며 듣기도 해보지만
역시 혼자가 되면 괴로워요.
친구의 가면은 무거워요.
어째서 당신이 아니면
안 된다는 걸까요.
생각만 하면 터무니없이
자신마저 죽이고 싶어져요.
그럴 때 위안이 되어준 건
한 장의 사진.
Pure Snow Pure Heart
그날 좀 더 용기가 있었다면
추운 계절 탓이라고 뛰어들어 갈 수 있었을 텐데
하지만 왠지 그럴 수 없었어요.
Pure Snow Pure Heart
꼭 울었던 것도 후회하지 않아요.
헤어질 때 부린 허세를 눈치 채주길
언제까지고 기다리고 있어요.
Pure Snow Pure Heart
두 사람이 처음 만났던 날에도 눈이 내렸었죠.
사랑보다 애절하고, 사랑보다 거짓없는
운명을 느꼈었어요.

노래가 끝났다. 마지막 반주가 나올 때 사람들이 아주 난리가 났다.
솔직히 너무나 완벽하다. 고 옥타브에도 삑사리 하나 없이⋯ 이거 어쩌면 세희가 밀릴지도 모르겠어! 으아아아! 어떡해? 백만 골드 날아가는 거 아냐? 아직 세희 안 나왔는데 부르기도 전에 잔뜩 긴장됐겠다.

"야~ 진짜 가수는 다르구나."

선미가 나나세를 찬사했다. 역시 저 스토커가 진짜 가수였나 보다. 역시 프로 가수하고 아마추어하곤 격이 다르구나.

"예~ 정말 대단한 무대였습니다. 그럼 마지막 12번. 에실리스 양의 별하늘의 노래. 들으시겠습니다. 박수로 환영해 주십시오~"

드디어 세희 차례다! 나는 애들을 이끌고 자리에서 일어나 함성을 질렀다!

"우와아아아아아!!"

짝짝짝짝짝!

"실리 파이팅! 세희 짱! 세희 짱!"

"세희! 세희! 오~ 필승 세희 짱!"

실로 꼴사나운 장관이었지만 우리는 지금 얼굴에 미스릴 강판으로 도금을 하고 납땜까지해서 창피함을 느낄 수 없었다.

곧 세희가 무대에 모습을 드러냈다. 1만 골드짜리 흰색 드레스를 입고 나타난 그녀의 아름다운 모습에 우리 3백 명의 인원들뿐만이 아닌 일반 관중들도 환호를 질렀다.

그래, 이거야! 분위기 탔어! 이 분위기를 타고 올라가자!

음악이 울려 퍼졌다. 잔잔한 발라드 곡이었다.

아득한 별하늘에 꿈은 아직 보이나요?

어릴 적 그날보다 선명한가요?

가슴에 넘쳐흘러 격해지는 추억

잠들어 잊혀진 정열의 색

설령 머나멀더라도 반드시 닿을 거라고

강하게 믿고 있었던 그날의 내가

지금도 마음속에 잠들어 있어요.

유리의 장미보다 덧없고 깨지기 쉬운데도

꿈을 꾸는 일은 어째서 안심이 되는 걸까요?

둘의 가슴이 꿈이 되었기에

사랑이 될 수 없는 것도 있어서

사람은 결국 혼자라는 걸 이해하고서 사랑하고 싶은데

왜 어려운 걸까요.

말은 무력해서 때로는 은빛 나이프가 돼요.

　…예상 외였다. 세희가 노래를 이렇게나 잘 불렀다니? 고 옥타브의 바이브레이션, 모든 음정을 완벽히 소화해 내고 있었다. 노래에 문외한인 내가 들어도 완벽한 음정.

　반주를 틈타 관중들이 환호를 질렀다. 세희는 그런 관중들과 우리들에게 살짝 미소를 지어 보이며 팬 서비스를 날린 뒤 노래를 계속했다.

사람은 결국 혼자라는 걸 이해하고서 사랑하고 싶은데

왜 어려운 걸까요.

말은 무력해서 때로는 은빛 나이프가…

설령 머나멀더라도 반드시 닿을 거라고

강하게 믿고 있었던 그날의 내가

지금도 마음속에 잠들어 있어요.

다음날 학교.

“와아아아아아! 세희! 세희! 세희 짱!”

“세희야, 정말 축하해!”

세희가 교실에 들어서자마자 반 친구들이 그녀를 밝게 맞이했다. 이건 절대 내가 시킨 게 아니다. 세희의 노래를 부르는 모습이 반 친구들에게 깊은 감명을 주었던 것이다.

“난 세희가 그렇게 노래 잘 부르는 줄 몰랐어.”

“맞아! 어떻게 진짜 가수를 누르냐?”

“그보다 목소리 정말 아름다웠어!”

어제 세희는 천상의 목소리 이벤트에서 우승을 했다. AI컴퓨터 NPC 심사위원들의 심사 결과 세희는 500점 만점에 500점이라는 완벽한 점수를 받고 당당히 1등을 차지한 것이다. 2등, 나나세는 498점 받았단다. 그렇게 지고 나서 울면서 대회장을 떠났단 소리가 있었긴 하지만… 뭐, 울거나 짜거나 내가 신경 쓸 바 아니지.

“세희! 상금으로 한턱 쏴!”

“쏴!”

“한턱! 한턱! 쏴!”

그러자 세희가 난처한 표정을 지었다. 왜 저러지? 한턱 쏴도 될 텐데? 백만 골드라 하면 1년 동안 카도라스에서 돈 펑펑 쓰고도 남을 돈이다. 음, 돈은 있을 때 아껴야 된다는 조상들의 말씀 때문인가? 하여간 내 신부감으론 딱이라니깐! 세희의 보호자(?)인 내가 나서야지!

“야, 내가 쏠게. 동쪽 퍼브로 모여라!”

“와아아아아!”

이라스 동쪽 퍼브.

지금 반 친구들은 주스를 홀짝이며 그 한턱을 만끽하고 있었다.

나는 옆에 앉아 있는 세희에게 말했다.

"실리, 이제 곧 게임 방송 회사에서 취재가 올 거야."

"게임 방송 회사?"

"그래. 그런데 실리는 가수가 되고 싶어?"

"아니, 어릴 적엔 가수가 꿈이었는데. 지금은 현실에선 말도 못하는데 무슨……."

허어~ 그렇게 노래를 잘 부르는데 가수가 되지 못한다니. 이건 국가적 손실이다.

나는 주스를 홀짝이며 세희에게 물었다.

"그럼 실리는 꿈이 뭔데?"

"현모양처."

푸웁—!!

난 마시고 있던 주스를 내뿜어 버리고 말았다. 다행히도 탁자 위에 뿌렸기에 망정이지. 캑캑, 그보다, 세희가 방금 뭐라고 했냐? 현모양처? 요즘 같은 여성 사회에 그런 단출한 꿈을 가지고 있는 사람은 아마 세희밖에 없을걸? 하하.

"참으로 단출한 꿈을 품고 있구나. 세희는 남편에게 사랑받는 현모양처가 될 수 있을 거야."

그 사랑을 주는 남편이 바로 나고.

"저기… 저기… 신성아."

"응? 여기는 마듀라잖아."

“아니, 그게… 아니고… 저… 저기… 우리 밖으로 좀 나갈까? 나 속
이 답답해서… 같이 나가줄래?”

“응. 나도 답답했어, 나가자. 야, 너희들! 여기 돈 놓고 갈 테니까 사고
싶은 아이템 있으면 사라! 그리고 이번 주까지 레벨 업 좀 해! 레벨80 안
넘는 놈들은 길드에서 강퇴(강제 퇴출)시킬 거야!”

“크하하핫! 걱정 마시라!”

용태 자식, 주스에 취했나? 얼굴이 왜 저래?

밤중, 퍼브 밖.

우리는 무작정 이라스 대로가를 걸었다. 이라스 대로가는 언제나 같
이 수많은 유저들과 NPC들이 거리를 활보하고 있었고, 그 안에 연인
들을 비추는 가로등과 어느 구석진 골목의 솔로들을 비추는 달빛은 갖
가지 네온사인으로 물든 현실의 거리보다 낭만적이었다.

“저기… 저… 신성이는… 나를… 어… 어…….”

이라스의 밤거리를 돌아다니는 도중 세희가 떠듬떠듬 입을 열었다.
가끔씩 세희는 말을 더듬는단 말야?

“왜 그렇게 말을 더듬어? 무슨 할 말 있어? 아니면 아픈 거야?”

“아, 아니… 야.”

다시 어색한 분위기가 흘렀다. 그 분위기를 깬 것은 다시 세희였다.

“맞아! 깜박했다. 이거 받아. 상금으로 받은 백만 골드.”

엇? 이걸 왜 나한테 주는 거지? 나는 이런 돈 필요없는데? 무엇보다
세희가 노래 불러서 번 돈을…….

“이건 받을 수 없어. 세희가 노래 불러서 번 상금이니까.”

“아니야, 덕분에 목소리도 갖게 되었고 노래도 부를 수 있게 되었는

걸. 이건 다 신성이 덕분이야. 그러니까 받아줘."

…그 때문에 퍼브에서 한턱 쏘지 않았던 건가?

"아니, 절대 받을 수 없어."

"하지만 난 신성이한테 도움만 받았는걸. 이제 보답하고 싶어."

"그게 이 정도 돈으로 다 갚아질 수 있을 줄 알았어?"

나는 이런 돈 따위 바라지도 않았어.

"그치만 내가 해줄 수 있는 건 이거밖에……."

"좋아한다는… 사랑한다는 말, 해줄 수 있어."

"……?"

"그렇게 천천히 갚아 나가면 돼."

나는 조용히 세희를 껴안았다.

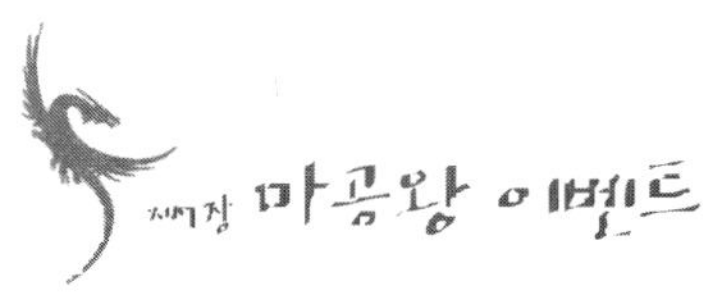

이라스 남쪽 퍼브 앞에서 기다리겠다. 이 편지를 받아보는 즉시 오도 록. 미스터 최.

최준 형이 NPC를 통해 보내온 글에는 이런 내용이 적혀 있었다. 만 나자는 글이었다. 1년 만이로군.

이라스 남쪽 퍼브 앞.

"후우~"

담배를 한 개비 꼬나 물고 있는 무테 선글라스의 청년. 짧은 금발 머 리와 검은색 정장복이 무슨 조직 폭력배 사촌에 팔촌에 육촌을 연상시 킨다.

그에게 다가가자 그가 날 휙 돌아보더니 벽에 기댔던 몸을 바로 일 으켰다.

"1년 만인가, 신성아?"

"간만이군, 형."

"훗! 잘 있었냐?"

"자잘한 인사치레는 싫어하는 거 알잖아? 빨리 용건부터 말해."

"자식, 여전하구나. 훗!"

자꾸 피식피식 웃는 모습이 그리 좋아 보이지 않았다. 최준 형. 내가 인천에 있을 때의 학교 선배였다. 학교에서 우연히 만나 친하게 지냈었는데 형이 카도라스에 너무 푹 빠진 나머지 학교에 자퇴서를 냈다. 그리고 (주)카마디에 일자리를 얻어 그곳에서 나에게 정보를 캐내주고 있는 비밀 첩보 요원 노릇을 하고 있다. 이에 관한 자세한 사항은 극비이므로 접어두자.

최준 형이 담배 연기를 길게 내뿜으며 말했다.

"7월 28일. 정확히 일주일 후 마공왕이 이끄는 마족 군단이 가니아 대륙을 넘어올 것이다."

"마공왕? 마족 군단? 가니아 대륙을 넘어오다니?"

"이벤트 담당부가 준비한 깜짝 이벤트지. 말 그대로 마공왕이 이끄는 마족 군단이 카밀리베아 대륙, 마도니아 멜 성지에서 올라올 것이다."

마도니아 멜 성지? 그곳은 카도라스 최강의 던전이라 불리우는 곳이 아닌가? 한번 들어가면 로그아웃을 해도 빠져나올 수 없다는 미궁. 그곳에 웬 마족? 그곳이 원래 마족의 소굴이었나?

최준 형이 이어 말했다.

"네크로 피닉스, 네크로 유니콘, 발록이 주를 이루는 마족 군단이다."

…….

"…죽으라는 거야, 뭐야? 카도라스 그러다 망한다!"

"걱정 마라. 경험치 다운이나 레벨 다운은 없을 테니. 단지 한번 게임 오버되면 이벤트 기간 중엔 다시 로그인을 할 수 없다는 것이지."

"그럼 어쩌라는 거야?"

완전 죽으라는 소리가 아닌가? 발록이나 네크로 피닉스, 네크로 유니콘은 일반 유저들이 혼자 잡기가 여간 까다로운 것이 아니다. 그것들은 최상급 몬스터 부류에 속하는 최강의 마족. 그런 그놈들이 부대를 이루고 나타난다구?

"후후! 그 해결책을 몰래 빼왔지. 해결책이라기보다는 최선책이지만."

최준 형이 품속에서 종이 한장을 꺼내 나에게 넘겨주었다. A4 용지 크기만한 그것엔 뭔 약도 같은 것이 그려져 있었다. 단풍잎 모양의 지도? 이건?

"드래곤 대륙의 세부 지도. 세간에 알려진 건 그것 한 장. 거기에 그려져 있는 황룡, 글러디스터더의 영지로 가라."

"어떻게?"

"알아서."

망할. 차라리 발록하고 맞짱을 뜨고 말지. 마스터 레벨이라도 4대 마룡하고 맞짱 뜨는 건 거의 불가능에 가깝다. 그 불가능을 가능케 했던 사람은 현 지존, 타미야뿐.

"훗! 그럼 건투를 빌마."

"잠깐만!"

하지만 최준 형은 그대로 로그아웃해서 사라졌다. 자기 할 말만 하고 사라지는 건 여전하군.

그보다 당장 길드에 비상 명령을 내려야겠어.

이라스 동쪽 퍼브.

퍼브 문을 열고 들어서자마자 보이는 여섯 개의 탁상에 세희와 길원들 모두가 앉아 있었다. 한창 떠들다가 내가 퍼브에 들어서자마자 조용해지는 주위.

나는 기다란 탁상의 맨 앞에 앉아 곧바로 용건을 꺼냈다.

"시린터, 너 부마스터해."

"갑자기 무슨… 전 그런 거 싫습니다. 전 뒤에서 선미 양 보호해 주는 게 좋은데."

"마스터의 명령이야! 하라면 해!"

"네."

좋아. 부마스터는 뽑혔다. 나는 이어서 카이데스를 바라보았다. 카이데스의 정체를 아는 사람은 이 자리에 나와 세희와 시린터뿐이었다.

"너는 부마스터 투다."

"싫은데?"

어쭈, 개겨?

"싫어도 해! 마스터의 명령이야!"

"독재자 같으니."

"아웃당하고 할래? 그냥 할래?"

"…그냥 할게."

좋아. 부마스터 투도 뽑혔다. 나는 자리에 있는 25명 인원들을 주욱 훑어보며 말을 이었다.

"길원을 있는 대로 포섭하고 될 수 있는 한 레벨 업을 많이 해라. 그리고 여기, 길드 자금."

나는 탁상 위에 길드 자금으로 내놓은 십만 골드를 내려놓았다. 자루에 담긴 돈을 용태가 슬쩍 보더니 입이 떡 벌어졌다.

"그걸로 일주일 동안 길원과 무기를 대량 확보해. 그리고 나와 실리는 일주일 동안 게임에서 못 볼 거다."

"에? 왜?"

"그럴 일이 좀 있거든. 일주일 후에 다시 돌아온다. 실리, 나가자."

"응."

길드 회의를 마치고 퍼브를 나서는 길에 세희가 물었다.

"그런데 어디로 가는 거야?"

"도마뱀 사냥하러."

지금까지 드래곤 대륙으로 통하는 길은 알려지지 않았다. 해저 동굴도 없거니와 그곳으로 가는 배가 하나도 없기 때문이다. 가는 도중에 몬스터들의 습격을 받고 난파된다나?

우리는 가니아 대륙의 최북단으로 향했다.

그곳엔 삼면이 바다로 둘러싸인 엠티안이란 해상 무역 도시가 있다. 꽤 많은 배가 사고 팔리는 곳이다. 우리는 그곳 배 경매 시장에서 배를 한 척 사야 한다.

"와아~ 저 배 멋지다! 되게 커! 돛도 많다."

세희가 대해상선함을 가리키며 흥분에 들떴다. 저게 갖고 싶은가?

"실리, 배 한 척 골라봐. 그걸로 살게."

"에? 배를 사게? 통째로?"

“응, 그럴 수밖에. 드래곤 대륙으로 가는 배는 없으니까 직접 그곳으
로 몰고 가야지.”

“음, 그럼 저 배로 하자! 저거!”

세희가 손가락으로 어느 배를 가리켰다. 부양선(浮揚船)이었다. 여
기서 부양선은 날 수 있는 배를 뜻하는데, 배 밑바닥에 부양석(浮揚石)
을 박아서 하늘을 날 수 있는 것이다. 뭐, 좀 비싸긴 하겠지만 하나쯤
있으면 좋겠지?

나와 세희는 배 경매가 진행되고 있는 그곳으로 향했다.

“예! 최신식, 최고급 부양선! 시속 40노트까지 날 수 있으며 다기능
마법 증폭 능력이 있는 함선입니다! 최대 수용 인원 백 명! 지금 경매
가 8십만 골드까지 나왔습니다! 더 이상 없으십니까?”

허어~ 8십만밖에 안 나왔어? 나는 손을 번쩍 들어 올리며 외쳤다.

“백만!”

갑자기 장내가 술렁였다. 백만 골드 이상을 부를 녀석은 더 이상 없
겠지? 감히 이 백만의 사나이에게 누가 개긴단 말인가?

“예, 백만 골드 나왔습니다! 더 없으십니까? 그럼 그쪽 분에게 백만
골드에 낙찰되겠습니다!”

나는 경매꾼 NPC에게 다가가 머니 창에서 돈자루를 꺼내 주었다.
NPC는 돈을 슬쩍 보더니 골드 감지계로 돈의 액수를 확인했다. 상인
NPC들만의 특수 능력이랄까?

“네. 백만 골드 맞군요. 조종법을 알려드릴 테니 따라오십시오.”

나와 세희는 상인 NPC를 따라 배 위로 올랐다.

배 위로 오르는 도중 세희가 물었다.

"그런데 듀라야, 이거 부양선이랬지? 정말 하늘을 날 수 있을까?"

"어, 날 수 있을걸? 아마도……."

나도 사실 부양선은 처음 타본다. 나는 건 본 적 있어도, 막상 올라보니까 이게 정말 날 수 있나 의심까지 되기도 했다. 뭐, 게임이니까 날 수 있겠지.

"여기 조종석이 있습니다. 의자에 앉아서 이 양쪽 구슬에 손을 얹으시고 떠오른다고 생각하시면 배가 뜰 겁니다. 무조건 생각하는 대로 배가 움직일 겁니다."

오호~ 의외로 조종법이 간단하다. 이 정도면 단세포 용태도 조종할 수 있겠는걸?

"연료는 아스톨 가스입니다. 저쪽 선실에 5통 준비되어 있습니다. 발화성이 강하니 조심하십시오. 그럼 전 이만."

NPC가 배에서 내렸다. 좋아. 그럼 날아보자!

"실리, 간다!"

"응!"

나는 조종석에 앉아 구슬에 손을 얹었다. 그리고… 떠올라라! 떠올라라! 떠올라라!

부웅.

오오~ 떠오른다! 배가 뜬다! 좋아! 이대로 드래곤 대륙까지 직행하자!

"북서쪽으로 전속력으로 전진!"

우우웅.

명령어와 함께 배가 북서쪽으로 뱃머리를 돌렸다. 그리고 시속 30노트의 속력으로 전진하기 시작했다. 시원함이 느껴지지 않는 바닷바람이 나와 세희의 머리를 뒤흔들고 지나간다.

아 씁, 머리 스타일 망가지는 게 문제군.

"와아! 너무 멋있다!"

세희가 배 난관 저편 바다를 바라보며 탄성을 질렀다. 그녀의 말대로 햇살에 부서져 금빛의 물결을 출렁거리는 바다는 금실 옷을 입은 바다의 미녀가 고요하게, 때론 격정적으로 춤을 추는 장면을 연상시킬 정도로 아름다웠다. 그것도 공중에 떠서 보니 그 느낌이 배로 색달랐다. 실제로 이런 배가 현실에 나타난다면 배멀미도 없어서 좋겠네. 그런데 이거 면허증 없이 운전해도 되나? 뭐, 그 NPC도 암말 안 했으니 상관없겠지?

세희가 말했다.

"듀라야! 이 배, 이름 짓자!"

"이름? 뭘로 지을까?"

"음, 막강이!"

막강이? 막강대전고 길드에 그 막강을 말하는 건가? 뭐라 부르든 상관은 없지만 좀 촌스럽지 않나? 뭐, 딱히 정할 이름도 없지만…….

"그래, 막강이로 하자. 하하."

4시간 여 막강이를 타고 하늘을 날았을 것이다. 해안선에 무엇인가 어슴푸레 보이기 시작했다. 아이템 창에서 망원경을 꺼내 보자 그곳은 평범한 돌섬이었다. 저곳이 바로…….

"드래곤 대륙. 드디어 도착이군."

"왠지 음침한 분위기다?"

세희의 말대로 음침하긴 음침하다. 온통 뾰족 바위로 이루어진 섬이니까.

어쨌든 카도라스 역사상 처음으로 드래곤 대륙에 발을 들여놓는구나!

나는 아이템 창에서 최준 형이 넘겨준 드래곤 대륙의 지도를 꺼내 펼쳤다. 우리의 목적지는 황룡 성지. 4대 마룡 중 하나인 황룡 글러디스터더의 영역이다. 골드 드래곤은 다른 드래곤보다 말이 좀 통한다니까 일이 잘 풀릴지 모르겠군.

"듀라야… 듀라야!"

그때 세희가 겁에 질린 목소리로 내 닉네임을 불렀다. 무슨 일이지? 와이번 떼라도 보였나?

"어? 왜 그래?"

"저, 저기……."

나는 세희의 손가락이 가리키는 방향으로 고개를 돌렸다. 그곳에 웬 새까맣게 몰려 있는 와이번 떼가 보였다. 일명 짝퉁 드래곤. 하늘을 가득 메운 거 보니까 족히 1천 마리는 되어 보인다. 시간도 없는데 저걸 언제 다 처리하고 골드 드래곤을 만난다지?

"실리, 배 주위에 뇌격계 바리어를 쳐."

"알았어."

세희가 양손을 모으며 막강이 주위에 둥근 막을 형성시켰다. 신력을 이용한 바리어였다. 세희는 마스터 레벨이니까 이 정도 바리어쯤은 무리없이 며칠 동안은 유지시킬 수 있으리라.

끼이에에엑!

쿠아아아아악!

와이번들은 훈련이 잘된 놈들이었는지 우리를 보자마자 별 괴음을 내지르며 갖은 쌩쑈와 추태를 부렸다. 다가오자마자 뇌격계 바리어에 전기 통닭이 되어버렸지만. 자식들, 백날을 두드려 봐라! 바리어가 깨지나. 지열에 못 이겨 다 타 죽어버리는군. 어쨌든 와이번들이 통닭이 되든 통나무 닭이 되든 노닥거릴 시간이 없었다.

"오른쪽으로 전향."

막강이가 오른쪽으로 방향을 틀었다. 와이번들은 배를 향해 계속해서 날아왔지만 소용없었다. 지금도 계속 죽어 나간다. 1초에 20~30마리씩.

참, 바보스러워라. 이 바리어를 뚫으려면 네크로 피닉스 정돈돼야지!

키이이에에에에에엑!!

…이게 무슨 소리지? 와이번들의 소리는 아닌데? 들어보지 못한 괴음 쪽으로 고개를 돌리자 웬 검은색 새가 한 마리 보였다. 크기만 30m에 양 날개를 펼치자 50m가 넘는…….

"컥! 네크로 피닉스? 외, 왼쪽으로 전향!"

젠장! 네크로 피닉스는 나 정도로 충분히 상대할 수 있지만 좀 껄끄러운 녀석인데! 차라리 발록을 상대하고 말지!

쿠워어어어어어!!

우르르르르르—

갑자기 앞에 있던 돌산이 무너지며 그곳에서 크기 60m에 달하는 괴거인이 튀어나왔다. 두 개의 뿔과 붉은색 눈, 날카로운 이빨과 검붉은색 몸체. 손에 낫인지 창인지를 들고 있는…….

"바, 발록! 다, 다시 오른쪽으로 전향."

젠장! 무슨, 생각만 하면 초상급 몬스터들이 우르르 쏟아져 나와? 이러다 드래이커나 히드라, 드라고니스 같은 놈들도 튀어나오는 거 아냐?

구오오오오오오!!!

크어어어어어!!!

쿠에이아아아악!!!

그러자 드래이커와 히드라와 드라고니스가 튀어나왔다.

다음날.

전날에 그 몬스터들과 피 터지는 전투를 벌이고 몬스터들의 발길이 거의 없는 곳에 배를 정착시켰다. 오늘 로그인을 하고 배를 보니 다행히도 배는 멀쩡했다. 세희가 배 주위에 바리어를 유지시켜 놨으니 배에 문제가 있다면 그게 더 이상한 거겠지만.

세희가 게임에 접속하자마자 물었다.

"막강이는 괜찮아?"

"어, 멀쩡하잖아?"

"다행이다."

다행은 다행이지. 이 배가 망가지면 걸어가야 되는데 이 울퉁불퉁한 바위산을 무슨 수로 걸어간단 말인가? 나는 배의 조종석에 앉아 구슬에 손을 얹었다. 배는 나의 명령을 받고 가볍게 떠올랐다.

아~ 오늘도 저 창공의 와이번들이 우리들을 반겨주는구나.

끼에에에엑!

끼익끼익!

쿠워어어어억!!

쿠워어어어억? 이건 또 상큼한 괴음인데? 고개를 돌려보자 하얀색 비늘을 빛내는 화이트 드래곤이 보였다. 크기는 50m 정도에… 다행히도 4대 마룡은 아니군.

쿠워어어어어억!!

지금 저 녀석을 잡으면 엄청난 경험치를 받겠지? 어제 발록 한 마리 잡아서 나하고 세희가 2업을 했는데. 으음, 그치만 빨리 강행군을 해야. 그치만 렙업을… 그치만 강행군을…….

으으, 어쩔 수 없군.

"실리, 네가 잠시 조종해 봐. 어떻게 하는지는 알지?"

"응, 알고말고. 그런데 저 드래곤하고 싸우려는 거야?"

"어. 금방 처리하고 올게. 파티 비밀번호는 12345."

"알았어."

여기서 내가 세희와 파티를 하는 이유라고 한다면 내가 경험치를 받으면 세희와 나눠 갖기 때문이다. 옛말에 부부일심동체(夫婦一心同體)라고 하지 않는가? 비록 부부는 아니지만 대충 여친일심동체(女親一心同體)라 생각하자.

"소환주의 명을 따라 나타나라, 영검 베도밀!"

배 난간을 박차올라 드래곤의 앞에 다가선 나는 베도밀을 수직으로 갈랐다. 그러자 드래곤의 팔이 두부 잘리듯 썩둑 잘려 나갔다. 검이 커서 그런지 드래곤 썰기엔 아주 유용하다. 떨어져 나간 드래곤의 팔은 공기 중에 소멸되었고 잘려 나간 단면에서 피가 뿜어져 나왔다.

이어서,

"검폭소멸신!"

드래곤의 잘려 나간 어깨 단면으로 검기 구체를 쏘아 보내자 드래곤의 상체가 터져 나갔다. 하지만 더 이상 피가 튀거나 살점이 찢겨 나가는 장면은 연출되지 않았다. 그저 공기 중에 뿌옇게 사라졌을 뿐이다.

피비빅—

Lv up.

어디 보자… 1업 했군. 이제 마법사 클래스 레벨 89다! 여기서 한 달 정도 더 놀면 쓰리 마스터는 시간문제겠는데? 생각해 보니까 투 마스터에 쓰리 클래스 89면, 총레벨 329, 지존이잖아? 하하핫! 타미야의 시대는 갔어! 이젠 내가 카도라스 지존이다!

배로 돌아가자 세희가 배를 출발시켰다.

"그나저나 시린터하고 카이데스는 잘 하고 있으려나?"

"길드 운영?"

"어, 곧 다가올 이벤트를 깨려면 대충 길원 만 명은 잡아야 할 텐데."

"이벤트? 무슨 이벤트?"

아, 내가 세희한테 얘기 안 해줬나? 그러고 보니 이곳에도 이유없이 무작정 데려왔구나.

"곧 카밀리베아 대륙, 마도니아 멜 성지에서 마족들이 올라와 이라스를 침공할 거야. 이벤트 기간은 일주일. 그 안에 마공왕을 잡지 못하면 이벤트 실패. 이라스는 쑥대밭이 되지. 거기에 있는 건물들을 재건하는 데 몇 개월은 걸릴걸? 운영자들은 그런 거에 관해서라면 NPC 복구밖에 신경을 쓰지 않으니까."

"무, 무슨 그런 이벤트가 다 있어?"

그거야 운영자들의 농간이지. 그 안에서 얼마나 많은 플레이어들이 죽어 나가는지도 모르고. 그런데도 유저 수가 백만 명을 유지한다는 게 신기하단 말이야? 아니, 요즘엔 더 늘어나는 추세라지? 요즘같이 어려운 세상에 현실을 부정하고 새로운 공간을 개척하려는 사람들이 많이 늘어났으니.

"우리의 임무는 황룡 성지를 찾아가 그곳에 있는 마룡에게 도움을 청하는 거야. 4대 마룡은 마공왕하고 맞짱 뜰 수 있을 테니까."

"그럼 마스터 레벨이라도 마공왕을 상대할 수 없는 거야?"

"응. 쓰리, 포 마스터래도 힘들걸? 뭐, 변수가 작용한다면 불가능한 것도 아니지만. 자, 빨리 가자! 시간은 일주일밖에 없어. 그 안에 드래곤을 찾아야 해!"

"알았어! 최고 속도로 전진!"

아아! 안 돼! 머리 망가져!

＊　　　＊　　　＊

"자, 친구, 친척, 사돈, 애인, 동료 다 불러 모아! 길드에 가입하면 10골드에요! 10골드! 렙제가 없어요! 자, 빨리빨리 오시라구!"

길원을 불리는 덴 용태 씨가 한몫했다. 마듀라 씨가 준 십만 골드를 써서 길드에 들어오면 10골드씩 준다는 방법을 내세워 길원을 모은 것이다. 참 약은 수법이다.

"길원들은 얼마나 모였습니까?"

"만 천백팔십삼 명."

덕분에 길원들을 엄청 불리긴 했지만. 그런데 마듀라 씨는 왜 갑자기 길원을 늘리려는 거지? 그것도 일주일이란 제한을 두고? 으음~

그때 무기를 사러 갔던 대전고 친구들이 돌아왔다.

"야! 오늘 이라스 대장간에 있는 무기하고 방어구가 40% 세일이란다! 대장간에 있는 물건 다 털어왔어!"

돌아온 그들을 보며 나는 다시 용태 씨에게 물었다.

"그럼 군장비품은 얼마나 모은 겁니까?"

"검, 활, 화살, 방패, 로브, 포션, 손도끼, 채찍, 철퇴, 사시미, 촛불, 밧줄, 없는 거 없이 완벽해. 1만 명이 쓰기에 절대 모자라지 않을 정도."

완벽해! 이제 마듀라 씨한테 칭찬받을 일만 남았군! 그런데…

"카이데스가 안 보이는군요?"

"카이데스는 카밀리베아 대륙에 간다고 그러던데?"

"카밀리베아 대륙이요? 음, 사냥 간 건가?"

뭐, 상관없지. 할 거 다했으니 나가 놀아도. 방학 시작하자마자 방학 숙제를 끝내놓고 노는 기분이랄까?

*   *   *

그렇게 드래곤 대륙에서 일주일째.

지도상으로 보면 이제쯤 황룡 성지에 들어섰다고 볼 수 있었다. 그런데 드래곤은커녕 개미 새끼 한 마리 보이지 않는다. 이 지도, 짝퉁 아냐? 지도를 의심하고 있는데 갑자기 정체 불명의 괴음이 울려 퍼졌다.

쿠어어어어어어어어어.

참고로 지금 시각은 밤. 배경은 검은색 뾰족 바위들이 삐죽삐죽 솟아오른 곳. 그 안에서 정체 불명의 괴음이 메아리 친다. 어우~ 소름 끼쳐! 가상 공간이라지만 너무 현실감있게 들린다.

―나의 영역에 들어선 자 누구인가?

이번엔 언어가 들려왔다. 드래곤인가 보다. 4대 마룡은 인간과 커뮤니케이션이 통한다고 들었으니… 그런데 어디 있는 거야? 왜 목소리만 들리지?

나는 허공에 대고 소리쳤다.

"우리는 가니아 대륙에서 왔습니다! 당신이 황룡 글러디스터더 맞습니까?"

―그렇다. 이곳에 인간이 발걸음을 하다니 처음 있는 일이로군. 무슨 일인가?

역시 골드 드래곤이라 그런지 예의가 바르다. 저 정도면 드래곤 중에서 꽤 예의 바른 케이스가 아닌가? 성격 재수없고, 더럽고, 짝퉁스럽기로 유명한 레드 드래곤이었음 당장에 브레스가 날아왔을 텐데.

나는 계속해서 허공에 대고 외쳤다.

"곧 마공왕이 우리 영역에 발을 들여놓습니다! 우리 힘으론 어찌할 수 없으니 힘을 빌려주십쇼!"

―힘을 빌려달라?

드래곤이 그 말을 끝으로 말을 끊었다. 나와 세희는 그 자리에 서서 그의 대답을 조용히 기다렸다. 그런데… 한 시간이 넘도록 대답이 들려오지 않았다.

뭐야? 이게?

"어이~ 여보세요. 드래곤 아저씨. 뭐라고 말 좀 해보세요. 저희 시간 없다구요."

"듀라야, 그런 투로 말하면 드래곤이 화내지 않을까?"

화내면 맞짱 떠야지 별수있나?

그렇게 드래곤의 대답을 기다리고 기다리는데, 새벽 4시가 되고, 5시가 되고, 동이 틀 때가 되어서도 드래곤의 대답은 들려오지 않았다. 자나? 뭐가 이래?

*　　　*　　　*

"드디어 빛을 보게 되는군."

머리에 박혀 있는 여섯 개의 뿔과 회색의 피부, 뼈 장신구들이 더덕더덕 박힌 투박한 로브는 무거운 위압감을 내기에 충분했다.

"첫 번째 격전지로는 엘가니아. 가니아 대륙의 최남단 무역 도시로군."

이벤트 기간은 일주일. 그 안에 이라스를 함락시켜라.

"광마갈!!"

마공왕의 손에 푸른색 구체가 떠올랐다. 일반적인 푸른색이 아닌 더없이 암울한 빛을 띠고 있는 그 구체는 주위의 어둠을 전혀 밝혀주지 못했다.

대신,

"…파!!"

촤아아아아아아아아—

그 구체가 일어내는 파장은 카밀리베아 대륙에서 가니아 대륙까지의 바닷길을 그대로 갈라 버리며 그 폭발력을 한껏 과시했다.

*　　　*　　　*

다음날.

고단한 학교 생활을 마치고 집으로 돌아와 게임에 접속한 나에게 황당하고 믿을 수 없는 소식이 전해졌다.

"게린터! 초비상이야! 엘가니아가 하룻밤 만에 마족들에게 초토화 당했어! 지금 남쪽 멜카니아 장성에서 NPC들하고 마족들이 싸우고 있다나 봐! 별 능력도 없는 NPC들이 전멸할 것은 기정 사실이지만. 그리고 오늘 카마디 홈페이지 보니까 깜짝 이벤트라고 준비되었나 봐! 곧 녀석들이 이라스로 쳐들어온대!"

미듀라 씨는 이런 날이 올 줄 알고 길원들을 모으라 했던 건가? 도대체… 도대체 이게 무슨 소리야? 이건 운영자의 농간이야!

당황스러웠지만 나는 최대한 냉정을 되찾으며 명을 내렸다.

"길원들을 모두 부르세요! 그리고 군품도 모두 푸십시오. 카밀리베아에 있는 카이데스도 부르십시오! 지금 당장 멜카니아로 갑니다!"

마족 침공 소식을 전해 들은 지 2시간 후.

우리는 이라스와 엘가니아 중앙에 있는 군사 도시 멜카니아로 향했다.

이미 멜카니아는 초토화 상태였고 이제 와서 멜카니아를 방어한다는 건 불가능했다. 결국엔 이라스 방어전이란 말인데… 이곳에서 멜카니아 성을 경계로 몬스터 군과 싸워야 한단 말이다.

"인원은?"

"3천 명이 조금 못 된다."

"카이데스는?"

"어디 있는지 행방불명."

"마듀라 씨는?"

"위와 동일."

젠장! 이런 쌍할스러운 경우를 보았나? 주력들이 없으면 어쩌자는 거야? 나보고 뭘 하라고! 내가 무슨 카도라스 마스터야? 내가 저 네크로 피닉스들을 어떻게 상대해? 한두 마리라면 가능하겠지. 그치만 저 정도 숫자라면…….

끼이이이이!

키에에에엑!

"우와아아아악!"

"도망쳐!"

모였던 8천 명의 길원들 중 3천 명은 다들 겁에 질려 뿔뿔이 흩어지는 도중이었다. 남은 유저는 5천 명에 불과했다. 그치만 어쩔 수 없지 않은가? 이대로 싸워보지도 않고 도망쳐 버린다면 이라스가 함락될 것이고, 그럼 난 마듀라 씨한테 찍혀 카도라스에 발을 붙일 수 없을 것이었다.

꿀꺽—

마른침 삼키는 소리가 들려오는 잠깐의 공간. 나는 조용히 마스터 무기를 불러들였다.

"소환주의 명을 따라 나타나라, 마검 즈루커!"

쇄아아아악—

묘한 공기 파장이 울리며 소드 마스터 무기 마검 즈루커가 손에 쥐어졌다. 어차피 이벤트 기간 중엔 한번 죽으면 다신 로그인을 할 수 없다. 이왕 이렇게 된 거 한번 신나게 싸워보고 죽자! 그것이 바로 사나이의 로망!

나는 뒤를 돌아보며 5천 명의 길원들에게 당당히 외쳤다.

"도망칠 테면 도망쳐라! 말리지 않는다!"

우르르르르르—

그러자 남아 있던 5천의 무리들 중 1천이 더 빠져나갔다.

"……."

…내가 왜 그 딴 망언을 내뱉었지? 가뜩이나 모자랄 판에. 점점 쥬성 씨의 단세포화에 물들어가고 있단 말인가?

"훗! 기죽지 말라구. 죽으면 죽는 거지, 뭐가 어때서? 어차피 레벨 다운도 없는데. 단지 일주일 동안 게임에 접속을 못하는 것뿐."

선미 씨가 나에게 힘을 불어넣어 주었다. 좋아! 어디 한번 신나게 놀아보자고! 이대로 녀석들이 멜카니아 성을 넘어선다면 곧바로 이라스가 함락된다. 어떻게든 이 선에서 끝내자!

나는 성벽을 넘어선 네크로 피닉스에게 검을 휘둘렀다. 검에서 갈라져 나간 검기가 네크로 피닉스의 몸통에 명중했지만 녀석은 멀쩡했다. 깃털을 무슨 갑옷으로 개량했나?

녀석이 날개를 한차례 휘저어 깃털을 날려 보냈다. 나는 땅을 굴러 그것을 피해냈고, 곧바로 성벽을 타고 올라가 네크로 피닉스의 등까지 뛰어올라 갔다. 그리고 녀석의 등을 검으로 내리찍었다. 당연 네크로 피닉스는 비명을 지르며 추락.

녀석의 등에 타고 있던 나도 같이 떨어지는 건 말 안 해도 알지?

쿠궁—

"어이쿠야!"

끼르르르륵!!

"와! 밟아라!!"

이어서 쥬성 씨를 비롯한 길원들이 내가 추락시킨 네크로 피닉스를

다구리 까며 밟았다. 난 안중에도 없단 말인가? 이래 봬도 부마스터란
말이다!

*   *   *

"아, 드래곤 아저씨! 뭐라고 말 좀 해봐요!"

배에서 드래곤 아저씨를 부른 지 3시간째. 오늘 홈페이지 보니까 마
공왕 이벤트가 벌써 시작됐다던데 드래곤 아저씨는 왜 아직 아무 소식
이 없는 거야? 답답해 미치겠네!

―좋다. 그러나 내가 그대들의 청을 들어주면 그대들은 나에게 무엇
을 해줄 것인가?

오옷! 드디어 입을 여셨군.

나는 그에게 되물었다.

"무엇을 원하십니까?"

도마뱀이 뭐, 원하는 게 있겠는가? 보석 같은 게 아닐까? 보통 판타
지 소설에서 보면 드래곤이 보석을 좋아하잖아?

―나에게는 반짝거리는 것이 필요하다.

보석 맞네. 반짝거리는 거라면 그거밖에 없지.

"천만 골드 어치의 보석을 드리겠습니다. 그럼 되겠습니까?"

―…….

그러자 옆에서 세희가 내 옆구릴 쿡쿡 찔렀다. 말은 하지 않지만 그
런 돈이 어디 있냐는 눈빛이었다. 나야 뭐, 돈이라면 썩어 도는 놈이니
까.

―좋다. 그대와 계약을 맺겠다. 그럼 움직여 볼까?

쿠구구구구궁—

갑자기 지축이 뒤흔들렸다. 왜 갑자기 땅이 흔들리고 그래? 지진?

와르르르르르! 우구구구구궁!!

돌산들이 무너지고 땅에서 뭔가가 솟아올랐다. 100m가 넘는 거대한 몸집과 번쩍이는 금빛의 비늘, 비상할 듯 펼쳐지는 한 쌍의 날개. 카도라스 최강의 생명체인 드래곤. 그것도 그중 최강이라 불리우는 4대 마룡 중 하나, 황룡 글러디스터더의 모습이었다.

<u>오오오오오오오옷!!</u>

"아저씨, 나 그 비늘 하나만 떼어주면 안 될까?"

—왜? 멋있냐? 하나 가져라.

드래곤이 자신의 비늘을 하나 뚝 떼어 배 갑판에 올려놓았다. 세희가 배 주위에 바리어를 펼쳤을 텐데 아무 장해가 되지 않는 듯 보였다. 그나저나 이 비늘 얼마쯤 하려나? 설마 이렇게 뚝 떼어줄지도 몰랐는데 좀 어이가 없다. 이 소설에서는 뭔 캐릭터든 다 망가지나?

*　　　*　　　*

촤아아아아아아아아—!

무슨 소리지?

소리가 난 곳으로 시선을 돌려보니 거한의 남자가 갈라진 바다 사이를 지나는 것을 볼 수 있었다. 남자뿐만이 아니었다. 네크로 피닉스, 네크로 유니콘, 발록, 그 외 짝퉁 드래곤들까지 보였다. 이게 무슨 광경?

"…넌 뭐냐? 이 근처에 유저가 있었나?"

거한의 남자가 나를 발견하고는 물었다. 이제 보니 일반 유저 같진 않다.

나도 그에게 물었다.

"그러는 넌 누군데?"

"내가 먼저 묻지 않았나?"

"난 그냥 지나가던 행인. 넌?"

"내 이름은 마공왕 마도니아. 이 녀석들은 이라스를 점령하기 위해 데려온 나의 애완 동물들이다."

뭐? 마왕? 이라스 점령? 무슨 이벤트하나? 하지만 어제 저녁까지 홈페이지에서는 아무 말도 없었는데?

"호오! 뒤에 있는 돌, 뼈 부대를 보니 네크로맨서 마스터인가 보군."

"……."

난 지금까지 골렘과 스켈레톤 부대들을 이끌고 사냥하던 중이었다. 그가 날 알아보곤 재밌다는 듯 미소를 지었다.

"훗! 뭐, 좋아. 그럼 네크로 마스터에게 걸맞는 대접을 해주지. 이벤트 포고 겸 말이야."

녀석이 손을 휘젓자 자리에 있던 발록들이 나에게 다가오기 시작했다. 저거 맞짱 뜨자는 거 맞지? 하하! 왜 그러시나, 마왕 씨~

"헤헤! 친하게 지내장께~"

"싫어."

…저것이 죽을라고!!

"야! 이 짝퉁 마왕 새꺄! 요즘 같은 세상에 폭력 쓰는 마왕 새X가 어디 있어?"

"여기."

오냐, 나의 경고를 무시했다 이 말이지?

회유책도 안 먹히고 강경책도 안 먹히면 도망밖에 없지!

상대는 발록. 드래곤을 제외하고 가장 강한 초상급 몬스터에 해당하는 놈이다. 그런 놈들이 백 마리나 있는데 날더러 어쩌라구? 지금 난 스켈레톤 50마리하고 골렘 열 마리가 전부였다.

싸워봤자 허공삽질인 것이다.

쿠아아아아.

도망치려는데 발록 한 마리가 나에게로 대검을 내리찍었다. 가까스로 몸을 날려 그것을 피한 나는 근처 스켈레톤의 어깨에 올라타며 외쳤다.

"토껴!"

후퇴 명령과 함께 내 소환 부대들은 모두 줄행랑을 치기 시작했다. 발록들이 맹렬하게 뒤쫓아왔다.

젠장, 조금만 기다려라. 아주 묵살을 내줄 테니까!

1시간 후.

가까스로 발록들을 따돌리긴 했지만 곧 이쪽으로 달려올 것이다. 얼른 시작하자!

난 곧장 네크로멘서 마스터 아이템, 4차원 주머니를 소환했다. 네크로멘서 마스터 아이템의 능력은 뭐든지 집어넣는 요술 주머니. 무한대로 물건을 넣을 수 있다. 그곳에서 뼛조각들을 꺼낸 나는 스켈레톤을 소환하고, 마법 주문을 외워놓고, 작전을 세웠다. 내가 알고 있는 전술은 인해 전술뿐이라 작전이랄 것도 아니었다.

15분 후, 발록들이 모습을 보이기 시작했다.

4속성 소환수 골렘 열 마리. 아이언 골렘 열 마리. 스켈레톤 500마리.

"모두 돌격!"

소환 부대들이 발록들을 향해 돌격하기 시작했다. 숫자로는 우리 편이 월등히 많았지만 저 녀석들은 던전 보스급 몬스터 발록. 그것도 부대. 승부는 예측하기 힘들었다.

곧 두 개의 부대가 충돌하여 치고 박고 난타전을 벌이기 시작했다. 발록이 휘두른 대검에 몇십 마리의 스켈레톤들이 뼛가루가 되는가 하면 스켈레톤들이 발록을 다구리 까서 쓰러뜨리기도 하였다.

그럼 이제 내 차례다. 과연 이번 승패가 이벤트에 어떤 영향을 줄지는 모른다, 다만 싸울 뿐이다! 그것이 바로 사나이의 로망(이것들이 로망에 미쳤나?)!

"파이어 블래스트!"

*   *   *

마족 군단은 네크로 피닉스, 네크로 유니콘, 드래이커, 드라고니스 등이 주를 이루고 있었다. 다들 초상급 몬스터 부류에 속하는 녀석들로서 이렇게 떼로 나타난 적은 사상 유례없는 일이었다.

네크로 피닉스 한 마리를 상대하려면 고렙 유저 세 명은 있어야 하는데 남아 있는 4천 명은 레벨 50~90대 정도이다. 용태 씨와 선미 양이 고 레벨이긴 하지만 그들은 자기 몸 사리는 데 바쁘다.

"무겁! 광날!"

즈루커에 검기를 집중시킨 뒤 쏘아 보내자 드래이커의 목이 떨어져 나갔다. 떨어져 나간 단면에서 피가 분수처럼 튀어올랐고, 곧 녀석은 가루가 되어 사라졌다. 그치만 천 마리도 넘어 보이는 녀석들 중에 한 마리 보내 버린 것뿐이었다.

저 멀리서 용태 씨가 외쳤다. 그는 드라고니스 다섯 마리에게 둘러싸여 고군분투를 벌이는 중이었다. 곧 아웃당하겠구만.

"이봐, 시린터! 전선이 점점 뒤로 밀리고 있어! 벌서 몇천 명이나 아웃당했다구!"

"밀려선 안 됩니다! 이 선에서 끝내야 합니다!"

그리고 선미 양은 제가 반드시 지킬 겁니다! 좋아! 여기서 선미 양에게 어필해야 해! 내가 진정 위대한 놈이라고!

"크크크… 마스터 유저로군."

"……?"

들려오는 목소리에 고개를 쳐들자 공중에 떠 있는 키 2m쯤의 거구를 발견할 수 있었다. 투박한 로브와 머리에 달린 여섯 개의 뿔, 얼굴에 낙서처럼 칠해져 있는 페인팅(?)이 '내가 마공왕이오~' 라고 선전하는 것 같다.

나는 확인차 그에게 물었다.

"니가 마공왕이십니까?"

"뭐냐? 그 어정쩡한 존칭은? 나는 마도니아 멜 성지에서 올라온 공포의 화신, 죽음의 사신, 모든 마족들의 오야붕! 마공왕 마도니아시다."

아무래도 NPC 같진 않다. 운영자 플레이어인 것 같은데… 그렇다면 불리한데? 단순한 NPC들하곤 달리 실제 유저와… 그것도 운영자하고 싸우는 건 좀 부담스러운데. 아니, 지금 찬밥 더운밥 가릴 때가 아니지 않는가?

우선 맞짱 뜨고 보자!

"무검! 검폭뢰!"

힘차게 달려나가 근처 드래이커의 머리를 밟고 도약해 마공왕의 앞까지 뛰어올랐다. 그리고 있는 힘껏 검을 수직으로 베었다! 생명체만을 베는, 내가 가진 상급 소드 마스터 스킬, 무검이다! 그것도 검폭뢰!!

"차아앗!"

나의 무검이 그의 머리를 정확히 반으로 쪼개 버리며 지나갔다. 이겼…….

"……?"

"호오~ 이게 다인가?"

이럴 수가? 분명 베었는데? 어째서 멀쩡한 거지?

"잘 가시게."

마공왕이 손에 푸른 구체를 만들어 내 배로 가져갔다. 이어서 그 구체가 나의 배 앞에서 터지는 것으로…….

[게임 오버되셨습니다.]

*   *   *

"아, 빨리 좀 날아요! 지금 몇 분이나 지체됐는지 아세요?"

으~ 정말 드래곤 못 난다. 드래곤이 이렇게 못 날 줄 몰랐다. 때문에 1시간이나 지체되었다.

─미, 미안. 간만에 날아보는 거라 잘 안 되네.

그렇게 평소에 운동 좀 할 것이지. 그래서 드래곤이 똥배가 나온 건가?

벌써 마공왕 이벤트가 하루나 지났다. 그동안 이라스엔 무슨 일이 벌어졌을까?

"다 왔다!"

세희가 가니아 대륙을 가리켰다. 저 멀리 엠티안이 보이는 것 같았다. 좋아! 이라스까지 얼마 남지 않았어!

*　　　*　　　*

"시린터!!"

그나마 녀석 때문에 버티고 있었는데! 지주를 잃은 길원들은 다들 겁에 질려 로그아웃하기 시작했다. 젠장, 신성이는 어디 있는 거야? 녀석만 있어준다면 어떻게든 될 텐데! 믿을 만한 놈들도 다 게임 오버됐고…….

"야! 선미, 빨리 도망쳐! 쿠에엑!"

용태가 드라고니스에게 잡아먹혀 버렸다. 평소 별 볼일 없던 녀석이라 있든 말든 상관 안 했지만 녀석까지 아웃당하자 눈앞이 캄캄해져 버렸다.

"후후! 이제 잔챙이들 쓸어버릴 일만 남았군."

시린터를 게임 오버시킨 마공왕이 손에 푸른 구체를 만들어냈다. 나는 있는 힘껏 뇌격계 바리어를 시전했다.

막아보이겠어!

"하앗!!"

으읏!

마공왕이 쏘아 보낸 푸른 구체가 내 바리어를 때렸다. 엄청난 파워! 순식간에 5m나 밀려 버린 나는 입에서 피를 토해냈다. 시야가 떨려오며 바리어에 금이 가기 시작했다.

쩌적— 쩌적—

쿠구구구구구구구—!!

마, 막지 못하면 도망치고 있는 길원들도 모두 아웃당하고 말 거야!
제발!

"꺄아앗!"

5초? 그 정도 버티던 바리어가 깨져 나갔고 일대가 폭삭 주저앉아
버렸다. 마지막으로 눈에 들어오는 마공왕의 비웃음을 끝으로 나는 끝
내 게임 오버당하고 말았다.

＊　　　　＊　　　　＊

현 연합 길드군 상황.

"성을 철저히 사수하라! 녀석들이 넘어서면 끝이다!"

나는 길원들을 독촉하며 명령을 내렸다. 남성 너머로 먼지가 피어오
르는 것이 언뜻 보였다. 5백여 미터쯤 가까이 들어서자 상대가 무엇인
지 금방 파악할 수 있었다. 올 것이 왔군.

2시간 전.

"깜짝 이벤트라구?"

방금 통보된 홈페이지의 내용을 듣고 나는 어이가 없었다. 이런 스
케일이 큰 이벤트를 깜짝 이벤트로 내놓다니… 운영자들이 생각이 있
는 건가? 나는 의자 깊숙이 몸을 파묻고 이벤트를 위해 길드를 움직일
지 움직이지 말아야 할지 생각에 잠겼다.

옆에 부하 NPC가 나를 독촉했다.

"술타르님, 당장 길원들을 이끌고 마공왕 부대를 막아야 합니다."

"하지만 보고된 바에 따르면 상급 마족 부대라 하지 않았나? 길원만 몰살당할 거야."

"어차피 마공왕 하나만 잡으면 끝인 것입니다."

마공왕이라… 아마도 운영자 플레이어일 가능성이 높겠지?

부하 NPC가 다시 말했다.

"보고된 바에 따르면 막강대전고 길드가 이벤트에 참여했다 합니다."

막강대전고 길드라면… 마듀라가 있는 길드?

나는 당장에 명령을 내렸다.

"한 시간. 그 안에 길원들을 있는 대로 부르고 군품을 풀어라. 그리고 이라스 남성지(南城地)로 간다."

막강대전고 길드도 하는데 우리 길드도 못할쏘냐? 마듀라도 하는데 내가 못할쏘냐? 하는 마음에 길드를 움직이기로 마음먹었다.

그런데 마족 군단이 이라스까지 넘어온 걸 보면 막강대전고 길드는 이미 격파당한 모양이다.

나는 마스터로서 빠르게 명령을 내렸다.

"대열 1진, 캐타펄트(공성 병기) 준비! 마법사단 스킬 준비! 사정 거리 확보!"

300m… 200m… 100m.

"쏴라!!"

돌과 화살, 마법 등이 마족 군단에게로 난무하여 날아가기 시작했다. 좀 어지러운 주위였지만 나는 그곳에서 마공왕을 찾기에 바빴다. 아무리 7천의 길원들이 있다 해도 1천의 초상급 마족군을 당해낼 순 없다. 녀석들의 지주를 잡아야 한다!

그때,

쿠구구궁!! 쿠구궁! 쿠카카캉!!

"으아악!"

"살려!"

길원들의 비명과 함께 오른쪽 성벽과 왼쪽 성벽, 가운데 성벽이 동시에 무너져 내렸다. 이런, 마법인가? 무너져 내린 성벽에 깔려 아웃당한 길원들은 약 5백… 칫, 작전보다 조금 이르지만 어쩔 수 없군.

"백병 부대 돌격!!"

"우와아아아아아아—!!"

이라스가 떠나갈 듯한 함성을 내지르며 백병 부대 5천 명이 마족 군단을 향해 달려나갔다.

그런 그들의 앞으로 푸른 구체가 떨어졌다. 저건…….

"뭐지?"

의아해하는 순간 그 푸른 구체가 5천의 백병 부대 군진을 휩쓸었고 땅이 움푹 패었다. 그 안에 있던 길원들은 전원 게임 오버.

저런 말도 안 되는?! 저런 파괴력을 낼 수 있는 스킬은 메테오 정도밖에 없는데?

"크하하하하!! 연합 길드도 별거 아니구만. 뭐, 자기 살자고 바쁘던 막강대전고 길드 녀석들보단 낫지만."

"……?"

공중에서 떠드는 누군가에게로 시선을 돌려보자 나는 한눈에 알아볼 수 있었다.

마공왕이다!

"소환주의 명을 따라 나타나라! 마검 켈베도라!"

마스터 무기를 불러들인 나는 근처 망루로 달려나갔다. 이어서 스킬을 발동시켰다.

"광검, 폭광!"

나만의 소드 마스터 스킬, 광검! 강도 면에서는 무검보다 약하지만 무검은 생명체만을 벤다. 하지만 광검은 무엇이든지 베어내는 소드 마스터 상급 스킬!

"하아아아앗!!"

망루 벽을 타고 40m를 훌쩍 뛰어오른 나는 마공왕의 어깨를 향해 힘껏 검을 베었다. 그치만 나의 광검은 마공왕의 어깨를 단 1㎝도 뚫지 못하고 막혀 버렸다. 이, 이런 말도 안 되는?!

"전에는 무검, 이번엔 광검이로군."

퍼억—

마공왕이 내지른 펀치가 나의 턱에 명중되었고 내 고개는 뒤로 휙 돌아가며 순간적으로 시야가 어지럽게 펼쳐졌다. 완력이 장난 아니다!

퍼어어어억—!

하지만 정신을 차리기도 전에 복부에 마공왕의 공격이 이어졌고 내 몸은 바닥으로 추락했다. 그렇게 볼품없이 땅바닥에 곤두박질쳐진 나는 잃어버린 시야를 찾으려 몸을 일으켰다. 주위가 아지랑이 핀 것 같이 뒤틀려 보인다.

"크으… 제길!"

예상 외로 강하다! 설마 이렇게 강할 줄은 상상하지 못했는데! 그나저나 마공왕은?

"잘 가라!"

“……?”

뒤에서 들려오는 마공왕의 목소리에 고개를 돌렸을 때는 푸른색 빛이 시야를 뒤덮으며…….

[게임 오버되셨습니다.]

＊　　　＊　　　＊

이라스에 들어서자 보이는 것은 무너진 성벽과 무지막지한 몬스터들이었다. 공중은 네크로 피닉스가 장악하고 있었고 드래이커와 드라고니스, 네크로 유니콘들은 이라스를 남쪽에서부터 부수고 있었다.

어째서인지 우리 막강 길원들은 한 명도 보이지 않았다. 이런 망할 놈들! 내가 길원들 모으고 무기까지 사라고 길드 자금까지 줬더니만, 이 자식들이 감히 농땡이를 쳐? 시린터, 카이데스! 이 자식들, 이벤트 끝나고 다 죽었어!

─조금 늦은 모양이군.

“치잇! 일단 드래곤 아저씨는 마공왕 좀 어떻게 처리해 주십쇼. 저는 지상에 있는 놈들을 상대하겠습니다. 실리는 배를 조종하면서 네크로 피닉스들을 상대해 줘. 괜찮지?”

“응!”

─알겠다.

나는 배 난간에서 지상으로 뛰어내렸다. 그리고 마스터 무기를 불러들였다. 이 소설에선 최초로 불러들이는 소더러 마스터 무기.

“소환주의 명을 따라 나타나라, 마갑 알트레탈리!”

양손에 공기 기류가 휩싸이며 중, 소형의 건틀렛이 씌어졌다. 손과 손목, 팔꿈치 부분까지 검은색으로 뒤덮은 그것은 내 몸 뒤쪽, 전깃줄 비슷하게 선으로 연결되어 이어졌다.

쿠광!

이라스 광장 바닥에 착지한 나는 네크로 유니콘들과 마주했다.

"간만에 써보는군."

나는 오른손을 펼쳐 검광진을 생성했다. 검은색의 찬란한 빛을 내뿜으며 나타나는 13개의 검광진. 마갑 알트레탈리의 능력은 소더러의 능력을 증폭시켜 주는 것!

"광살참!"

검광진에서 뿜어져 나가는 수많은 빛의 창들이 일대를 휩쓸었다. 하지만 녀석들에게 큰 피해를 주진 못했다. 나는 연속 스킬을 가동시켰다.

"소형직탄검기파!"

연속적으로 일어나는 폭발. 그 폭발의 자욱한 먼지 더미에서 계속해서 밀려오는 네크로 유니콘들… 그 사이에서 특히나 더 커다란 몸집을 자랑하는 네크로 유니콘이 앞으로 나섰다.

몸집만 70m, 머리에 달린 뿔만 5m에 달하는 녀석이었다. 흐아~ 저 뿔, 정말 살인적이다.

"네가 네크로 유니콘들의 대장이냐?"

크르르르르르르!

검은색 흑마, 네크로 유니콘이 날카로운 어금니를 드러내며 개소리를 질렀다. 원래 네크로 유니콘은 말 모양이다. 그런데 개소리다. 왠지 언밸런스하군. 혹시 말하고 개하고 삐리리— 해서 만들어진 변종 돌연변인가?

"뭐, 변종이든 잡종이든. 다 덤벼!"

나는 검광진 열 개를 만들어 겹친 뒤 10m 정도로 크게 부풀렸다. 반병신을 만들어주지!

"만류기격화방성!!"

검광진에서 뿜어져 나가는 검은색 안개 기운이 네크로 유니콘을 덮치듯 나아갔다. 네크로 유니콘은 그르르― 하는 음을 내뱉더니 공중으로 점프했다. 젠장! 도망치면 어떡해!

"칫!"

나는 만류기격화방성의 방향을 돌려 지나가는 드래이커에게 쏘아 보냈다. 그것에 맞은 드래이커는 그대로 터져 버렸고, 꾸물거릴 시간 없이 오른 주먹에 검기를 집중시킨 나는 네크로 유니콘에게 그 주먹을 뻗었다.

"검폭소멸신!"

주먹에 모여든 검폭소멸신의 검기는 자리에서 떠오른 네크로 유니콘에게 날아가 명중되었고, 큰 폭음을 일으키며 터졌다. 허공에 피어나는 검은 구름이 일대까지 덮치려 했으나 나의 바람 마법으로 쓸려 나갔다.

"후우! 하아아!"

한꺼번에 고급 스킬을 여러 개 쓰다 보니까 몸이 많이 지친다. 나는 문득 드래곤 아저씨에게로 시선을 돌렸다. 상공 500m 위치에서 마공왕인지 뭔지 하고 대치하고 있는 드래곤 아저씨.

*   *   *

"황룡 글러디스터더. 네가 이 이벤트에 끼어들 줄은 예상치 못했다."

―난 인간과 계약을 한 것뿐이다.

"그래, 너는 인간과 계약을 맺기로 프로그램되었지. 누구와 계약을 한 건가? 계약 조건은?"

―그건 알 필요 없다.

드래곤이 브레스를 내뿜었다. 그치만 마공왕은 몸을 슬쩍 움직여 그것을 피해냈다. 재수없게 여유있는 거 보니까, 뭔가 꿍꿍이가 있는 것 같은데?

"흐흐, 아무리 너라도 날 상대할 순 없을걸?"

―그건 두고 보면 알게 될 터!

드래곤이 기합을 뻗자 뻗어 나간 기합은 이라스를 몰아치며 주위 건물들을 폭삭 무너뜨렸다. 역시 마룡다운 저력!

"그럼, 놀아볼까?"

마공왕의 몸이 빛의 기류로 뒤덮이기 시작했다. 뭐지? 빛이 점점 커진다. 시야를 가릴 정도로.

잠시 후 빛이 걷히며 그곳에 엄청나게 커다래진 마공왕의 모습이 나타났다. 드래곤의 크기와 맞먹을 정도로 커진 녀석의 모습!

"하하핫! 버스트 플레어 앤 블래스터!"

―블리자드 스톰! 헬 파이어!

"아이스 스톰!"

상급 마법들이 난무하며 일대가 폭음으로 뒤덮였다. 마법의 여파로 이라스에 불길이 치솟고 검은 먼지가 피어올랐다. 저 둘의 싸움으로 이라스가 먼저 파괴될 것만 같았다.

*　　　*　　　*

배를 조종하며 하늘을 날아다니는 적을 상대하기란 여간 쉽지 않은 것이었다. 그래도 어찌어찌 하여 네크로 피닉스 세 마리를 추락시키긴 했는데 문제는 지금부터였다.

고오오오오오오오!!

보통 네크로 피닉스의 몸집에 1.5배 정도 더 큰 네크로 피닉스. 깃털에 검은 광택이 흐르고 뭔지 모를 위압감이 느껴지는 그것에 먼저 겁부터 났다. 저 아래서 싸우고 있는 드래곤 아저씨와 신성이를 보면 도저히 도망칠 수도 없고…….

쿠오오오오오오!!

네크로 피닉스가 날개를 한차례 휘젓자 3색 가지 깃털이 날아왔다. 나는 즉시 배에 바리어를 펼쳤지만 몇몇 깃털들은 내 바리어를 뚫고 배 갑판에 박혔다.

구오오오오오오!!

이어서 네크로 피닉스가 배를 향해 돌진했다. 주, 주문을 외워야 하는데?

"까아아악!!"

콰아아아아아아앙!!

배의 앞부분과 돛대가 부서졌다. 배가 약간 기울었지만 가까스로 배의 균형을 잡은 나는 급한 김에 주문을 외쳤다.

"크리티컬 윈즈!"

끼아아아아악!!

점점 신력이 바닥나고 있어! 막강이도 거의 난파되기 직전인데! 신력으로 안 된다면 내가 할 수 있는 게… 그거다!

“소환주의 명을 따라 나타나라, 성검 시오르!”

바람의 기류와 함께 성검 시오르가 손에 쥐어졌다. 이건 도박인데, 한번 해볼 수밖에! 지금 상황으로선 이게 최선책이니!

“……!”

나는 배를 향해 다시 돌진하는 네크로 피닉스에게 시오르를 겨냥했다. 검술의 기본은 마듀라한테 배웠었다.

끼이이이익!

“야아아아아압!!”

네크로 피닉스가 배에 몸통을 부딪친 틈을 타 네크로 피닉스에게 달려가 있는 힘껏 검을 찔렀다. 시오르의 검날은 정확히 네크로 피닉스의 목을 찔렀고,

고아아아아오!!

“꺄아아아악!!”

네크로 피닉스가 머리를 뒤흔드는 바람에 나도 따라서 몸이 휘둘렸다. 하늘에서 떨어질 것 같아, 신성아! 꺄아아아아! 너무 무서워!

네크로 피닉스가 지상으로 추락하기 시작했다. 따라서 나도 추락했다. 빨리 검을 빼내야 하는데 네크로 피닉스의 목에 박힌 검은 빠지지 않았다. 이대로 곤두박질치면 아웃당할 텐데?

“꺄아아아아아!!”

쿠구구구구구궁!

이라스의 민가촌으로 떨어져 버린 나와 네크로 피닉스는 한동안 정신을 차리지 못했다.

우으… 아직 게임 오버는 아닌가?

구우우우우우!

아! 아직 네크로 피닉스가 살아 있다!

나는 재빨리 네크로 피닉스의 목에 박힌 칼을 90도 돌렸다. 그러자 네크로 피닉스가 비명을 지르며 몸을 이리저리 비틀었다. 으윽, 빠져라! 빠져! 왜 안 빠지는 거지?

나는 있는 힘껏 기합을 지르며 검을 빼냈다.

"아아아압!!"

뚝—

그러자 시오르의 검날이 뚝하고 부러져 버렸다. 그립은 내 손에 쥐어져 있었지만 검날은 네크로 피닉스의 목에 그대로 박혀 있던 것이다.

원래 마스터 무기가 이렇게 쉽게 부러지는 거였나?

쿠오오오오오오!!

네크로 피닉스가 날개를 펼쳐 비상했다. 날갯짓에 의한 바람 때문에 몇 미터를 날아가 버리고 만 나는 땅바닥에 널브러지고 말았다.

"우으… 이제 어떻게 하면 되지?"

구우오오오— 고오오오—

네크로 피닉스가 하늘을 배회하며 원을 돌기 시작했다. 그러자 주위에 있던 네크로 피닉스들도 따라 돌기 시작했다. 공포심마저 자아내는 듯한 광경이었다.

*　　　*　　　*

—루브라그래틱 애로우!!

수십 줄의 빛줄기가 마공왕의 몸에 명중했다. 큰 폭음이 울리며 주위에 먼지 돌풍이 일어났다. 그들의 주위는 아무것도 남지 않은 완전

한 폐허. 원래는 이라스의 남쪽 광장인 곳이었다.

─블리자드 스톰!!

이어진 골드 드래곤의 대형 불꽃 회오리를 힘겹게 막아내는 마공왕이었지만 그의 입가에 걸려 있는 희미한 미소만은 여전했다. 그가 입고 있던 검은 망토는 불길에 다 타버려 속에 입고 있는 뼈로 만들어진 갑옷과 검은색 전투복만이 보일 뿐이었다.

"크흐흐! 대단하군, 황룡 글러디스터더. 하지만 이 이벤트는 나의 승리다."

─무슨 여유가 남아서 그런 헛소리를 지껄이는 거냐?

"후후! 가르쳐 줄까? 3초… 2초."

뭐지? 저 카운트다운은? 문득 글러디스터더가 이상한 느낌에 주위를 둘러보았다. 그리고 위를 바라보는데, 그곳에 웬 네크로 피닉스들이 한곳을 중심으로 원을 돌고 있는 광경을 목격할 수 있었다.

─무, 무슨?

"…1. 끝이다!"

마공왕의 3초의 카운트다운이 끝나자마자 네크로 피닉스들이 돌고 있는 원 안으로 검은색 공간이 열리며 거대한 돌덩이가 떨어졌다. 직경 30m에 달하는 돌덩어리!

─메테오?

쿠구구구구구궁─!!

드래곤의 몸체 앞 땅바닥으로 메테오가 작렬했다. 그 여파로 글러디스터더의 몸체가 붕 떴다. 그리고 그 잠깐의 무방비 상태에 마공왕의 주문이 이어졌다. 절대 주문!

"파워 워드 킬!!"

─으어억!

글러디스터더의 몸체가 떠올라 땅바닥에 떨어지는 순간, 검은 불꽃이 글러디스터더의 몸을 삼켰다. 영혼조차 남기지 않는 절대 즉사 주문. 그것엔 4대 마룡이라도 어찌할 수 없었다.

─크어어어어어!!

글러디스터더의 몸이 사르륵 사라져 버리며 비명의 긴 여운을 남겼다. 드래곤을 다 태워 버린 그 검은 불꽃은 소리없이, 원래부터 없었던 것처럼 사라졌다.

*　　　　*　　　　*

글러디스터더가… 4대 마룡이… 검은 불꽃에 휩싸이더니 그대로 사라져 버렸다.

이런 어이없는?! 4대 마룡 중 하나라는 녀석이 이렇게 어이없이 뒈져버려도 되는 거야? 천만 골드는 굳었다만 일주일간의 고생이…….

"젠장맞을!!"

나는 욕설을 내뱉으며 또 한 마리의 네크로 유니콘을 베어냈다. 지금 이따위 잔챙이나 상대할 시간 없다! 빨리 마공왕인지 뭔지를 처리해야 한다!

"야! 마공왕! 나랑 정정당당히 붙자!"

그리 크지 않은 음성인데 마공왕이 내 목소리를 들었는지 고개를 이쪽으로 돌렸다. 녀석이 저 상태로 싸운다면 나에게 승산이 전혀 없다. 본모습으로 돌아와도 상대가 될지 모르겠지만…….

"후후! 좋아. 본모습으로 돌아가서 정정당당히 싸워주지!"

마공왕이 자신의 모습을 서서히 축소시켰다. 그치만 본모습이라도 키가 2m는 되어 보였다. 나보다 20㎝나 크단 소리다. 그가 허공에서 지상으로 착지하며 내 주위에 있던 네크로 유니콘들을 손짓으로 돌려 보냈다.

그러자 네크로 유니콘들은 나에게 관심을 끄곤 이라스를 이리저리 휘젓고 다니기 시작했다. 그렇지만 이 상황에서 녀석들을 막는다는 건 불가능했다. 가능한 한 빨리 마공왕을 처리하는 게 급선무다. 마공왕 녀석, 드래곤과의 싸움으로 지쳤을 것이 분명하리라!

"오오~ 소더러인가? 혹시 그 카도라스 최초의 소더러가 바로 너?"

마공왕이 내 마스터 무기, 알트레탈리를 보곤 내가 소더러 마스터란 걸 알아차렸다. 나는 녀석을 무섭게 쏘아보며 워리어 마스터 무기를 소환했다.

"소환주의 명을 따라 나타나라, 영검 베도밀!"

손에 기류가 휩싸이며 베도밀이 손에 쥐어졌다. 180㎝에 달하는 그 대검을 보자마자 마공왕이 놀라듯 말했다.

"투 마스터인가? 후후, 이미 내 손에 게임 오버된 마스터가 둘이나 되니까 넌 세 번째 희생자로군."

허어~ 그런가? 그럼 시린터와 카이데스가 녀석의 손에 아웃됐단 말이군. 마스터 레벨이 둘이나 당하다니. 좀 문제 있는데? 뭐, 그놈들은 원래 짝퉁이니까 그럴 수도 있겠구나.

"그리고 내 손에 해체된 길드만 두 개다. 막강대전고 길드와 연합 길드지. 후후! 내 마족 군단에 별 볼일 없이 무너지더군."

녀석, 말이 많구나! 감히 날 시린터와 카이데스 같은 쪼다 놈들과 비교하다니. 잘못 봐도 한참 잘못 봤어! 나는 카도라스 최강이란 말이다!

술따러 따위는 백 마리가 덤벼도 이길 수 없는 명실상부한 지존!

"잡설은 이만 끝내지. 아주 걸레 짝을 만들어주마!"

그 말을 끝으로 나는 마공왕의 앞까지 달려나갔다. 그리고 쥐고 있던 베도밀을 크게 휘둘렀다. 마공왕은 그것을 가볍게 피해냈고, 나는 주먹을 뻗어 마공왕의 안면에 스트레이트를 박았다.

퍼억—

하는 둔탁한 음이 한차례 들려오며 마공왕의 코에 쌍코피가 터졌다. 일반 코피도 아니고 거지 X끼가 밥 달라고 동냥하다 주인한테 얻어터질 때맞아서 흘리는 쌍코피다!

마공왕이 코에서 뜨뜻미지근한 감촉을 느꼈는지 손등으로 코를 훔쳤다. 그리곤 손등에 묻은 피를 보며,

"헉! 피? 그것도 거지 X끼가 밥 달라고 동냥하다 주인한테 얻어터져 흘리는 쌍코피?!"

"……"

"어쨌든 날 시린터와 카이데스처럼 재수만빵+싸이코로 본 건 너의 크나큰 실수였어!"

베도밀을 왼쪽 아래에서 오른쪽 위로 크게 그었다. 그 공격은 마공왕의 옆구리에 정확히 명중했지만 무엇엔가 걸린 듯 막혀 버렸다. 알고 보니 녀석이 입고 있는 뼈 갑옷 때문이었다.

"하하핫! 이 옷은 드래곤의 뼈로 이루어진 것으로써 시가 천만 골드를 상회하는……."

퍼억!

이어진 나의 돌려차기가 녀석의 턱을 정확히 걷어찼다. 짜식이 싸우는 중에 주절거리고 지랄이야, 지랄은!

“크으윽! 이젠 더 이상 안 봐준다!”

“누가 봐달랬냐?”

“광마갈파!!”

손에 푸른빛 구체를 만들어낸 마공왕이 그것을 나에게 쏘아 보냈다. 나는 몸을 옆으로 피해 그것을 무시했는데… 갑자기 엄청난 폭음이 울리며 내 뒤, 이라스 남쪽 민가촌이 1㎞가량 폭삭 쓸려 나가 주저앉아 버렸다!

허, 허어~ 저거에 맞았으면 저기 건물에 깔려서 팔다리 부들부들 떨고 있는 NPC들 꼴났다.

“아아아압!!”

안 될 줄 알면서 베도밀을 휘둘러 마공왕의 어깨를 내려쳤다. 쳇! 드래곤의 뼈라니 조금 짜증나는군!

“버닝 핸즈!”

마공왕의 붉게 달아오른 손이 날 붙잡으려 하자 나는 황급히 몸을 뒤로 뺐다. 저거에 잡히면 타버리는 줄 알기 때문이다.

뒤로 서너 걸음 물러선 나는 베도밀을 마공왕에게 던졌다. 그리고 양손을 펼쳐 검광진 아홉 개를 생성했다. 그것들을 한번에 겹친 나는 그곳에서 무형광검을 꺼냈다.

“어디, 이것도 막나보자!”

마공왕의 앞으로 빠르게 쇄도한 나는 무형광검으로 마공왕의 몸을 베었다.

수웅—

그런데 이번엔 그냥 통과해 버린다. 베는 느낌은 들었는데? 어찌 된 일이지?

“그거 짝퉁이냐?”

“이거 진퉁이야! 시가 천만 골드짜리라니까!”

칫, 녀석이 무슨 요수를 부렸나 보지. 이거 곤란하네. 벨 수도, 뚫을 수도 없다면 어찌해야 하는가? 절정 스킬이라면 녀석에게 데미지를 줄 수 있을까? 지금으로선 한번 해보는 수밖에 없나?

쥐고 있던 무형광검을 버린 뒤 양손을 펼쳐 열다섯 개의 검광진을 띄웠다. 드디어 이걸 쓸 때다! 소더러 마스터 최고 경지, 절정 스킬!

단번에 열다섯 개의 검광진을 하나로 겹치자, 겹쳐진 검광진에서 검은색 빛 가루들이 퍼져 나왔다.

“아, 아닛?! 그것은 소더러 절정 스킬?!”

마공왕의 말을 뒤로 흘려들으며 나는 겹쳐진 검광진 중앙으로 손을 파고들었다. 그리고 검은색의 검을 빼냈다. 일명,

무형참황검.

빼 든 검을 허공에 한 바퀴 빙글 돌리자 지잉— 하는 요란한 공기 가르는 소리가 퍼졌다. 그런 나와 무형참황검을 지켜보며 마공왕이 침음성을 흘렸다.

“크으! 대단하군. 꽤 경지에 이른 녀석이었어. 절정 스킬이라니.”

“후후! 단숨에 멱을 따주마!”

나는 마공왕의 앞으로 빠르게 쇄도해 나간 뒤 오른쪽 위에서 왼쪽 아래, 대각선으로 검을 힘껏 베었다. 마공왕은 두려운 눈치로 내 공격을 피하며 멀리 떨어졌다.

자식이, 쫄긴! 고통없이 보내주마!

공중에서 방향을 꺾은 무형참황검이 허공에서 세 갈래의 빛을 뿌리며 아래로 내리꽂혔다. 그러자 마공왕이 히이익! 하는 비명을 지르더

니 그것을 모두 맞고 말았다. 난 하나라도 피할 줄 알았는데…….

어쨌든 시가 천만 골드짜리 드래곤 갑옷을 뚫었다. 이렇게 몇 번 계속하다 보면 녀석은 끝장이라구! 설마 녀석이 내 상대가 될 줄은 몰랐는데?

"크으윽! 광갈!"

마공왕의 손에서 떨어져 나온 파란색 기검(氣劍)이 기습적으로 나에게 날아왔다. 하지만 무형참황검에 쉽게 막혀 버렸다. 잔재주는 안 통한다! 이제 끝이야!

"까악! 듀라야, 살려줘!"

순간 들려오는 목소리에 나는 고개를 좌로 돌렸다. 그리고 네크로 피닉스에게 쫓기고 있는 세희를 발견할 수 있었다. 이리저리 뜯겨 나가 너덜너덜한 로브를 대충 추스르며 이쪽으로 달려오는 그녀.

이런! 세희를 깜박하다니!

"까아아!"

"시, 실리!"

나는 마공왕에게 가져갔던 검을 세희의 뒤를 쫓고 있는 네크로 피닉스에게로 향했다.

"실리! 엎드려!!"

세희가 비명을 지르며 넘어지듯 엎드렸고, 무형참황검이 공기 중에 그어졌다. 그어진 검의 검기는 허공에서 초생달 모양으로 갈라지며 네크로 피닉스에게 뻗어 나갔고, 공간까지 베어버릴 듯 날아간 그것은 주위로 길게 퍼져 네크로 피닉스를 두 동강을 내고 지나갔다.

그 틈을 타서 마공왕이 외쳤다.

"크하하! 빈틈! 파워 워드 킬!!"

"······?!"

고개를 돌린 순간 마공왕이 나에게 절대 마법을 시전했다. 완벽한 빈틈!

"이런!"

화아아아악—!

땅에서부터 검은색 불꽃이 뻗어 나와 내 몸을 단숨에 덮쳐 버렸다. 단 1초도 안 되는 짧은 순간, 내 몸은 그 자리에서 사그라졌다.

*   *   *

신성이는 순식간에 검은 불길에 휩싸이고 말았다. 그리고 사라졌다.

도대체··· 도대체 어떻게 된 거야?!

"꺄아악! 듀라아!!"

비명을 질렀지만 이미 때는 늦어 있었다. 나 때문이야. 나 때문에 그런 거야! 내가 그때 신성이에게 도움만 요청하지 않았어도 상황이 이렇게 되지는 않았을 거야. 어떻게··· 이럴 수가!

"크하하하핫! 아가씨, 고마웠다. 덕분에 녀석을 없앴어. 이벤트를 길게 끌 수 있게 되었군. 하하핫!"

"···당신, 가만두지 않을 거야!"

"하하하핫! 뭘 어떻게 하시려고 그러시나, 아가씨? 크크큭!"

"가만두지 않겠어, 절대로!"

*   *   *

[게임 오버되셨습니다.]

머리가 약간 어지러웠다. 게임을 플레이하는 데 사용되는 것은 정신력. 무리하게 게임을 플레이했다간 머리가 어지럽고 현기증이 나는 것이다. 쯧, 그나저나 큰일인데? 이벤트 기간 중에 죽으면 다신 재접속 못하는데.

나는 다시 카도라스에 접속해 보았다.

[로그인 불가합니다.]

칫! 역시…….

세희 혼자 잘하고 있으려나? 그냥 로그아웃하는 게 좋을 텐데. 역시 세희 혼자서는 무리겠지? 술따러나 타미야가 이벤트에 참가하지 않으면… 이라스는 끝이다.

학교.

"어제 위성파 방송에서 봤다. 모든 게임 채널이 카도라스만 방송하더라. 참내, 정말 엄청나데? 우리 길드는 물론 술타르가 이끌던 연합 길드까지 다 박살나 버렸어. 그것도 순식간에."

용태가 카도라스 타임즈에 찍힌 마공왕의 사진을 가리키며 말했다. 그 낯짝 더러운 마공왕의 사진을 보자 이가 저절로 갈린다.

"그런데 설마 신성이까지 당해 버릴 줄 몰랐다. 거의 다 이길 뻔했는데 너무 아쉬웠어. 세희를 구하려다 그렇게 된 거지?"

"후우~"

나는 한숨을 내쉬며 손에 턱을 괴었다. 그때 교실 문이 열리며 누군가 들어섰다. 이 시간에 등교하는 사람이라면… 세희인가?

"……!"

세희가 가방도 안 풀고 나에게 달려와 수첩과 펜을 집어 들었다. 종이에 적힌 내용을 보여주며,

정말 미안해, 나 때문에 게임 오버당하고 말았잖아.

그렇게 걱정이 되었던 건가?
"괜찮아. 어차피 경험치나 레벨의 손실은 없는걸 뭐. 단지 이벤트 기간 동안 접속을 하지 못하는 것뿐."
그러자 세희가 다시 종이에 글을 적었다.

미안해, 나 때문이야. 폐만 끼치고……

"정말 괜찮다니까. 세희야, 이제 믿을 건 너밖에 없어. 카도라스의 모든 이들이 다 너만 믿고 있다고."
술따러도 알고 보니 쪽도 못 쓰고 당했다더라. 이젠 믿을 사람은 세희와 타미야, 이프 등의 마스터들뿐. 잠깐! 카이데스는? 그 녀석도 마스터잖아? 녀석은 게임 오버 안 당했나?
나는 즉시 4반으로 뛰었다.

"태민이는 오늘 학교 안 나왔는데? 그런데 너, 시신성 맞지? 어제 정말 아쉬웠어! 안타깝다."
젠장, 태민 녀석. 아직 게임에 접속해 있나? 믿을 건 녀석밖에 없었는데… 도대체 어디에 처박혀 있는 거야?

방과 후.

"세희, 그럼 파이팅이다!"

"지켜보고 있을게!"

"세희 짱!"

"……."

그덕—

세희는 웃으며 고개를 끄덕이는 것으로 우리의 기대에 답했다.

인터네셔널 PX방.

가상 현실 게임방이다. 이곳은 대전에서 꽤 이름있는 게임장으로, 중앙에는 대형 모니터 화면이 게임 채널을 돌리고 있고, 빵빵한 스테레오가 양 옆에 배치되어 있다. 우리는 화면을 빙 둘러앉아 세희가 나오길 기다렸다.

게임 채널 Ongame 388번, 카도라스 공중파 방송이 시작되었다.

맨 처음 1/4가량 폐허가 된 이라스와 마공왕의 모습이 보였다. 저 재수없는 낯짝을 이렇게 큰 화면으로 보니까 재수가 몇 배는 더 업되는 듯하다.

당장에 게임에 접속해서 저놈의 목을 비틀어 버리고 싶어라!

"오오! 세희다! 세희!"

"세희 파이팅!!"

화면에 세희가 나오자 반 친구들이 환호성을 질렀다. 사실 유명 게임 채널 Ongame에 단독으로 출현한다는 것은 대단한 것이었다. 이번 이벤트만 끝나면 세희는 엄청난 명성을 얻으리라.

어쨌든 세희, 파이팅!

　　　　　*　　　　　*　　　　　*

　게임에 접속한 나는 어렵지 않게 마공왕을 찾아낼 수 있었다. 그는 시계탑의 맨 꼭대기에 서 있어 쉽게 눈에 띈 것이다.

　날 알아챈 그가 나에게 씨익 미소를 지어 보이더니 30m 높이나 되는 시계탑에서 이곳까지 뛰어내렸다.

　"후후! 어제의 그 아가씨로군."

　"오늘 당신을… 혼내주겠어요!"

　죽인다는 말은 너무 잔인해서 말을 그렇게 돌렸다. 그러자 마공왕 아저씨가 킬킬거리며 웃었다. 난 정말 진지한데 뭐가 웃기지?

　"큭큭큭! 어디 한번 해보시지, 귀여운 아가씨."

　순간 마공왕 아저씨의 모습이 시야에서 사라졌다. 마법으로 모습을 감춘 것이 틀림없었다. 나는 신력을 집중시킨 뒤 마공왕 아저씨가 모습을 나타낼 때까지 기다렸다.

　"크큭! 뒤다!"

　"앗!"

　하는 순간 나는 마공왕 아저씨에게 목을 붙잡혀 버리고 말았다. 하지만 당황하지 않고 재빨리 신력 스킬을 발동시켰다. 크리티컬 운즈!

　"어억? 신력인가? 제길! 프리스트 마스터였군!"

　마공왕 아저씨는 나의 목을 놓고 가슴을 부여잡으며 고통스러워했다. 조금 의아스러웠지만 아픈가 보다. 나는 공격력과 방어력을 일시적으로 상승시켜 주는 신력 스킬을 몸에 시전한 뒤, 아이템 창에서 신성이가 사줬던 연습용 검을 꺼냈다. 그리고 마공왕 아저씨에게로 달려

나갔다.

"이야아압!"

*   *   *

뭐지? 어째서 마공왕이 세희에게 꼼짝 못하는 거야? 설마 세희의 직업이 프리스트라서 그런 건가? 생각해 보니 마공왕은 마족이니까 속성은 마(魔) 속성이다. 그리고 세희의 속성은 프리스트 고유의 속성인 성(聖) 속성! 서로 속성이 상극이다!

불리할지도 모르지만 유리할 수도 있다. 좋았어! 잘하면 세희가 마공왕을 무찌를지 몰라!

"우와~ 저 여자애 대단한데? 마듀라보다 더 잘 싸우는 것 같아!"

"그러게? 그런데 되게 예쁘다."

"앗! 천상의 목소리 이벤트에서 우승 먹은 걔 아냐?"

"맞아! 닉네임 에실리스야!"

"아~ 가냘파 보이는 모습으로 어쩜 저리 잘 싸울까? 도와주고 싶어!"

우리 뒤에서 게임 채널을 지켜보던 몇 사람들이 세희를 보며 감탄사를 터뜨렸다.

좋았어! 세희, 그렇게만 나가라!

*   *   *

"대단한 아가씨로군! 어디 이것도 받아보시지!"

마공왕 아저씨가 손에 푸른색 구체를 만들어 나에게 쏘아 보냈다.

본능적으로 위협을 느낀 나는 검을 휘둘러 그것을 반으로 갈랐다. 그러자 그것은 공기 중에 소멸되었다.

"뭐, 뭐냐? 갈라 버리다니?!"

아저씨의 잡담을 들을 새 없이 나는 연이어 검을 휘둘렀다. 검에 속성을 부여시키니까 자연히 마공왕 아저씨의 갑옷을 뚫을 수 있었다. 마공왕 아저씨는 나의 열 번의 공격 중 아홉 번을 피해내며 마법을 시동했다.

"미러 이미지!"

순간 나는 멈칫했다. 마공왕 아저씨의 모습이 열 개로 나눠진 것이다. 이래선 어떤 게 진짜인지 구분을 할 수 없잖아? 으음~ 하나하나씩 다 공격해야 하나? 신성이가 있었다면 조언쯤은 해줬을 텐데. 나는 한 인영에게 검을 휘둘렀다. 그러자 그것은 거울이 깨져 나가듯 채앵― 하며 깨졌다. 이건 아니다!

그럼 저건가?

하지만 대부분 검에 닿자마자 깨져 나가는 허상들이었다.

으으, 빨리 마공왕을 찾아내지 못하면 내가 당하고 말 텐데.

"버스트 플레어!!"

그때 내 뒤로 붉은색 공이 날아왔다. 나는 반사적으로 몸을 엎드렸고, 버스트 플레어는 내 앞에 있던 건물을 가볍게 녹여 버렸다. 하아~ 죽을 뻔했다. 어쨌든 실체를 찾았다!

나는 다시 검을 쥐고 마공왕 아저씨의 실체를 향해 검을 베었다.

"하아앗!"

"웃!"

마공왕 아저씨의 오른팔에 긴 상처가 남았다. 상처는 길었지만 깊지 않았다. 어쨌든 틈을 찾은 나는 신력 스킬을 발동시켰다.

“포이즌!”

“으어억! 도, 독인가?”

포이즌 마법에 걸린 마공왕 아저씨는 얼굴을 찡그리더니 입에서 피를 토해냈다. 이때다!

“야아압!”

“파이어 월!!”

“까아아아!”

갑자기 내 앞에 펼쳐진 불의 장벽에 나는 비명을 지르며 다시 뒷걸음질쳤다. 그리고 순간 눈이 보이지 않았다. 불꽃에 눈이 그을린 모양이었다. 빠, 빨리 치료를!

“걸렸다! 파워 워드 킬!”

“까아앗!”

*　　　*　　　*

“안 돼!”

나의 짧은 외침과 동시에 주위에서 안타까운 탄성이 흘렀다. 파워 워드 킬! 마(魔) 속성의 절대 즉사 마법! 상대가 당황하거나 하여 정신력이 약해지는 틈을 타 공격하는 흑마법 최강의 주문. 나와 골드 드래곤이 골로 가버린 그것이었다.

결국 이렇게 끝인가?

「까아앗!」

털퍼덕—

“사, 살았어! 살았다구!”

"휴우~ 다행이다!"

반 친구들이 안도의 탄성을 질렀다. 세희는 다행히도 뒷걸음질치는 도중에 발이 돌부리에 걸려 뒤로 넘어졌다. 덕분에 파워 워드 킬의 범위 안에서 벗어날 수 있던 것이었다. 후우~ 운 딥따 좋았다. 나는 저런 운도 없냐?

*　　　　*　　　　*

"운 좋은 아가씨로군! 안티 도티!"

안티 도티. 마공왕 아저씨가 자신의 몸에 해독 마법을 걸었다. 나도 안 보이는 눈을 고치기 위해 스킬을 시동했다.

"큐어 블라인드니스!"

그러자 어두웠던 시야가 점차 밝아지며 주위가 보이기 시작했다. 후유, 아! 지금 안심할 때가 아니다!

"크흐, 각오해 두는 게 좋을 것이다! 내가 낫을 빼 드는 순간 넌 죽은 목숨인 것이다!"

"……?"

마공왕 아저씨가 무엇을 할지 의아해하는데 그가 허리에서 단봉을 꺼냈다. 30cm쯤 되어 보이는 것이었다. 그런데 그것이 갑자기 길어져 순식간에 3m나 되는 긴 낫으로 변했다.

우아아~ 무… 섭다. 동화책에서 봤던 낫을 든 귀신 같아!

"블레이브 샤프 앤드 블링크!"

마공왕 아저씨가 외치자 들고 있던 낫이 불꽃을 튀기며 붉은색으로 타올랐다. 무기에 마법을 주입시켜 공격력을 증가시키는 것이었다. 그런데 문제는 그것이 아니다. 블링크 마법?

"……?"

칼이 공기를 가르는 소리가 여기저기서 들려오며 마공왕 아저씨의 몸이 이곳저곳 흐릿하게 보였다.

이래선… 전혀 방향을 잡을 수 없어! 도대체 어디에서 공격해 올지?

스으윽— 촤아아아!

순간 몸이 앞으로 쏠리며 등 부분이 크게 저려왔다. 등에 공격을 받은 것을 느낀 나는 황급히 뒤를 돌아보았다. 하지만 마공왕 아저씨는 보이지 않았다. 대신 오른팔에 또다시 피가 튀겼다.

"까아악!"

"크크큭! 이제 끝이다!"

이대로 끝나지 않아! 일단 상대의 위치를 파악해야 해! 어떤 마법을… 아! 그림자? 모습은 보이지 않지만 그림자로 움직임을 파악할 수 있다!

나는 오른손을 위로 뻗어 허공에 빛을 띄웠다.

"라이트!"

신력으로 라이트 마법을 구현시키자 약간 어두웠던 주위가 밝아졌다. 그리고 마공왕 아저씨의 그림자를 발견할 수 있었다. 바로 내 뒤!

나는 뒤로 몸을 틀며 양손을 뻗었다.

"리플렉티드 매직 오브 바리어!"

외치자마자 마공왕 아저씨의 낫이 내 바리어에 떨어졌다. 이 바리어는 상대의 마법을 반사시키는 능력을 지닌 리플렉티드!

차아아앙—!! 구오오오오오!!

"이, 이런!"

낫이 바리어에 부딪치자마자 마공왕 아저씨가 아차 싶은지 재빨리

낮에 걸었던 블레이브 샤프 마법을 풀었지만 때는 이미 늦었다. 마공왕 아저씨의 몸이 불타오른 것이다.

"크어어어어어!! 헤, 헤븐 워터!!"

츄화아아아아아—!

떨어진 물세례에 마공왕 아저씨의 불타올랐던 몸이 금세 꺼졌다. 도대체… 끝이 보이지 않아.

"허억… 허억!"

"하아! 하아!"

＊　　　　＊　　　　＊

"쟤… 쟤 정말 세희 맞냐? 나, 세희 저렇게 잘 싸우는 줄 몰랐어."

용태가 떨리는 목소리로 세희를 찬사했다. 하지만 나는 '하하핫! 세희는 내가 키운 몸이야!' 라고 당당하게 말할 수 없었다. 세희는 내가 생각한 것 이상으로 강했다.

아무리 마공왕과 속성이 상극이라지만 저렇게 싸울 수 있다니. 도저히 믿기 힘들어.

"앗! 또 싸운다!"

"……!"

모두들 숨죽이며 다시 화면에 시선을 집중했다. 주위엔 어느새 수많은 인파들이 몰려와 있었다.

＊　　　　＊　　　　＊

"멜 성지의 지옥을 타오르는 불꽃이여, 지금 내 앞의 적을 사하라! 마도니아 파이어!"

"세레스 세레모니!"

헬 파이어를 능가하는 엄청난 화염 불꽃이 일대를 덮치려 했지만 나의 신력 스킬로 중화되었다. 방금 것으로 신력이 거의 다 바닥났다. 빨리 끝내지 않으면 내가 당하고 말겠어!

"나의 최강 화염계 마법까지 막아내다니. 뭐, 좋아! 어디 한번 갈 데까지 가보자고!"

마공왕 아저씨가 달려와 날 잡으려 손을 휘둘렀다. 몸을 숙여 그 손길을 피한 나는 검에 신력을 주입시킨 뒤 마공왕 아저씨의 왼쪽 옆구리를 베었다.

하지만 마공왕 아저씨의 손에 팔목이 붙잡혀 버리고 말았다. 때를 놓치지 않고 신력 스킬을 발동시켰다.

"크리티컬 운즈!"

"크으으으!!"

타격 주문을 시전했지만 마공왕 아저씨는 입에서 피를 한번 토할 뿐 내 손목을 쉽게 놓아주지 않았다. 잡힌 팔목이 마공왕 아저씨의 악력에 버틸 수 없는지 부들부들 떨렸다.

"으으으!"

챙카랑—

결국 손에서 검을 떨어뜨린 나는 마공왕 아저씨에게 목을 붙잡히고 말았다. 그리고 나를 공중으로 내던졌다. 거의 4, 50m는 떠올려졌을 것이다. 저, 정신이 없어!

"까아아아아아아!!"

“끝이다!”

마공왕 아저씨의 양손에 푸른 구체 6발이 나타났다. 직경 1km쯤은 가볍게 날려 버린다는 그 에너지 구체다! 막아야 해!

“끝이다! 광마갈!”

“커스!”

내가 더 빨랐다. 저주의 마법! 저주에 걸린 마공왕 아저씨는 몸이 한 번 휘청하더니 양손에 만들어낸 푸른 구체 6발을 없애 버렸다. 좋아, 됐다!

“크, 크으으으! 감히 저주를?!”

마공왕 아저씨가 저주를 풀기 전에 나는 마스터 아이템을 소환했다. 성검 시오르! 이걸로 끝장을… 어? 맞아! 전에 네크로 피닉스하고 싸우다 부러져 버렸지! 이, 이를 어쩌지? 가지고 있는 무기는 이것뿐인데?

“까아아아아앗!!”

나는 부러진 시오르를 들고 그대로 추락하기 시작했다. 이게 내 한계였다. 결국 이렇게 지고 마는 건가? 신성이가 지켜보고 있을 텐데… 친구들도 지켜보고 있을 텐데… 미안해, 얘들아.

눈을 질끈 감는 순간,

“……?”

뭐지? 아직 남아 있던 신력이 시오르에게 저절로 빨려 나가는 듯한 느낌을 받은 것은?

“크으으으! 건방진 아가씨! 감히 나에게 저주를……?”

“까아아아아앗!!”

푸어억—!!

“…….”

…어떻게 됐는지 모르겠다. 눈을 질끈 감고 마공왕 아저씨의 머리 위로 착지했다는 것을 빼면. 슬쩍 눈을 떠보자 마공왕 아저씨의 이마에 시오르의 하얀 검신이 박혀 있는 것을 알 수 있었다.

“거… 거거… 거거걱!”

“괜… 찮으세요?”

풀썩—

마공왕 아저씨의 몸이 앞으로 무너지자 나도 따라서 땅바닥에 곤두박질쳐졌다. 마공왕 아저씨의 머리 위로 착지할 때 아저씨의 뿔에 찍혀서 내 몸은 상처로 가득했다.

“우… 으…….”

몸이 천근만근이 된 것 같아. 일어서기가 힘들어.

그보다 마공왕 아저씨는?

“거… 거… 걱!”

알아들을 수 없는 신음을 내지르던 마공왕 아저씨는 가루가 되어 공기 중으로 사라졌다. 가루가 됐다는 것은 죽었다는 건데?

반짝—

“……?”

저건 뭐지? 마공왕 아저씨가 사라진 자리에 반짝이는 무언가가 툭—하고 떨어졌다.

나도 모르게 그것을 줍는 것으로…….

*　　　*　　　*

"와아아아아!! 세희가 이겼다! 이겼다구!"

"세상에! 이런 일이?! 말도 안 돼!"

"세희 짱! 세희 짱!"

하? 어떻게 날이 없던 시오르의 그립에서 검기가 피어올랐던 거지? 어찌 됐든 세희가 이긴 건 확실하지 않는가? 세희가 이겼다구! 하하핫! 세희 내가 키웠어!

"야! 당장 세희 집으로 쳐들어가자!"

"세희 집 아는 사람?"

아무도 손을 들지 않았다. 나는 알고 있었지만 알려주기 싫었다. 나 혼자 갈 거거든! 괜히 같이 가서 분위기만 망칠 순 없지!

나는 당장에 인터네셔널 PX방을 나섰다. 너무 급하게 나간 나머지 누군가와 어깨를 부딪쳤지만 성의없이 사과하고는…

"아, 죄송합니다."

"아니에요. 괜찮습니다."

세희의 집을 향해 뛰었다.

＊　　　＊　　　＊

[이벤트 종료 강제 로그아웃 전송됩니다.]

"하아… 하아……."

머리가 어지러웠다. 방금 전까지 내가 마공왕 아저씨를 물리쳤다는 것도 믿겨지지 않았다. 도대체 뭐가 어떻게 된 거지?

딩동— 삐리리— 딩동— 삐리리—

현관 벨소리가 들려왔다. 거실로 내려가 인터폰을 보자 잔뜩 상기된 얼굴의 신성이가 보였다.
　방금 전까지의 일들이……
　"세희야! 나야! 정말 대단했어! 축하해!"
　모두 꿈은 아니었던 것 같다.

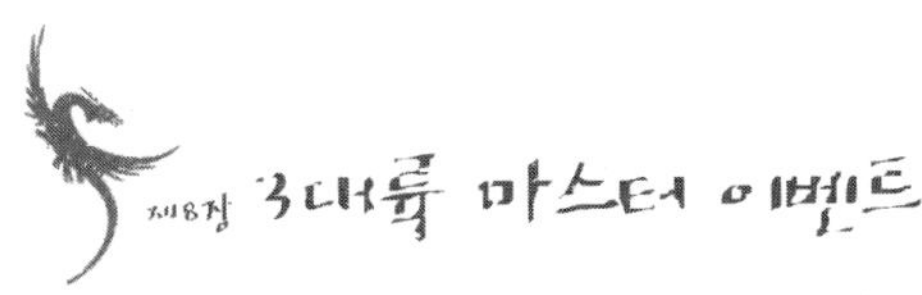

공, 지상파 방송사를 통해 세희의 얼굴이 널리 알려지고 세희는 그 야말로 대스타가 되었다. 학교는 물론 집에서도 기자들의 취재가 끊일 줄 몰랐고 세희의 아름다운 미모에 반한 팬들이 수백만 명에 달해 버렸다.

게다가 유명 게임 채널 Ongame에 카도라스, 프리스트 마스터로 단독 출현하기도 하였으며 세희와 마공왕의 혈투 이벤트가 모든 방송사에 몇 번이고 재방송에 재방송을 이어 시청률 40%를 넘어섰다.

그뿐만이 아니다. 카도라스 광고 모델로 출현도 하여 무려 백만 명의 동시 접속자 수가 천만 명까지 늘어버리는 홍보 효과를 누렸다(10배나).

학교.

"까아! 언니, 너무 예뻐요!"

"저의 꽃을 받아주십쇼!"

"누나, 사진 한 장만!"

"게이머 채널에서 왔습니다. 취재 좀 부탁합니다!"

"시신성 씨! 세희 양과의 관계에 대해 솔직하게 말씀해 주십쇼!"

교문에 들어서자마자 나와 세희는 곤욕을 치러야만 했다. 집 앞에서도 이랬는데 여기서까지 이러다니. 사실 세희가 유명해지고 나서 나도 덩달아 명성이 급상승했다. 세희가 인터뷰를 할 때마다 수화로 이렇게 대답했기 때문이다.

"세희 양, 단 2개월 만에 프리스트 마스터에 이르렀다는데 그 노하우가 있습니까?"

'마듀라 덕분이에요.'

"세희 양, 드래곤도 잡았다는데 비법이 있었습니까?"

'마듀라 덕분이에요.'

"세희 양, 실어증이라고 들었습니다. 어떠한 연유로 카도라스를 접하게 된 것입니까?"

'마듀라 덕분이에요.'

다 내 덕분이란다. 덕분에 나도 옆에서 꼽사리껴서 인터뷰했다. 그리고 스캔들까지 났다. 그것도 며칠째 신문 1면을 장식하고 있는 뉴스거리였다.

카도라스 요정 이세희. 소더러 마스터 마듀라(시신성, 18)와 불타는 열애?

이세희, 시신성과 오랜 연인 사이!

이세희, 약혼하다! 약혼 상대는 마듀라(시신성, 18). 곧 결혼 발표.

이렇게 말이다. 그래서 주위에서 욕 많이 먹는다. 그래도 내가 여성 팬들이 많아 남성팬들 사이에서 좀 보호될 수 있는 형편이었다.

어쨌든, 교실.

"시신성! 나 좀 보자!"

쉬는 시간에 선미가 날 뒷간으로 불렀다. 그리고 내 배와 명치를 차례로 깐 뒤 목을 잡고 아구지 어퍼컷을 날릴 기세로 날 화장실 벽에 몰아세웠다. 사, 살 떨려…….

그녀가 손에 들고 있던 신문지를 펴 보이며 말했다. 난 저걸로 싸대기 갈길 줄 알았다.

"너, 이게 뭐야? 약혼? 네가 세희하고 무슨 관곈데 약혼을 하고 결혼을 해?"

"그, 그거… 방송사에서 뻥튀기시킨 거지. 나도 잘 몰…….”

쾅—!

선미가 눈에 124만 볼트의 전류를 넣으며 주먹으로 내 옆, 화장실 벽을 박았다. 화장실 벽에 금이 쩌억쩌억 가는 것이, 저 주먹에 맞는다면 최소 안면 골절이다.

"똑바로 말해."

"저, 정말이야!"

"…정말이지? 세희하곤 그냥 친구 사이지?"

"그, 그러엄~"

"흐음~ 짜식. 야, 시신성! 너, 왜 그렇게 쫄아? 내가 그렇게 무섭냐?"

그럼 눈에 불꽃 튀기면서 협박하듯 말하는데 안 쫄 남자가 어디 있냐. 전기먹은 계집 같으니. 네가 마공왕한테 당했다는 게 말이 안 된다. 전기 불꽃 빔― 한번 날리면 마공왕이 타 죽었을 텐데.

"하하핫! 교실로 들어가자! 짜식!"

선미가 팔로 내 목을 휙― 걸쳐 헤드락을 걸었다. 지 딴에는 어깨동무라고 한 것임에 틀림없었다. 이, 이러다 살인나겠다. 누가 날 이 살인 병기에게서 구해줘!

[로그인되었습니다.]

로그인하자 상당수 인파들이 모여 있는 것을 알 수 있었다. 적게는 7살 꼬마 아이들부터 많게는 50대 아저씨들까지. 이들의 목적은 단 하나. 세희를 만나기 위해서이다. 이들 때문에 요즘 게임 플레이에 많은 지장이 생긴다.

"까아! 마듀라 오빠! 오빠 TV에서 봤어요! 넘넘 멋졌어요!"

"오빠 사랑해! 까아아!"

"어머~ 잘생겼다! 설마 연상 취향이니?"

위의 비명과 환호는 7살짜리 귀여운 꼬마 아이들부터 20대의 초절정 미녀 누나들까지의 말이다.

"앗! 마공왕 아자씨한테 죽었던 마듀라 엉아다!"

"볼품없이 깨지더라. 실력도 없는 게……."

"맞아. 마공왕하고 싸우다 깨진 거 봤지? 그래서 세희가 어쩔 수 없이 마공왕을 처리한 거래잖아. 쯧쯧, 여자한테 빌붙어서 뭐 하는 짓이라니? 나 같음 게임 접고 만다."

위의 대화는 아직 젖떼지도 않은 코흘리개 꼬맹이들부터 원조 교제, 로리콘 변태 아저씨들까지의 대화였다. 으씨, 열받아!

나는 나에게 야유를 퍼부어대는 놈들에게 다가가 한 방 먹이려 했다. 그런데 그 순간,

"무슨 말을 그렇게 하세요? 신성이는, 듀라는 절 위해 얼마나 많은 도움을 줬는데요! 아마 마듀라의 도움 없이는 저도 마공왕을 이기지 못했을 거예요!"

세희가 로그인하자마자 그렇게 외쳤다. 나에게 야유를 퍼부어대던 인간들은 순간적으로 쫄아붙었고 약 만 명가량 되는 세희의 팬들이 그녀에게 비명을 지르며 달려들었다. 나는 세희를 감싸 안으며 그대로 텔레포트 스킬을 시동했다.

막강이의 선실.

쓰리 클래스인 위저드 레벨이 101이기 때문에 텔레포트 스킬쯤은 어렵잖게 할 수 있었다. 그나저나 정말 위험했다. 하마터면 나나 세희나 그 인파들에게 묻혀 게임 오버당할 뻔했다니까.

"하아~ 고마워, 듀라야. 요즘엔 너무 피곤하다."

"걱정 마, 한 달 정도 지나면 괜찮아질 테니. 나도 맨 처음 TV 인터뷰했을 때에 사람들이 얼마나 많이 몰렸는지 몰라. 그보다 실리는 투 클래스 검사 레벨이… 마스터 레벨이랬나?"

"응, 이제 투 마스터야."

세희는 마공왕을 물리치고 투 클래스, 검사 레벨이 마스터 레벨로 그냥 뛰어버렸다. 이제 투 마스터에 이른 것이다. 그리고 쓰리 마스터 클래스로 궁사가 되었다.

"아무래도 사람들의 눈에 떠는 곳에서 사냥하기는 쉬운 일이 아니야. 그곳으로 가야 할 것 같아. 듀라실리스 초원."

"응. 그래야지. 그곳에서 한두 달 있으면 더 이상 사람들의 눈에 띄지 않을 거야."

"그럼 당장 출발할까?"

"그래!"

그렇게 우리들은 카밀리베아 대륙 듀라실리스 초원으로 향했다. 우리들만의 비밀이 간직된 땅으로.

*　　　*　　　*

"이제 7대 마스터로군. 나를 비롯해 너와 이프, 마듀라와 시린터, 카이데스, 그리고……."

어두운 공간. 그 공간 안에서 한 사내가 한 장의 사진을 들고 있다. 그와 마주해 있는 사람은 술타르였다.

"…에실리스. 본명 이세희라는 계집."

그의 말을 끝으로 잠시 정적이 흘렀다. 약간의 숨소리만이 들릴 뿐.

어둠 속에서 술타르의 목소리가 깍듯한 존대로 울려 퍼졌다.

"모두들 일반 마스터의 수준을 벗어났습니다. 대부분이 투 마스터들. 마듀라는 곧 쓰리 마스터에 이른다고 들었고, 카이데스와 시린터, 에실리스는 이미 쓰리 클래스의 시작 단계에 있다고 합니다."

"마찬가지로 방해되는 인물들이 아닌가?"

"그렇습니다."

"처리하라."

"알겠습니다."

*   *   *

한 달 후.

사라라라락―

듀라실리스 초원의 풀들 사이로 바람이 스쳐 지나가며 긴 풀 소리를
냈다. 그리고 그와 아주 절묘하게 어울려 하나의 음악을 만들어내는
또 하나의 소리…….

쿠에에에에엑!!

오우거의 목을 따버리자 녀석이 돼지 멱따는 소리 비슷한 음을 내며
쓰러졌다. 듣기 괴로운 소리였으나 다음 몬스터를 상대하는 데 온 정
신을 쏟아 붓느라 그런 건 아무 장해가 되지 않았다.

"스턴 클라우드!"

마법 스킬 하나에 2백여 마리 정도 되는 몬스터들이 그대로 기절해
버렸다. 그리고 그 위 하늘로 창대만한 화살이 빗살처럼 내리꽂혔다.
10발 중 10발 모두 명중하는 신궁의 실력!

세희가 바위 위에서 화살을 겨냥하는 모습을 볼 수 있었다. 아~ 아
름다워요, 공주님!

"실리, 레벨이 몇이야?"

"81. 마듀라는?"

"난 이미 쓰리 마스터."

한 달 동안 이곳에서 돌아다닌 결과 나는 쓰리 클래스를 마스터했
다. 이로써 소더러, 투사, 위저드. 이렇게 쓰리 마스터가 되었고, 세희
는 프리스트, 소드 마스터를 마스터하고 현재 궁술사 레벨 81이다.

그치만 우리 둘의 실력은 누가 우세하다고 말할 수 없었다. 마스터

들끼리의 싸움은 특별한 변수와 요수가 작용하지 않으면 서로의 기량
은 비슷한 것이니까.

"실리, 여기서 아쳐 마스터가 되고 이라스에 갈까, 아니면 지금 갈
래?"

"지금 가자. 한 달 동안 있었더니 너무 지겨워."

"그래, 그럼 재접속하고 이라스에서 보자."

"응."

[로그인되었습니다.]

"마듀라 씨, 되십니까?"

"네, 그런데요?"

이라스로 재접속하자마자 웬 전달 NPC가 말을 걸어왔다. 최준 형이
보내온 건가?

"여기 편지입니다. 그럼 전 이만……."

전달 NPC는 나에게 편지를 전해주곤 자리에서 사라져 버렸다. 나는
그가 전해준 편지를 조용히 뜯어보았다. 나에게 편지를 보내올 사람은
딱 한 명, 최준 형뿐인데… 이번엔 어떤 내용이 적혀 있을까나?

9월 11일. 3대륙 마스터 대전 대회가 열릴 것이다. 참가 인원은 모두
네 명. 예정대로라면 너와 술타르, 타미야, 이프가 출전해야 했는데 너
를 제외한 세 명이 참가를 거부했다. 너와 시린터, 카이데스에 이와 같
은 참가 티켓을 보냈다. 에실리스 양의 참가 티켓은 네 것과 겹쳐 보냈
으니 그렇게 알아두도록.

추신:이벤트의 경기 규칙 등은 경기 시작 전에 알려줄 것이다. 우승

하면 레어(Rare) 아이템을 준다. 이상.

뭐야? 내가 이벤트에 참가 안 하면 어쩌려고 지 할 말만 딱 쓰냐?

나는 편지 뒷면을 보았다. 이벤트 참가 티켓 두 장이 보였다. 하나는 내 거, 하나는 세희 것이었다. 그때 세희가 로그인했다.

"짜잔! 실리 도착! 어? 그 손에 든 거 뭐야?"

"아, 이거? 이벤트 참가장이라네. 11일 날 3대륙 마스터 대전 대회가 열린다는군. 이건 실리의 참가 티켓이야. 나하고 실리하고 시린터하고 카이데스가 참가한다는데. 한번 읽어봐 봐."

세희에게 참가 티켓을 건네 주었다. 나도 참가 티켓에 뭐가 적혀 있을까 하며 티켓 포장을 뜯어보았다.

그것의 내용인즉슨,

3대륙 마스터 대전 대회의 참가를 허가합니다. 한·중·일 대전 대회로써 앞으로 3국이 카도라스를 통해 국제적인 협력… 어쩌구저쩌구, 시부렁시부렁. 서버가 일시적으로 통합되어… 그러므로 최선을 다해주시기 바랍니다.

일시 : 9월 11일 오전 10시. 장소 : 묘리코 중앙 대전장.

…왠지 허접 티가 물씬 풍겨온다. 그런데 한·중·일이라면 우리 동방예의지국 대한민국과 중화인민공화국, 그리고 대니뽄 제국… 이라고 자칭하는 일본이 아닌가?

카도라스가 상용화되고 있는 나라는 모두 이 3국뿐. 중국은 카도라스 동시 접속자 유저가 무려 1억이다. 일본은 3천만. 우리 나라는 이제

1천만이다. 그리고 중국의 마스터 레벨은 열세 명, 일본은 열 명, 한국은 이제 일곱 명.

중국은 인간들이 많다 보니 마스터 유저도 많다. 하지만 이제 갓 마스터가 된 허접들만 있고 일본은 말하기 싫고 한국은 다들 투 마스터 이상의 질 좋은 마스터들만 있다. 아, 여기서 술따르는 제외하고.

어쨌든 카도라스가 우리 나라 게임이다 보니 상용화가 가장 먼저 됐고 가장 발전이 많이 된 상태다. 그런데 이런 상황에서 마스터 대전 대회라니 승부는 뻔할 뻔 자가 아닌가?

"와아~ 그럼 아시아의 마스터들이 한 자리에 모이게 되는 거네?"

세희가 한껏 들뜨며 말했다. 사실 한 자리에서, 그것도 카도라스에서 일본 사람, 중국 사람을 만나는 경험은 그리 흔치 않은 것이다. 일본 유저나 중국 유저가 한국 서버로 넘어오기 위해선 직접 우리 나라로 비행기 타고 와야 한다. 그 국가의 PX 케이블 선을 따라야 하기 때문이다. 하지만 이렇게 만난다는 것은 한·중·일 서버가 일시간 통합된다는 말인데 이건 카도라스 4년 역사상 최초의 일이다.

운영자 측에서 무슨 생각으로 이런 이벤트를 연 걸까? 단순히 3국의 친목 다지기용으로 만든 이벤트는 아닐 텐데.

동쪽 퍼브.

역시나 시린터와 카이데스가 있었고 용태, 선미 등 반 친구들 대부분이 모여 있었다. 언제부터인가 우리 길드가 이 퍼브를 전세 냈다.

"어이~ 간만."

"어라? 마듀라! 어디 갔다가 이제 온 거냐?"

"실리도 안녕!"

반 친구들과 대충 인사를 나누고 문득 시린터에게 시선을 돌렸다. 시린터는 나와 눈을 마주치자마자 고개를 푹 수그렸다. 마공왕 이벤트 때 내 명령을 엿같이 들은 것 때문이다. 그 후로 나하고 눈을 못 마주치더라.

나는 자리에 앉으며 카이데스에게 물었다.

"길드는 잘 운영되고 있나?"

그러자 시린터가 더듬더듬 기어들어 가는 목소리로 대답했다.

"네, 네! 남은 길드 자금으로 길원들을 확보해 나가고 있습니다. 군 품들도 모으고 있구요."

"어이~ 시린터. 너 무슨 배짱으로 내 앞에 있는 거야? 당장 사라져."

"요, 용서해 주십쇼! 죽을 죄를 지었습니다! 제발 길드에서 나가라고만 하지 마세요!"

"맞고 나갈래, 그냥 나갈래?"

"안 맞고 안 나갈래요."

"아~ 안 들려요~ 뭐라구요?"

"안 맞고 안 나가겠슴다!"

"네? 뭐라구요? 맞고 나간다구요? 네, 그러세요."

나는 베도밀을 소환한 뒤 녀석에게 겨눴다. 그러자 녀석이 곧장 탁상을 뛰어넘어 퍼브 문으로 도망쳤다. 하여간 웃기는 녀석.

"야, 돌아와! 용서해 줄 테니까!"

그러자 시린터가 고개를 빼꼼히 돌아보며…….

"…정말이죠?"

"그렇다니까! 빨랑 자리에 와서 앉아! 5초 안에 안 앉으면 죽음이야."

1, 2… 아, 이런. 3초 만에 안 앉으면 아웃시키려 했는데 앉아버렸군. 어쨌거나!

"시린터, 카이데스, 그거 받았지? 이벤트 참가 티켓인가 뭔가 하는 거."

"어, 받았다."

"받았습니다."

역시 받았군.

"잘 들어라. 우리의 목적은 단 하나, 우승이다."

＊　　　＊　　　＊

"전달 길드 NPC입니다. 광신저우 씨 되시죠?"

"그렇습니다만?"

"여기 편지입니다. 그리고 자이로엔 씨 되시는 분, 이곳에 계십니까?"

"네, 그렇습니다만? 그거 자이로엔 건가요? 제가 전해주지요."

"그럼 부탁하겠습니다."

저우 오라버니께서 편지 두 장을 손에 쥐고 들어오셨다. 무슨 편지지?

"오라버니, 그거 무슨 편지예요?"

"글쎄다? 어이~ 자이로엔, 네 것도 있다."

"얼레? 제 것도요? 연애 편진가?"

저우 오라버니와 로엔 오라버니께서 소파에 앉아 편지를 뜯어보았다. 그리고 편지의 내용을 보더니 깜짝 놀라는 표정을 지어 보이셨다.
뭐라고 적혀 있길래?

"이, 이건… 3대륙 마스터 대전 대회 티켓이 아닙니까?"

"그런 것 같군."

3대륙 마스터 대전 대회? 그게 뭐지?

"오라버니들, 저도 보여주세요."

"시에리, 가만있어 봐. 이건 중대한 문제라구. 서버 통합이란 말이
야."

"……."

우우, 설마 로엔 오라버니께서 날 무시할 줄은 몰랐는데.

나는 로엔 오라버니의 손에 쥐어진 그것을 빼앗다시피 하여 보았다.
그것의 내용인즉슨,

3대륙 마스터 대전 대회의 참가를 허가합니다. 한·중·일 대전 대회
로써 앞으로 3국이 카도라스를 통해 국제적인 협력… 어쩌구저쩌구, 시
부렁시부렁. 서버가 일시적으로 통합되어… 그러므로 최선을 다해주시
기 바랍니다.

일시:9월 11일 오전 10시. 장소:묘리코 중앙 대전장.

…이건?

"오라버니! 한국 서버로 넘어갈 수 있는 거예요?"

"그렇다고 볼 수 있지. 그리고 분명 한국의 그도 참가장을 받았을
거야……."

저우 오라버니께서 시선을 한곳으로 집중하며 참가장을 쥔 손에 힘

을 주었다. 설마 흥분하시는 건가? 언제나 침착하시던 저우 오라버니가?

"마듀라, 최초의 소더러 마스터. 그와… 대결할 수 있어."

아, 그분을 말씀하시는 건가? 한국 서버의 마듀라 씨라면…….

최초, 최강의 소더러 마스터 마듀라. 비록 타국의 유저지만 그 명성은 익히 들어왔다. 저우 오라버니는 같은 소더러 마스터와 대결한다는 것에 흥분하는 것이었다. 저우 오라버니께서 소더러 마스터가 되신 후로 입버릇처럼 말씀하시곤 하셨다, '마듀라와 최강을 가려보고 싶다'고. 이제 그날이 머지않은 것이다.

*　　　　*　　　　*

"야! 술 더 가져와!"

"어이~ 오빠랑 한번 놀아볼 테야?"

"꺄악! 왜 이러세요!"

"담배 내놔!"

"술 더 없어?"

시끄러운 퍼브였다. 퍼브는 여러 사람들이 이용하는 공공장소지만 그들은 그런 것을 별 신경 쓰지 않는 듯했다. 퍼브 안에 있던 일반 유저들은 행패를 부리고 있는 그들에게 뭐라 대꾸도 못한 채 슬금슬금 퍼브를 빠져나가기 시작했다.

그때 퍼브 안으로 누군가 들어섰다.

"안녕하십니까? 여기 마스터 유저분들 중 나마사키 씨, 카이토 씨, 아키라 씨, 나다카 씨 계십니까?"

그러자 여성 점원 NPC를 희롱하던 사내가 전달 길드 NPC에게 말했다.

"우리들인데? 무슨 일이야? 당장 용건만 말하고 꺼져!"

"여기… 편지입니다."

"편지?"

전달 길드 NPC가 내주는 편지를 받아 든 그가 편지 내용을 보곤 눈이 휘둥그레 떠졌다. 그것은 이벤트 참가 티켓이었다.

*　　　*　　　*

일주일 후. 드디어 9월 11일이 다가왔다. 그런데 9월 11일은 추석이다. 때문에 학교에 가지 않는다. 원래는 학교 조퇴하려고 했는데 알고 보니 추석이더라.

뭐, 우리 나라 고유의 명절이라곤 하지만 나 같은 학생 폐인은 그런 걸 별 신경 쓰지 않는다.

어쨌든 대전 대회 바로 전날, 중국 팀하고 일본 팀이 한국 서버에 접속했단 소릴 들었다. 그치만 아직 실제로 본 적은 없다.

"도착이군요. 묘리코로세움."

시린터가 고개를 내밀어 마차 창밖으로 시선을 돌렸다. 저대로 가로수의 나뭇가지가 녀석의 목에 걸려 아웃당하길 바랬지만 그런 경사는 일어나지 않았다. 곧 주위가 시끄러워질 때쯤에 우리들은 마차에서 내렸다. 동시에 세희의 팬들이 비명과 환호를 지르며 달려오려 했으나 경비대 NPC에 의해 막혔다. 세희의 인기는 변함이 없구나.

"예! 방금 한국 팀이 이곳 묘리코, 묘리코로세움 앞에 도착했습니다!

리더는 아무래도 소더러 마스터 마듀라가 할 것으로 보이며……."

주위는 공, 지상파 게임 채널 기자들로 상당히 붐볐다. 한·중·일 TV 프로그램에 모두 생방송으로 게임이 중계된단다. 관중석 3만. 자리를 잡지 못한 사람들은 저 방송을 통해 대전 대회를 지켜보는 것이다. 관중석 표가 한 장에 1천 골드에, 암표도 팔 수 없도록 프로그램까지 만들어졌다지? 운영자들이 이번 이벤트에 얼마나 많은 공을 들였는지 알 수 있는 대목이다.

"그럼 여기서 마듀라 씨와 인터뷰… 를 하려 했으나, 일단은 에실리스 양부터 인터뷰를 하겠습니다."

…저 기자 누구야? 왜 날 뒷전에 두고 세희를?

"에실리스 양, 대전에 임하는 각오가 남다를 것 같은데 소감이 어떠십니까?"

대전에 임하는 각오야 남다를 게 뭐 있나? 그게 그거지.

"3개 국에서 개최하는 이벤트라 정말 기대돼요."

기자와 세희가 간단한 인터뷰를 나누던 도중 열 대의 마차가 묘리코로세움 앞에 도착했다. 중국 팀인가? 아님 일본 팀? 알고 보니 중국 팀이었다.

30명가량인 그들은 다들 우락부락하거나 순해 보이는 인상들이었다. 그런데 죄다 남자다.

아~ 중국 여자 예쁘다고 해서 잔뜩 기대했는데…….

그때 또 다른 마차 다섯 대가 도착하며 사람들이 내렸다. 이번엔 일본 팀이었다.

"아~ 여기가 한국 카도라스 묘리코로군."

"오~ 여자들이 꽤 많은데? 역시 한국의 여자들이 예쁘다더니 사실이었어."

"넌 오자마자 여자타령이냐?"

왠지 다들 양아틱해 보인다. 머리는 빨주노초파남보로 염색한 것들이 피어싱은 기본이고, 입고 있는 옷엔 낙서를 하고, 로브는 찢고… 여자애들이 반수를 차지하고 있었는데 좀 괜찮게 생겼다. 물론 세희에 비하면 짭도 안 되지만 선미 정도로 예쁘게 보였다. 그런데 옷이 상당히 선정적이었다. 저 겉옷 한 장만 살짝 벗겨보면 속옷도 없을 것이다.

일본 팀 인원 중 한 명이 우리들을 바라보며 말했다. 음성 통역 시스템으로 우리 말로 들려왔다.

"어이~ 너희들이 한국 팀이냐? 너희들은 중국 팀? 반갑다. 카도라스에서 이렇게 3국이 만난 것은 처음 있는 일이지?"

"……."

"……."

그래. 계속 말해라, 씹어줄 테니. 우리가 아무 말도 하지 않자 말을 걸었던 녀석만 뻘쭘해졌다.

그러자 일본 팀의 김선미만큼이나 싸가지스틱스러워 보이는 여자가 껌을 잘근잘근 씹으며 말했다.

"뭐야? 다들 귀 먹었어? 벙어리야? 이런 바보 같은 짐승들을 보았나."

허벅지가 다 드러나 보이는 핫팬츠에 가슴만 가린 티를 입고 있는 여자. 얼굴에 페인팅인지 문신인지, 아주 낙서를 했구나. 하지만 문제는 외관상이 아니라 그녀의 말투다.

저것이 욕을 했단 말이지? 초면에 바보, 짐승? 이렇게 되면 나도 따라서 욕을 해야 한다. 하지만 나는 여자에게 욕을 사용하지 않는다(겉으로만). 단순히 '반사' 하면 될 거 아닌가?

막 앞으로 나서려는데 중국 팀 중에 꽤 큰 덩치의 거구가 우리 쪽을 돌아보며 말했다.

"소더러 마스터가 누구입니까?"

말을 건 사람은 빡빡머리에 탄탄한 근육, 구릿빛 피부의 사내였다. 목소리도 묵직해 보이고 전체적으로 단단해 보이는 인상이었는데, 소더러 마스터라면 날 찾는단 말인가? 왜 날 찾지? 시합 들어가기에 앞서 맞짱 뜨려고?

나는 나서지 않고 일행들을 데리고 묘리코로세움으로 들어갔다.

그러자 빡빡머리거구가 자신의 머리카락 없는 뒷머리를 긁적이며 자기 동료들에게 중얼거렸다.

"…이거 통역이 안 되는 거 아냐?"

나는 뒤를 돌아보며 그에게 말했다.

"통역은 되니까 걱정하지 마십쇼."

중국 팀에서 출전할 유저 클래스는 기사, 아쳐, 소더러, 위저드였다. 음~ 소더러가 조금 구미 당기는군. 과연 어느 정도의 경지까지 이르렀을까? 설마 소더러 엠페러는 아니겠지?

그리고 일본 팀에서 출전할 네 명의 클래스는 레인저 둘, 위저드 하나, 어쎄신 하나다. 일본이야 별 볼일 없으니 넘어가자.

참가자 대기실은 관중들이 앉아 있는 관중석의 아래다. 경기장은 월드컵 축구장 비슷한 모양이었다. 둥그렇게 이어진 관중석의 중앙엔 가로세로 20m의 경기장만이 있을 뿐 특징이다시피 할 만한 건 없었다.

아참, 저 경기장 바닥이 오리하르콘으로 만든 거란다. 저거 가로세로 1m씩 잘라서 한 장 갔다 팔면 1만 골드 나온다지? 경기 끝나고 몇 장 떼 갈 생각이다.

곧 경기장 중앙으로 사회자가 들어섰다.

"안녕하십니까? (주)카마디 이벤트 담당부, 담당 진행부장 가이 인사 드립니다. 오늘 이 자리에서 3개 국 이벤트 대회의 진행을 맡은 것에 대단히 영광… 주저리주저리… 저는 공정한 심사를 맡을 것을 모든 이에게 맹세하고자……."

저 아저씨로군. 전에 세희가 천상의 목소리 이벤트했을 때 진행을 맞았던 나비 넥타이 아저씨 말이다.

잠시 후, 사회자 아저씨의 지겨운 인사치레가 끝나고 드디어 경기 규칙을 설명하기 시작했다.

"경기는 한국과 일본, 일본과 중국, 중국와 한국. 이렇게 돌아가면서 대전이 진행됩니다. 대전자는 저 위에 올려져 있는 상자에서 이름을 뽑아 한 명 한 명씩 대전을 갖는 것입니다. 대전 중 상대방을 죽이는 것은 가능하고 죽는다 하더라도 레벨이나 경험치의 손실은 없습니다. 그리고 경기장 밖으로 장외가 되면 자동 실격됩니다. 그럼 첫 번째 대전자를 발표하겠습니다!"

사람들이 함성을 질렀지만 그리 시끄럽진 않았다. 관중석에서 나오는 소리를 줄여지도록 프로그램된 것 같았다. 곧 심사위원 운영자 중 한 명이 한국이라고 써 있는 상자와 일본이라고 써 있는 상자에 손을 넣어 종이를 한 장씩 꺼냈다.

누구 이름이 적혀 있을까? 세희 이름만 안 불려졌으면 좋겠는데. 아무래도 처음으로 가져 보는 대전 대회인지라 많이 긴장될 테니까(자기도 처음이면서).

"예! 첫 번째 시합, 한국과 일본의 대전! 소드 마스터 시린터, 레인저 나마사키!"

허어~ 시린터? 문득 시린터에게로 시선을 돌리자 그도 약간 어이없어하는 표정이었다.

"큭~ 다구리도 먼저 맞는 게 낫다고, 어쨌든 이기고 돌아오겠습다!"

"만약에 지면 15일 동안 불어터진 물국수를 만들어 버리겠어."

"흥, 걱정 마십쇼! 개인적으로 일본이라면 이가 갈리니까요. 후후."

오~ 녀석, 투지가 활활 끓다 못해 태워 버릴 정도로군. 좋아. 한번 멋지게 싸워보드라고!

일본 유저들의 60%가 레인저, 또는 어쎄신이다. 그야 일본에는 닌자라는 직업을 대신할 만한 게 그거밖에 없으니까. 레인저나 어쎄신의 필살기는 한 방에 죽이는 스킬이 많다. 무조건 원샷, 원킬, 원빵이다. 그것만 조심하면 시린터에게 충분히 승산이 있는 것이다.

"그럼 서로 마주 보시고, 악수."

심판이 악수를 청했지만 시린터와 일본 놈은 악수를 하지 않았다. 결국엔 심판이 강제로 둘의 손을 맞잡았다. 그렇게 어지간한 악수 차례가 끝나고 시합이 시작되었다. 모두가 긴장하는 가운데……

"시합 시작!"

"무검! 광기!"

시합 시작 신호가 떨어지자마자 시린터가 검에 투명한 막을 씌웠다. 생명체만을 베는 스킬 무검. 금속제 검, 갑옷쯤은 가볍게 무시하고 피해를 주는 기술이다. 녀석, 전력을 다할 생각인가 보군. 어쩌면 경기가 빨리 끝날 수 있겠어.

나마사키라 불린 일본인이 허리에서 두 개의 검을 꺼냈다. 직날로 곧게 선 단도였다.

"하아아아앗!!"

시린터가 기합을 지르며 오리하르콘 바닥에 연기가 날 정도로 강하게 검을 때리자 나마사키가 위로 풀쩍 뛰어올랐다. 약 5m 정도 뛰어오른 그는 그 위에서 시린터에게로 내리꽂혔다.

일격기인가?

"크읏!"

시린터, 저 바보 녀석! 왼쪽 가슴에 꽤 큰 상처를 입었어! 대충 막긴 막았다만 저 정도라니. 나마사키 녀석의 실력도 보통 이상이군. 시린터는 소드 마스터 중급 정도의 실력인데…….

시린터가 나마사키와 거리를 조금 떨어뜨렸다. 그리곤 여유있게 훗— 하고 웃어 보이더니 오른손을 앞으로 뻗었다.

"소환주의 명을 따라 나타나라, 마검 즈루커!"

공기 기류가 손에 모이며 마검 즈루커가 그의 손에 쥐어졌다. 모양새는 일반 검과 별다르지 않은 것인데 그립 부분이 아지센 메크로날리라는 물질로 만들어졌다고 한다. 대부분의 마스터 무기가 그것으로 만들어졌지만(세희도 가지고 있다).

"쪽발아, 넌 죽었어."

"…쪽발?"

나마사키가 의아해하는 사이 시린터가 검을 아래로 비스듬히 숙이며 손목을 살짝 돌렸다. 그러자 즈루커의 검날이 빠지며 그곳에 푸른색 검기가 뻗었다. 그걸 쓸 생각인가?

"무신광검!"

외치자마자 시린터의 몸이 흐릿, 사라지며 어느새 나마사키의 앞에 다가섰다. 그리고 그 순간 시린터가 즈루커를 높이 들어 아래로 내리 그었다. 그치만 스피드 하면 레인저도 뒤지지 않는다. 곧바로 양 단도를 세워 시린터의 가슴을 맞찌르는데,

둘의 공격은 거의 동시에 일어났다. 시린터 녀석, 쓰러지지 않는다면 네 승리다.

"……."

털썩―

오른쪽 어깨서부터 왼쪽 옆구리까지 베인 나마사키는 그대로 그 자리에 쓰러졌고, 시린터는 가슴에 바람 구멍 두 개를 간직한 채 간당간당히 버티고 섰다.

이겼다.

"승자는 한국 팀의 시린터!"

심판이 외치자마자 시린터가 쓰러졌고, 곧 들것에 실려 나갔다. 첫 판에 1승을 따냈다. 좀 편해지겠어.

곧 일본과 중국의 대결이 시작되었다. 일본의 위저드와 중국의 기사와의 대결이었다. 아무래도 위저드가 유리하지. 단순, 무식, 과격을 준수하는 기사 스킬로는 무지막지 마법 세례에 밀릴 수밖에 없는 것이다. 중국도 일본에 대해서는 악감정이 많다. 그래서인지 쎄빠지도록 공격했지만 결국 일본의 위저드에게 패하고 말았다. 뭐, 기사로서 저 정도 싸운 거면 꽤 잘 싸운 거지. 중국은 어떨지 모르겠는데 우리 나라에선

기사라는 직종이 완전히 약세니까.

"역시 아키라는 대단해! 가볍게 이겼구나! 널 이길 놈은 한국이나 중국에도 없다구! 아마 여기서 네가 제일 셀걸?"

웃기고 자빠도는 탕수육일세. 내가 보기엔 별것도 아니더만? 내가 너희들의 높은 콧대를 망치로 쑤셔, 박아, 밟아, 지져, 뭉그러뜨려 주마. 조금만 기다려라!

"제3회전. 중국과 한국의 대전입니다. 대전자는 중국의 아쳐 마스터 쉐이로, 한국의 소더러 마스터 마듀라! 앞으로 나와주십쇼."

나로군. 상대가 중국이라는데 좀 불만이지만.

"듀라야, 잘해!"

"걱정 마. 이번 경기의 승리를 세희에게 바치겠어."

"듀라~ 최고! 화팅화팅!"

그렇게 세희의 응원을 받으며 경기장으로 들어섰다. 그러자 관중석에서 비명, 함성이 꽤 크게 들려왔다. 아~ 역시 유명인은 피곤해~ 이놈의 인기는 변함이 없다니까?

그때 문득, 뒤를 돌아 관중석을 보자 용태와 선미가 보였다.

"야! 꼭 이겨라! 지면 한국의 망신이다!"

"지면 조용히 뒷간으로 따라와라! 이기면 뽀뽀해 줄게!"

컥! 서, 선미 양… 뒷간이든 뽀뽀든 둘 다 사양하겠어요. 그 둘에게 살짝 미소를 지어 보이며 손을 흔드는데 쉐이로라 불린 중국의 아쳐 마스터가 경기장에 올라서며 물었다.

"당신이 한국 최초의 소더러 마스터인가 보군요."

한국이 아니라 세계지. 세계 최초! 그런데 최초만으론 모자라, 최고, 최강이 필요해.

“최고, 최강도 끼어 넣으세요.”

“…당신이 한국 최고, 최강, 최초의 소더러 마스터입니까?”

“아뇨. 한국이 아니라 세계인데요.”

“…당신이 세계 최고, 최강, 최초의 소더러 마스터입니까?”

“그렇습니다.”

내 대답에 쉐이로가 땀을 삐질 흘리며 날 주의 깊게 살폈다. 그의 뒤에 있는 중국 대전자 대기실의 유저들도 날 주위 깊게 살펴보는 눈치들이었다. 저 중에 소더러 마스터가 있댔지?

꼭 한번 붙고 싶군.

“자, 서로 악수.”

심판이 악수를 청하자 나와 쉐이로는 조용히 악수를 나눴다.

쉐이로가 악수를 나누며 말했다.

“그럼 페어 플레이 부탁합니다.”

“저도 부탁합니다.”

심판이 앞으로 나서며 말했다.

“경기 시작!”

경기 시작 신호가 떨어지자마자 쉐이로가 화살을 장전했다. 어깨에 멘 화살통이 세 개, 허리에 멘 화살통이 두 개, 양다리에 묶은 화살통이 네 개, 그리고 그 화살통에 담겨 있는 화살이 한 통 당 30발씩. 허어~ 화살맨이냐?

그가 크기 1m 20은 되어 보이는 대형 배틀보우를 나에게 겨누며 말했다.

“그럼 갑니다!”

짜식, 매너 하난 좋구나. 먼저 선공하는 건 봐주지. 와라.

생각하기 무섭게 상대의 화살이 활시위를 벗어났다.

피잉— 팍!

오오~ 쪼, 좀 세다? 내가 쳐놓은 검기막에 구멍이 뚫렸어. 겨우 막긴 했다만.

역시 중국을 대표하는 아쳐 마스터로군. 그치만 나는 대한민국을 대표하는 소더러 마스터란 말씀이야! 나는 오른손을 펼쳐 검광진 여섯 개를 생성했다.

"광살참!"

검광진 여섯 구에서 팔뚝만한 빛의 창들이 수십 수백 발 날아갔고 쉐이로는 그것들을 이리저리 잘도 피해내며 반격 기회를 노렸다. 생각보다 빠르다!

"하앗!"

쉐이로가 몸을 오른쪽으로 넘어가듯 비틀며 화살을 한 발 쏘았다. 나는 그것을 흘려보내듯 옆으로 피했다.

"역시 한 발로는 씨도 안 먹히는군! 그럼 이것도 받아보시죠!"

"……?"

녀석이 화살통에 있는 화살을 묵직하게 꺼내더니 한 10발 정도를 장전했다. 허어~ 화살을 저렇게도 쏠 수 있나? 저거에 맞으면 벌집되겠군. 아니, 털 숭숭 난 송충이가 될지도…….

파바바밧— 파바바바바—

열 발의 화살이 허공에 포물선을 그리며 날아왔다. 나는 꽁지 빠져라 도망치며 그것들을 피해내기에 바빴다. 오리하르콘제 바닥이 가볍게 뚫려 버리는데 나보고 어쩌란 말인가?

"칫, 이것도 받아봐라! 화공!"

이번 건 화살에 스핀이 걸렸는지 화살촉이 빙글빙글 돌며 화살 주위로 불꽃이 옆으로 퍼졌다. 저거에 맞으면 몸속까지 불타 버릴 것이라는 건 자명했다. 어쩔 수 없군.

"소광신화무!"

손을 뻗어 검은빛의 검광진을 만들어내자 내 앞까지 날아오던 화살은 방향을 꺾어 경기장 밖으로 날아갔다. 경기장 밖으로 날아간 그것은 관중석 근처에서 그대로 사라져 버렸다. 경기장에 친 결계 때문이었다.

"어, 어떻게? 내 화공을 막다니?"

"믿기 어려우시다구요? 믿으세요."

"……."

짜식, 농담 한번 해봤는데 얼어붙냐? 하여간 중국애들은 안 돼~ 그럼 몸 좀 풀어볼까?

"속력―"

시동어를 외우며 양손을 뻗었다. 그러자 쉐이로의 발 아래, 경기장 바닥에 2m 정도 되는 검은색 검광진이 나타나 빛을 뿜어댔다. 좋아! 걸렸어!

"이, 이런! 몸이 움직이지 않잖아! 제길!"

"성참―"

이번엔 내 앞에 검광진 여섯 개를 만들어내어 겹쳤다. 그리고 그곳에서 무형광검을 꺼냈다. 이어서…….

"진화멸!!"

일반 플레이어의 반사 시각엔 잡히지 않을 정도로 빠르게 달려나가 쉐이로의 허리를 베고 지나갔다. 유저들이 날 알아차렸을 때 내 몸은 이미 쉐이로의 뒤에 있었다.

　털썩—

　쉐이로의 몸체가 무릎부터 무너지며 서서히 쓰러졌다. 후후, 껌이지.

　"한국 팀의 마듀라 승!"

　관중들이 환호하는 것으로 나는 그들에게 손을 한번 흔들어주며 대전자 대기실로 돌아갔다. 이로써 1차전이 끝났다. 2차전은 세희와 카이데스의 시합이었다.

＊　　　＊　　　＊

　"대, 대단하군. 한국의 소더러 마스터. 광신저우, 너와 맞먹을 정도… 아니, 너보다 한 수 위일지도 몰라."

　"그럴지도."

　광신저우는 침음성을 흘리며 마듀라가 대기실로 돌아갈 때까지 그를 지켜보았다.

　마듀라. 자신이 카도라스 소더러 마스터 최고라고 자부하는… 자신을 낮출 줄 모르는 왕잘난 척 사나이. 하지만 그것은 허풍 같은 것이 아닌 진짜였다. 쉐이로는 경기에 출전하는 네 명 중 세 번째로 강한 자. 중국의 마스터 레벨 중 세 번째로 강한 자였다. 그런 그를 이렇게 가볍게 상대하다니… 솔직히 믿기 힘들었다.

　이미 그의 명성은 본토에서 익히 들어왔다. 최초, 최강, 최고의 소더러 마스터. 그를 만나 대결하기 위해 자신은 이번 대회에 참가한 것이나 다름없었다.

　"2차전은 30분 후에 한다고 했나?"

"그래. 다음엔 너와 자이로엔이 대전에 나가게 되겠지."

*　　　*　　　*

"뭐야? 저 녀석? 잘난 척만 하는 놈인 줄 알았는데 괴물이었잖아? 쟤가 카도라스 최고의 소더러 마스터란 그 마듀라란 놈이냐?"
"맞아."
일본 팀이 멍하니 마듀라를 바라보는 도중 얼굴에 페인팅을 한 소녀가 입을 열었다. 맨 처음 한국 팀과 중국 팀에게 '바보', '짐승' 등의 욕을 날렸던 그녀였다.
"그런데 되게 잘생겼다~ 한국풍 미소년은 다 저런가?"
"야! 세가! 감히 날 놔두고 딴 남자한테 눈을 팔아?"
"호호! 그치만 멋있잖아~"
이쪽은 진지하곤 조금 거리가 멀었다.

*　　　*　　　*

30분 후.
"시합은 어떻게 되었습니까?"
시린터가 대전자 대기실로 돌아왔다. 치료받고 곧바로 온 것 같았다.
"한국 2승. 일본 1승 1패, 중국 2패. 3회전은 내가 나갔는데 당근 이겨 버렸지."
"아, 그렇군요. 후유~ 그럼 다음 시합은 에실리스 양, 아니면 카이데스가 나가게 되겠군요."

그때 나비 넥타이 사회자가 경기장에 들어서며 2차전의 시합 시작을 알렸다. 이제쯤 경기장에 뜨거운 바람이 이는 것 같았다.

"예! 2차전, 그 첫 번째 시합! 한국과 일본의 대전! 대전자는……."

곧 심사위원이 한국과 일본이라 써진 통에 손을 넣어 대전자를 뽑았다.

카이데스 뽑혀라~

카이데스 뽑혀라~

카이데스 뽑혀라~

카이데스 뽑혀라~

"예. 대전자는 한국팀의 프리스트 마스터 에실리스 양과 일본 팀의 어쎄신 마스터 카이토!"

이런 망할! 세희가 쪽바리 놈들하고 싸우게 되다니! 저런 생양아치 들하고?

"좋아! 갔다올게!"

세희가 소풍 가는 유치원생마냥 기분 좋게 경기장으로 뛰어나갔다. 나는 그녀에게 주위를 주는 것을 잊지 않았다.

"실리, 조심해!"

"걱정 마!"

걱정이 안 될 수가 있나. 사창가에 아이 풀어놓은 어미 마음 같은 데…….

*   *   *

"딱 걸렸군. 설마 여자애가 걸릴 줄이야. 무지 반반한데?"

"어이~ 너무 그러지 마라. 저 에실리스란 소녀, 인기가 장난 아니다. 관중들이 흥분할 거야."

"뭐 어때? 이벤트만 끝나면 고국 서버로 돌아갈 텐데. 흐흐!"

*　　　*　　　*

내가 들어섰을 때보다 훨씬 더 큰 함성과 비명이 울려 퍼져 이젠 대전자 대기실도 시끄러울 정도였다.

남녀노소 누구나 가릴 것 없이 세희 팬이 대전장에 90% 이상을 차지하기 때문이다.

"아가씨, 인기가 많군."

"잘 부탁드립니다."

세희가 웃는 낯으로 일본 녀석에게 인사를 했다. 외면해도 모자랄 판에 인사라니… 그보다 상대 일본 녀석은 생긴 것부터 시작해 행동까지 다~ 맘에 들지 않았다. 10대 후반에서 20대 초반으로 보이는 그는 클래스가 어쎄신이랬다. 입고 있는 옷은 소매까지 다 찢고 우람한 근육만이 보였고, 짙은 눈썹과 어려 보이는 미소는 딱 볼 때 '양아치 X끼' 소리가 나올 만했다

"흐흐! 아가씨, 몸 좀 볼까?"

"……?"

심판이 앞으로 나서며 세희와 카이토를 악수시켰다. 그런데 저 자식! 왜 세희 손을 3초 동안이나 잡고 안 놓는 거야? C발! 빨리 안 떼? 세희의 고결하고 순결한 손이 쪽바리 마수에 물들었어!

"시합 시작!"

“타아앗!”

카이토가 주먹을 어설프게 내지르며 세희에게 접근했다. 세희는 가볍게 몸을 피했고 그 틈을 타 그녀가 성검 시오르를 불러들였다.

그때,

“까아앗!”

세희가 비명을 지르며 뒤로 물러섰다. 카이토 저 자식! 주먹을 지르는 척하면서 세희의 가슴을 쓸고 지나갔어! 심판! 심판! 심판! 저 지X할 X친 X끼! 어딜 보고 있는 거야? 눈깔 사시냐? 당장 퇴장시켜!

“의외로 한몸매 하는데?”

“까악! 꺅!”

하지만 카이토 녀석은 심판의 눈을 속여가며 세희의 몸을 유린해 나갔다. 저런 개 같은 자식! 저게 무슨 짓이야?!

가만두지 않겠어!!

막 경기장으로 뛰쳐나가려는데 시런터가 내 허리를 붙잡고 날 말렸다.

“지금 나가시면 우리 한국 팀은 실격됩니다! 참으십쇼!”

“놔! 놔! 이 개X끼! 안 놔? 당장 죽여 버릴 거야!!”

저런 쌍할 놈!

“크, 크리티컬 운······.”

퍽—!

“허억!”

세희가 비틀 하며 신음을 질렀다. 주문을 외우기도 전에 상대의 주먹에 몸이 무너진 것이다. 주위에서 야유가 퍼지며 관중들이 흥분했다.동시에 내 인내심은 극에, 극에, 극에, 극을 넘어서 뇌세포 분열 기

핍 빡돌증이 일어났다. 여자 친구가 타인 앞에서 희롱당하는 장면은
보기 괴로운 것이다.

"시린터, 안 놓으면 죽여 버린다!"

"그, 그럴 순 없습니다! 제발 고정하십쇼! 마듀라 씨뿐만이 아닌 수
많은 실리 양의 팬들이 분노를 삭이고 있습니다. 그리고 이 시합은 마
듀라 씨 혼자만의 시합이 아니잖습니까?"

"……."

"실리 양이 기권을 선언할 때까지 기다리십시오!"

나는 조용히 의자에 앉았다. 하지만 피가 거꾸로 솟았다. 몸이 부들
부들 떨리며 이가 바드득― 갈렸다. 도저히…….

"크… 으으으으!"

"까아앗! 꺅!"

봐줄 수가 없었다. 세희야, 미안해! 이럴 수밖에 없는 나를 용서해!

힘겹게 고개를 돌리는 내 앞으로…….

"으흑! 흑, 제가 졌어요. 흑! 흑!"

세희가 패배를 시인했다.

"에실리스 기권 패. 일본 팀 카이토 승!"

"흑! 흑! 훌쩍. 흐윽!"

세희가 울면서 대기실로 돌아왔다. 유치원생마냥 웃으며 경기장에
나간 지 1분 하고도 14초 만이었다. 시린터가 그녀를 위로했지만 세희
는 울음을 그칠 줄 몰랐다. 그녀가 나에게 다가왔다.

"흑! 미안해, 듀라야. 흐윽! 흑! 그치만… 너무… 흐으윽! 너무 무서
워서… 흑! 훌쩍!"

"…괜찮아. 울지 마. 그리고 게임은 그만 하고 들어가 쉬어."

"훌쩍! 응. TV로 지켜보고 있을게."
세희는 울면서 로그아웃했다.

*　　　*　　　*

"어머! 뭐니? 저 여자애? 내숭이야 뭐야? 정말 비싸게 노네! 겨우 그
거 만졌다고 남자한테 기대어 우는 것 좀 봐. 어우~"
일본인 여자 중 한 명이 세희를 바라보며 노골적으로 불만을 토했다.
막 경기를 끝낸 카이토가 음흉한 미소를 걸치며 대기실로 돌아왔다.
"장난 아녔어. 아주 순둥이던데?"
"녀석, 작작 좀 하랬더니. 이번엔 내 차례로군."
"나다카, 꼭 이겨라!"
"걱정 마. 저런 덩치쯤이야."
경기장엔 이미 광신저우가 서 있었다. 구릿빛 피부에 빡빡머리, 근
육질 몸매의 사내였다.
"아주 박살을 내주지."

*　　　*　　　*

경기장 쪽으로 시선을 돌리자 중국 팀과 일본 팀이 대전 중인 것을
볼 수 있었다. 중국은 소더러 마스터였고 일본은 레인저 마스터였다.
"우워어어어어어!!"
우렁찬 기합과 함께 소더러 마스터 주위의 땅에서 기검이 뻗어 나왔
다. 소더러의 큰 특징인 날카로운 공격이 아닌 파괴적인 공격력. 저 사

람, 맨 처음 우리에게 소더러 마스터가 누구냐고 물었던 자다. 설마 저 인간이 소더러 마스터였을 줄이야. 소더러 엠페러 정도는 아니지만 꽤 한다. 소더러 마스터 상급 정도?

"검뇌격화성!"

그의 앞에 나타난 아홉 개의 검광진이 하나로 겹쳐지며 그곳으로 검붉은 색 검기가 뻗어 나왔다. 그 검기는 대전장을 가로질러 날아가 일본 유저에게 명중했고, 명중당한 일본인의 몸은 완전히 녹아 사라져 버렸다.

꽤… 한다? 경기 시작 5초 만에 끝내 버리다니.

"중국 팀 광신저우 승!"

광신저우라…….

"……."

한번 해볼 만하겠어.

"제2차전 마지막 시합! 중국 대 한국! 중국 팀 위저드, 자이로엔 대 한국 팀 네크로멘서, 카이데스의 시합이 이어지겠습니다!"

자이로엔이라 불린 중국 측의 사내가 경기장에 들어섰다. 무지 딱딱해 보이고 커 보이는, 속에 갑옷을 껴입었을 것 같은 로브 복장이었다. 뭐, 복장 하면 카이데스도 뒤지지 않지. 얼굴이 하나도 보이지 않도록 후드를 뒤집어쓰고 있으니.

"흐음~ 네크로멘서라… 흔치 않은 직종이군. 어쨌거나 페어 플레이합시다."

"……."

자이로엔과 카이데스가 악수를 나누고 나자 경기가 시작되었다. 경기가 시작되자마자 카이데스가 요상하게 생긴 주머니를 꺼내더니 그곳에서 뭔가를 끄집어냈다.

뼈와 쇳덩어리?

"그대들의 죽은 몸을 빌려 나, 어둠의 전사들을 소환할지니… 소환, 스켈레톤!"

그러자 카이데스가 쥐고 있는 뼈가 빛나며 크기 3m는 되어 보이는 거대한 배틀 엑스를 든 스켈레톤이 나타났다. 뼈에 붉은빛이 감도는 요상한 놈이었다. 거참, 신기한 놈이로세~

하지만 그게 끝이 아니었다.

"자신의 의지로는 움직일 수 없는 무기들이여! 나, 그대들에게 육체를 주겠나니, 그대들은 나를 주인으로 모시며 복종할 것을 맹세하여 모습을 나타내라. 아이언 골렘!"

주문 한번 유창하다. 어쨌거나 크기 5m나 되는 아이언 골렘도 나타났다. 은빛을 내는 철로 만들어진 골렘이다. 골렘 중엔 가장 강도가 뛰어나다는 녀석이라지?

"그럼, 갑니다!"

"오십쇼!"

아이언 골렘과 스켈레톤을 이끌며 카이데스가 빠르게 달려갔다. 카이데스가 소환수를 불러내는 동안 놀고 있지만은 않았던지 자이로엔이 준비했던 스킬의 시동어를 외쳤다.

"파이어 버스트!"

골렘 머리통과 스켈레톤 머리통을 미적분 계산식 플러스 마이너스하여 만들어진 크기의 불덩이가 카이데스에게로 날아왔다. 카이데스는 날렵히 몸을 돌려 그것을 피해냈고, 이어 마법을 날렸다.

"파이어 볼트!"

불꽃의 화살 이십 발가량. 그것이 자이로엔의 몸에 명중되었는데 몸에 명중되었음에도 그냥 중화되어 버리는 것이 아닌가? 하, 이런 어이없는? 저 로브 설마…….

"위저드 마스터 아이템 도로스카. 웬만한 물리적 공격이나 상급 마법까지도 막아낼 수 있지요."

친절히 설명까지 해주시네? 난 이미 알고 있었지만. 후후!

"칫! 골렘, 스켈레톤! 가라!"

카이데스의 명령과 함께 골렘의 무지막지한 펀치가 자이로엔의 몸체에 떨어… 질 뻔했으나 그는 가볍게 몸을 피했다. 로브의 무게 때문에 민첩하진 못할 줄 알았는데 방금 저 몸놀림을 보니까 로브가 가벼워 보인다.

쿠워어어어어!

스켈레톤이 들고 있던 배틀 엑스를 자이로엔에게 휘둘렀다. 바람 가르는 소리가 들려오며, 배틀 엑스는 자이로엔의 가슴께를 훑고 지나갔다. 둘 다 아슬아슬 플레이다.

이어서 카이데스의 중얼거리는 소리가 크게 들려왔다.

"지금 이 자리에서 내 앞의 적을 화하라! 인센디어리 클라우드 오브 헬파이……."

"인시너레이트!"

카이데스의 시동어가 미처 외워지기도 전에 자이로엔의 공격이 한 발 앞섰다. 여기서 위저드의 전력이 나오는구나. 같은 상급 주문을 외워도 더 빨라. 카이데스 녀석, 혹시 이번 공격으로 재가 되지는 않았을까?

인시너레이트의 폭발에 의한 먼지가 걷혀지고 카이데스의 모습이
보였다. 그의 주위에 널린 돌 조각… 아니, 철 조각들이 대충 상황을
짐작케 했다. 인시너레이트의 불덩이가 카이데스에게 작렬하기 직전
아이언 골렘이 카이데스를 감싼 것이다.

자이로엔이 아랫 입술을 깨물었다.

"이런, 끝낼 수 있었는데!"

"후우, 살았다."

앗! 잠깐! 카이데스 후드 벗겨졌다. 폭발에 벗겨진 모양이다. 정체를
숨기려고 그렇게 애지중지 후드를 쓰고 다니더니만……

지금 이 자리에서 방송을 지켜보고 있을 우리 대전고 친구들은 '쟤
우리 학교 학생 아냐?' 란 말을 내뱉을 것이리라. 이제 곧, 최초의 네크
로멘서 마스터라는 등의 이유로 방송 출현도 하겠지?

어쨌든 카이데스가 그 폭발에서 살아남는 건 계산 못한 것인지 자이
로엔이 다시 마법 스킬을 준비했다. 지금이 기회다!

"스켈레톤 공격!"

우워어어어어!

카이데스의 명령에 따라 스켈레톤이 그 무지막지한 배틀 엑스를 자
이로엔의 어깨에 내리찍었다. 터져 나오는 신음과 함께 자이로엔의 몸
이 내려앉았고, 그때를 놓치지 않고 카이데스가 외쳤다.

"빅뱅 오브 파이어 월!"

"파워 워드 스턴!"

파워 워드 스턴? 벌써 주문을 완성시켰단 말인가?

카이데스와 자이로엔의 마법은 동시에 일어났다. 연달아 터지는 불
꽃의 장막이 자이로엔을 덮쳤고, 카이데스는 뭔가 흠칫하더니……

털썩—

그냥 뒤로 고꾸라지고 말았다. 이런, 저 녀석 방심했어! 저 위저드가 마(魔) 속성이었다니! 게다가 절대 기절 주문 파워 워드 스턴이라면…….

카이데스의 마법 불꽃이 걷히며 자이로엔이 모습을 드러냈다. 예상 대로 자이로엔은 멀쩡해 보였다. 얼굴이 약간 그을린 것만 빼면.

"카이데스 시합 불능. 2차 3회전 대결, 중국 팀 자이로엔 승!"

한국, 중국, 일본의 스코어 2:2:2. 참으로 엽기스런 결과다. 모두가 동점인 가운데 이젠 어쩌려나 하며 심사위원들의 결정을 기다리고 있는 중,

30분쯤 지났을 것이다.

사회자 아저씨가 대회장에 들어서며 말했다.

"예! 3차전이 있겠습니다. 3차전은 각 대전에서 이긴 선수 두 명씩 나와 터칭 게임 방식으로 진행됩니다. 진행은 한·중·일 1:1:1로 이루어집니다. 터치를 하지 못하고 아웃되면 그 팀은 실격! 자, 선수들, 앞으로 나와주세요."

터칭 게임? 레슬링 방식을 말하는 건가? 그것도 1:1:1로? 그렇다면 두 명째 들어설 거 없이 내가 맨 먼저 나가 다 쓸어버리겠어. 카이토 녀석도 나오겠군. 세희를 희롱한 그 자식!

"시린터, 나가자."

"네!"

중국 팀과 일본 팀도 경기장에 들어섰다. 한국엔 나와 시린터, 중국 엔 소더러 마스터 광신저우와 위저드 마스터 자이로엔, 그리고 일본에

죽일 놈 카이토와 지 잘난 아키라. 이렇게 여섯 명이었다.

사회자가 말했다.

"처음 시작할 분은 정하셨습니까?"

그러자 카이토가 먼저 하겠다고 나섰다. 나 또한 그를 따라 먼저 하겠다고 했고 중국의 광신저우도 먼저 하겠다고 나섰다. 흐흐, 좋아. 카이토, 저 엿먹을 자식부터 밟아 뭉개주겠어! 세희를 희롱한 대가가 얼마나 큰지 똑똑히 보여주마!

나는 허리에 장착되어 있는 꺾임형 단도와 사시미 칼과 밧줄, 촛불 등에 시선을 슬쩍 주다가 카이토에게 시선을 돌렸다. 능글맞고 야비하고 재수없게 웃는 녀석!

그가 나에게 말했다.

"어허~ 짜식, 생긴 건 꼭 기생오라비같이 생겨 가지고… 오늘 이 자리에서 네놈의 입과 땅바닥을 키스시켜 주마! 크크큭!"

"……."

"자자, 3차전 경기 시작합니다. 우선 한국 팀에……."

"소개는 빼시죠. 5초 안에 시작 안 하면 죽여 버리겠습니다."

내 협박 같은 말투가 진짜임을 느꼈는지 사회자 아저씨는 암 말 하지 못하고 그냥 시작 신호를 보냈다. 서로 5m씩 떨어진 거리에서,

"시합 시작!"

"우라아아아아아아압!!"

사회자의 시작 신호와 함께 카이토 녀석이 어쎄신 스킬을 발동하며 나에게 검을 휘둘렀다. 나는 일단 검기막을 형성시켜 그것을 막아낸 뒤, 오른손을 펼쳐 조그마한 검광진 일곱 개를 만들었다.

"검폭소멸연!"

오리하르콘제 바닥에 구멍이 뚫릴 정도의 폭발이 연속으로 일어나자 카이토가 흠칫 뒤로 물러났다. 그 틈을 놓칠 내가 아니었다.

"소환주의 명을 따라 나타나라. 영검 베도밀!"

베도밀을 소환해 있는 힘껏 녀석에게 내려쳤다. 한 번 내려치자 카이토의 왼팔이 뚝 하니 잘려 나갔다. 허공에 피가 뿌려지며 녀석의 비명도 함께 터져 나왔다.

"으, 으아아아악!"

"X만한 놈이 엄살은 심하구나!"

퍼억--!

카이토의 턱을 발길질로 올려찬 나는 녀석의 멱살을 잡은 뒤 그대로 엎어치기를 해버렸다. 정신이 없는지 녀석은 일어서지 못했다. 나는 녀석에게 다가가 그냥 무지막지하게 밟았다. 참고로 내가 신은 부츠는 압정 부츠다. 녀석의 머리, 등, 배에 구멍이 숭숭 뚫리며 피가 새어 나왔다.

"으아악! 그, 그만!"

"아파? 뭐가 아파? 뭐가 아프냐고 이 X꺄! 감히 세희를 건드려? 죽어봐, 쌍할 놈아!"

콱— 콱— 콱!

"마듀라 씨! 그만 하십쇼! 이제 와서 분풀이해 봤자 대전 중엔 아무것도 달라질 게 없다구요!"

시린터의 말에 나는 행동을 멈췄다. 생각해 보니 대전 중엔 패하거나 죽어도 경험치의 손실, 레벨 다운 등은 없다.

젠장!

"파워 워드 킬!"

카이토에게 절대 마법 주문을 시동하자 녀석은 검은 불꽃에 화르륵
하니 사라져 버렸다. 일본 팀은 끝났군. 터치할 놈도 없으니.

나는 패닉 상태에 빠져 있는 일본 팀 진영을 바라보다 곧 중국 팀 쪽
으로 시선을 돌렸다. 침착하지만 억세게 굳은 얼굴로 날 바라보고 있
는 광신저우란 사내.

그와 눈을 마주치자마자 나는 고개를 꾸벅 숙였다.

"죄송합니다. 제가 개인적인 원한 때문에 그쪽에게 실례를 범한 것
같군요. 그럼 제대로 해볼까요? 사실 쪽바리 잔챙이들 상대하는 데 저
도 그리 내키지 않거든요."

"…기다렸습니다. 그럼."

곧 광신저우의 몸에서 투기가 뻗어 나왔다. 이렇게 가까이서 보니까
저 덩치, 장난이 아니다. 저 무지막지한 갑빠는 부러울 정도다.

"우워어어어어어!!"

광신저우의 양손에 1m 크기의 검광진 여덟 개가 나타났다. 그것은
양손에 네 개씩 두 개로 겹쳐지며 검붉은 색 빛을 뿜어댔다.

이어서 그 양쪽의 검광진에서 검붉은 색 검기가 뿜어져 나왔다.

만류기격화방성의… 업그레이드 판인가?

"과방성—참!"

"소광신화무!"

앞에 검기막을 형성하자마자 광신저우의 공격이 큰 폭음이 일으키
며 나의 검기막에 떨어졌다. 하지만 그의 공격은 나의 검기막을 뚫지
못했다. 그러자 중국 팀과 광신저우의 얼굴이 딱딱하게 굳었다. 파괴
력, 스킬 조합 모두 합격점이었다. 하지만 나의 기대에 크게 미치진 못
했다.

겨우 이 정도였단 말인가?

"광신저우 씨, 소더러 마스터 스킬을 몇까지 마스터하셨습니까?"

뜬금없는 나의 질문에 그가 잠시 주춤하며 대답했다.

"검광진 9진까지 만들 수 있습니다. 당신은 어느 정도의 경지에?"

어허~ 9진? 혼자서 9진까지 만들었다는 건 놀라운데? 나는 소더러 A까지 써가며 겨우 얻은 11진인데. 어찌 되었든 상대가 나보다 역량이 달리는 건 달리는 것이었다.

"후후! 진짜 실력자가 무엇인지 보여 드리도록 할까요?"

"……?"

"실리스의 에르기아!"

나지막한 외침과 동시에 대전장 전체가 검은빛 막에 휩싸였다. 무형 참황검을 잇는 나의 두 번째 절정 스킬. 실리스의 에르기아. 시진자를 제외하곤 밖에서 안은 보이지만 안에서 밖은 보이지 않는 공간, 밖에서 안으로 들어올 순 있지만 안에서 밖으로 나갈 순 없는 공간. 로그아웃 조차 불가능한 로그아웃 제재 결계다.

사실, 실리스의 에르기아의 본 명칭은 '다비스의 별'. 실리스의 에르기아는 세희의 닉네임을 따서 만든, 1.5초 동안 고심하여 생각해 낸 기술 이름이다.

"이, 이런 기술은?"

"제가 스킬 조합을 통해 만들어낸 것입니다. 이 결계 안에 있는 동안 소더러의 검기는 그야말로 폭주."

"그, 그렇게 된다면 당신까지 폭주할 수 있을 텐데?"

아~ 정말, 나 진짜 실력자란 소리 못 들었나? 하여간 중국 애들은 안 된다니까. 내가 그동안 세희하고 사냥터를 전전하면서 어떻게 수련을 쌓았는데.

"전 폭주하지 않습니다. 저는 소더러 엠페러니까요. 이, 실리스의 에르기아란 스킬의 공격 방식은 두 가지가 있습니다. 이대로 결계를 폭파시키는 것. 그리고 싸워 나가는 것."

나는 양손을 뻗어 마스터 아이템을 불러들였다.

"소환주의 명을 따라 나타나라, 마갑 알트레탈리."

양손에 공기의 기류가 소용돌이치며 마갑 알트레탈리가 손에 씌어졌다. 나의 모든 역량을 보여줄 생각이었다.

"실리스의 에르기아+마갑 알트레탈리+소더러 엠페러… 라면 과연 얼마만큼의 검광진을 만들어낼 수 있을까요?"

"……?"

나는 말 대신 양손을 펼쳐 검광진을 띄웠다. 내가 아무 장비 없이 만들어낼 수 있는 검광진의 한계는 열한 개. 거기서 마갑 알트레탈리의 힘을 합친다면 열다섯 개. 또 거기서 실리스의 에르기아를 합친다면……

우우우우웅—

주위 공기가 진동했다. 실리스의 에르기아 결계 안에서만 일어나는 공기의 파동이었다. 곧 검은빛 광체의 검광진이 하나둘 생성되기 시작했다.

"여섯… 일곱… 여… 열 하나… 열다섯."

그걸 또 일일이 세냐? 숫자 공부 복습 중?

어느 정도까지 세어 나가던 광신저우가 표정을 구겼다.

"열… 아홉… 스물… 스… 스물하나? 마, 말도 안 돼!"

"돼요."

총 스물한 개의 검광진을 만들어낸 나는 그것을 한번에 겹쳤다. 겹쳐지자마자 폭주하려는 검기를 진정시키느라 꽤 애먹어야 했다. 만약 검기들이 폭주했다간 캐릭터가 미쳐 날뛸 수 있으니까.

나는 겹쳐진 검광진 안에 손을 뻗어 무형참황검을 빼내었다.

서서히 뽑혀 나오는 검기의 정체를 알아내곤 광신저우가 말했다.

"이, 이럴 수가!"

후후, 이제 내가 진짜 잘난 이유를 알겠지? 내가 괜히 허풍, 유세 떤 게 아니란 말이다.

"이건… 이건 있을 수 없는 일이야!"

광신저우가 반헷가닥했는지 눈을 붉게 충혈시키며 양손을 뻗었다.

"소환주의 명을 따라 나타나라, 마갑 일프리거!"

허어? 마스터 무기시군! 소더러 마스터 무기 알트레탈리와 쌍벽을 이루는 마갑 일프리거. 마찬가지로 건틀렛이긴 하지만 내 것과는 달리 상당히 크고 투박한 것이었다.

크으어어어어어!!

그의 손 앞에 지름 1m의 검광진 열두 개가 생성되었다. 마스터 무기에 의해 검광진을 몇 개 더 생성할 수 있었던 것이다.

그런데 너무 무리하는 거 아냐? 검광진을 더 만들려고 그러나?

우우우우웅―

엇? 검광진이 한 개 더 나타났다! 대단한 기백? 하지만 너무 무리하면 능력치에 손상이 갈지 모르는데?

"크으어어어어어!!"

광신저우가 양손을 주먹 쥐어 검광진을 하나로 겹쳤다. 이어서 광신저우의 손이 검광진 중앙을 파고들었다. 검은색 스파크가 튀었다. 저

거, 저대로 두면 위험하다! 저 녀석, 반쯤 돈 거 아냐? 뇌하수체 분열증 이라든지?

"너, 너무 무리하시는 거 아닙니까?"

"크으으으윽!!"

너무 무리하면 폭주한다고!

"으어어어어어어!!"

광신저우가 기합을 내지르며 검광진에서 무형참황검을 꺼내 들었다. 무형참황검은 검광진 열 개 이상에서 만들어지는 소더러 마스터 최강의 절정 스킬이다.

무형광검이든 무형참황검이든, 그 능력과 강도는 검광진의 숫자에 비례한다. 열세 개의 검광진에서 만들어낸 무형참황검과 스물한 개의 검광진에서 만들어진 무형참황검은 차원이 다른 세기인 것이다. 그런데 광신저우는 자신의 한계를 넘어서면서까지 검광진 열세 개를 만들어내어 저 X랄을 떨고 있다. 반미쳤단 말이다.

"으으어어어어어!!"

광신저우가 무형참황검을 쥐고 나에게 달려왔다. 나는 들고 있던 무형참황검을 아래로 비스듬히 눕혔다. 단번에 끝내주겠어!

"하아앗!"

차아아아아앙— 피슈슈—

서로의 검이 한차례 교차하자 광신저우가 쥐고 있던 무형참황검이 그대로 소멸되었다. 이어서 뻗은 나의 무형참황검은 광신저우의 가슴을 훑고 지나갔다.

몇 초 안 되는 짧은 순간.

털썩—

광신저우가 자리에서 쓰러졌고 나는 실리스의 결계를 풀었다. 게임 오버가 없기에 망정이지 안 그랬으면 곧바로 PK로 이어질 것이었다.

결계를 풀자 예상했던 관객들의 함성은 들려오지 않았다. 허~ 패닉 상태인가?

곧 패닉을 깨는 사회자의 목소리가 울려 퍼졌다.

"중국 팀, 광신저우 시합 불가. 한국 팀 마듀라 승! 3대륙 대전 대회의 우승은 한국 팀이 되겠습니다!"

그제야 경기장에 함성이 일었다. 나도 이제쯤 이겼다는 것을 실감했다. 천하무적 막강 마듀라 앞에 패배가 어디 있으리!

"마듀라 씨! 이겼습니다! 대단해요! 저, 마듀라 씨 존경할래요!"

"마듀라! 수고했다!"

시린터와 카이데스가 경기장으로 뛰어들어 나를 얼싸안으려 했다. 서로 기쁨을 만끽하려는 것이리라… 하지만 나의 발차기에 둘 다 경기장 밖으로 나가떨어지고 말았다.

저것들이 감히 남자 주제에 날 껴안으려고 해? 야오이 찍을 일 있어?

어쨌든! 우승은 우승이다! 우승 상품은 초특급 레어 아이템, 엑스로 시버라는 갑옷이다. 갑옷을 입고 검 나와라, 뚝딱! 하면 엑스로 소드가 나오고, 부츠 나와라, 뚝딱! 하면 엑스로 부츠(?)가 나오는 아이템이다.

밥 나와라, 뚝딱! 하면 엑스로 밥(?)이 나온다… 는 건 아니지만, 어쨌든 유용한 아이템이긴 하다. 방어는 거의 중시하지 않는 나에겐 별 필요 없는 것이지만.

"좋은 승부였습니다."

"좋은 승부였습니다."

나와 광신저우는 서로 손을 맞잡고 악수를 했다. 광신저우는 처음의 딱딱한 표정에서 꽤 부드러운 표정으로 변해 있었다. 원래 인상이 그런 건지 웃는 모습이 꼭 똥 씹고 맛있어~ 하는 표정이긴 했지만.

광신저우 씨가 말했다.

"다음에 만날 때는 술이나 한잔하지."

"저 미성년자거든요? 술은 못 마십니다."

"에? 한국에는 미성년자들이 술을 못 마시도록 되어 있나보지? 허어~ 안타깝군. 어쨌든 다음에 꼭 다시 만났으면 좋겠군."

"저두요."

"그래, 오늘 좋은 구경했네. 그럼……."

"바이바이~"

중국의 30명 인원들이 손을 흔들며 하나둘 로그아웃해서 사라졌다. 마지막에 광신저우가 웃는 모습으로 사라지는 것을 끝으로 나는 일본 팀에게 시선을 돌렸다. 녀석들은 경기장 한구석에서 사회자와 쑥덕쑥덕 이야기를 나누고 있었다. 시비라도 붙은 것 같았다.

"이 시합은 사기극이야!"

"이따위 빠가야로 같은 시합이 어디 있어?"

여기 있지.

나는 그들에게 다가가 외쳤다.

"어이! 쪽바리 놈, 년들아!"

"……?"

"마듀라?"

"쳇!"

일본 팀 전원이었다. 세희를 희롱한 카이토부터 시작해서 양아치 계집들까지. 잘 걸렸다. 복수는 마무리해야지?

나는 조용히 실리스의 에르기아를 발동시켰다.

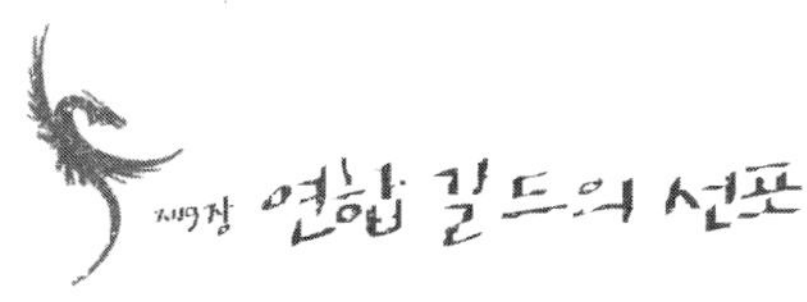

실리스의 에르기아 안에선 로그아웃이 불가능하다. 잡히면 그대로 끝. 게임 도중 로그아웃이 불가능한 경우는 딱 세 가지가 있는데 하나는 특수한 버그에 걸린 경우, 또 하나는 특수한 지역에 들어갔을 경우, 또 하나는 특수한 스킬에 걸렸을 경우다.

녀석들의 경우는 세 번째.

"무, 무슨 짓을 하려는 거냐?"

"이런! 로그아웃이 안 돼!"

겁에 질려 혼란에 빠진 녀석들을 보며 나는 손을 뻗어 검광진을 만들었다.

대전 중엔 아웃된다 해도 경험치나 레벨의 손실이 없지만 대전이 끝난 지금엔 그게 아니거든. 여기서 아웃당하면 녀석들은 몇 달, 몇 년을 다시 뛰어 마스터 레벨이 될 수밖에 없다.

“카이토란 녀석 나와.”

“…….”

어쭈? 반응이 없어?

“안 나오면 다 베어버린다.”

내 협박에 몇몇 놈들이 카이토를 끌고 앞으로 나왔다. 카이토는 꽁지 감춘 개X끼마냥 잔뜩 겁에 질려 있었다. 전에 그 야비하고도 재수 없는 표정은 온데간데없는 꼴이라니. 정말…….

“재수없어!”

녀석의 양팔이 잘려 나가며 피분수를 연출했다. 떨어진 양팔은 안개가 되어 사라졌고 뒤에 있던 녀석들이 비명을 질렀다. 사람이 비명을 지르는 이유는 고통도 있지만 그 잔혹성의 이유도 있기 때문이다.

“으아아악! 아악!”

“세희를 건드린 대가가 얼마나 큰지 알지? 아까 죽이려고 했는데 지금이 더 적당할 때더라고. 지금 죽으면 레벨 다운이잖아. 한 일 년은 더 고생해야 할걸?”

“사, 살려… 살려줘!”

“여자는 말이다, 김선미를 제외한 모든 여자들은 신처럼 숭배하고 우상하며 남자로서 보호해야 할 대상이다. 함부로 건드려선 안 된단 말이지. 알겠니?”

말이 끝남과 함께 녀석의 양다리와 몸통과 목을 잘랐다. 분해된 몸체는 피를 뿌리며 안개가 되어 사라졌고 자리에 있던 핏자국만이 그 자리에 누군가가 잔혹하게 게임 오버당했다는 것만을 암시하고 있었다. 이것으로 복수 완료다. 아~ 아직 아니군.

“너희들도 돌아가야지, 고국 서버로?”

"사, 살려줘!"

"뭐든 다 할 테니까 제발!"

나는 그들에게 한번 씨익― 웃어 보이며 손을 들어 올렸다.

이어 허공에 수십 수백 개의 검기가 그어졌고 그 자리에 있던 일본 녀석들의 몸체는 토막나며 바닥에 우수수 떨어졌다. 하지만 잔혹함을 느낄 새 없이 안개가 되어 사라졌다. 부디 날 원망하지 말고 너희들의 싸가지를 원망하여라. 쯧쯧.

다음날 학교.

용태는 오늘도 방방 뛰고 있었다.

"빅 뉴스야, 빅 뉴스! 일본의 마스터 레벨들이 모두 레벨 다운 걸렸대! 지금 일본에 마스터 레벨이 한 명도 없어! 하핫, 웃기지 않냐? 세희를 희롱했던 녀석은 카도라스 접었댄다!"

카이토 녀석, 결국 접었구나. 아마 그 자리에 있던 대부분의 녀석들이 게임을 접었을 것이다. 레벨 20 정도는 깎였을 텐데, 다시 마스터 레벨이 되려면 족히 1년은 걸린다. 뭐, 이제 만날 일도 없으니 상관없지.

방과 후.

수업이 모두 끝난 직후였다.

"세희야, 같이 집에 가자!"

"……."

세희가 고개를 절레절레 저었다. 무슨 일 있나?

그녀가 항상 가지고 다니는 수첩에 글을 적어 보여주었다. 세희는 글씨도 참 예쁘게 잘 쓴다.

오늘 병원에 가야 돼.

병원?
"무슨 병원? 어디 아파?"
그러자 세희가 다시 고개를 가로저으며 종이에 글을 적었다.

정신과. 실어증 때문에…….

이, 맞아. 치료를 받으면 목소리를 되찾을 수 있다고 들었는데.
"그 병원 같이 가자!"

병원까지는 학교 앞 정류장에서 버스를 타고 30분 거리였다.
도착한 곳은 ○○ 정신 병원.
세희를 담당하는 의사 선생님은 나이 지긋이 들어 보이는 희끗희끗
한 머리의 여선생님이었다.
"세희야, 입을 아~ 벌리고 배에 힘주어서 소리를 내보겠니?"
그녀의 말에 따라 세희가 입을 벌려 소리를 냈다.
"아~"
소리를 내긴 했지만 신음에 더 가까웠다. 실어증 걸린 사람도 신음
소리 정도는 낼 수 있다고 들었으니까.
잠시 세희를 진단하던 여선생님이 말했다.
"으흐음~ 상태가 상당히 좋아졌는데?"
상태가 상당히 좋아졌다고? 그럼 말을 할 수 있다는 소리?

“혹시 집에서 물리 치료 말고 다른 치료 같은 거 받은 적 있니?”

세희가 고개를 절레절레 저었다.

“으흠? 어쩌면 말을 할 수 있게 될지 모르겠구나.”

나와 세희 둘 다 의사 선생님 말에 놀랐다. 세희가 정말로 말을 할 수 있단 말인가?

“설마 가상 현실인지 뭔지 하는 게임… 한 적 있니?”

어라? 선생님도 카도라스를 하나? 세희가 고개를 크게 끄덕였다.

“역시 그렇구나. 그곳에선 후천적 실어증 걸린 사람들도 음성 영령 시스템인지 뭔지 하는 걸로 말을 할 수 있다는데, 그게 도움이 된 걸지도 모르겠구나.”

“……!”

“정말입니까, 선생님? 그럼 세희가 말을 할 수 있다는 겁니까?”

“네, 그래요. 그런데 그쪽은 세희 양의 남자 친구? 애인인가요?”

“에… 둘 다입니다.”

“호호! 그래요? 옆에서 세희 양을 잘 지켜주세요. 어쩌면 세희 양에게 기적이 일어날 수 있습니다. 후천적 실어증에 걸린 사람이 말을 트는 것은 상당한 의지가 필요한 일이니까요. 후천적 실어증은 대부분이 의지박약에서 일어나는 것입니다. 세희 양도 처음엔 그랬으나 지금은 말을 하겠다는 의지가 강해요. 옆에서 사랑과 애정과 각별한 관심을 가져준다면 조만간 말을 할 수 있을 겁니다.”

“네! 감사합니다! 감사합니다, 선생님!”

그로부터 일주일 후.

나는 세희를 우리 집으로 초대했다.

"안녕. 난 신성이 엄마란다."

울 어머니께서 방긋 미소를 날리며 세희를 맞이했다. 세희는 잠시 얼떨떨한 표정을 짓더니 꾸벅 예의 바르게 인사했다.

"실어증이라고 들었는데 정말 말을 못하나 보구나. 저런, 가엾어라. 신성이 방에 올라가 있어요. 내가 맛있는 거 해가지고 갈게!"

그렇게 나와 세희는 내 방으로 올라갔다.

방에 들어서자마자 나는 뒷머리를 긁적이며 말했다.

"하하! 우리 어머니야."

그러자 세희가 종이와 펜을 집어 들더니 뭐라 적기 시작했다.

내용인즉슨,

너희 어머니 대단히 젊으시다. 미인이셔. 난 신성이 누난 줄 알았어.

하, 우리 어머니가 젊긴 젊지. 문제는 정신 연령도 젊다는 거지만.

나는 컴퓨터를 부팅시킨 뒤 카도라스 공식 홈페이지 (주)카마디에 접속했다. 이벤트를 알아보려 했는데 뭐, 특별히 할 만한 이벤트는 없었다. 사이트 맨 앞 페이지에 '쪽바리 망하다' 라고만 쓰여 있을 뿐 눈에 띄는 공지 사항도 없었다.

그때 어머니께서 과자하고 음료수를 쟁반에 담아 방으로 들어오셨다.

"자, 여기 과자하고 음료수란다. 많이 먹거라, 세희야."

"……"

끄덕—

세희는 웃으며 고개를 끄덕임으로써 감사를 표시했다. 그런데 어머니는 그냥 이대로 사라져줬음 하는데 세희 옆(침대)에 앉고는 계속 중얼거렸다.

"어머! 세희, 머리결 참 곱다. 무슨 샴푸 쓰니? 어머, 피부도 고와라~
피부미인 소리 자주 듣지 않니? 얼굴도 예뻐서… 어머! 몸매도 한몸매
하는구나! 오호홋, 꼭 과거의 내 모습을 보는 것 같다 얘~"

제발 좀 나가주셔여. 이제 내일 모레면 40대 아줌마 소리 듣는 사람
이 무슨…….

"호호! 내가 주책이야. 이만 나가볼게. 즐겁게 놀다 가. 신성아, 나
없다고 세희에게 몹쓸 짓 하면 안 된다!"

"……."

저 어머니께서 날 어떻게 생각하는 거야?

띠리리리리리— 띠리리리리리리—

그때 현관 벨이 울렸다. 어머니는 급히 현관으로 뛰어나가셨고 나와
세희는 다시 컴퓨터에 시선을 집중했다.

그런데,

"어머! 여보! 어떻게 오신 거예요? 어맛? 이 아이는?"

어머니께서 여보라고 했나? 아버지께서 돌아오신 건가? 갑자기 무슨
일로? 1년에 딱 두 번 나타나시는 분이?

나와 세희는 즉시 1층으로 뛰어 내려갔다.

현관에 들어서자 40대 초, 중반의 짧은 머리카락 중년 아저씨… 가
아니고 아버지가 보였다. 6개월 만에 보는 것이었다.

"아버지, 어떻게 돌아오신 겁니까? 맨날 회사에만 계시던 분이……."

"신성이구나. 사실 희은이 때문이란다. 희은아, 오빠한테 인사해야
지?"

희은이? 나는 아버지의 시선을 따라 아래쪽으로 고개를 돌렸다. 웬 다섯 살박이 꼬맹이가 보였다. 그것도 여자 아이. 젖살도 안 빠진 통통한 볼에 동그랗고 큰 눈이 무지 귀여운데… 잠깐! 서, 설마?!

"아버지, 어떻게 애를 만들어올 수 있습니까? 그것도 다 큰 꼬맹이를!"

"아니야! 내 아이가 아니……."

"난 꼬맹이 아냐!"

꼬맹이가 아버지의 말을 가로챘다.

허허! 꼬맹이가 아니라고 했겠다? 이건 나에 대한 명백한 반항이자 도전이라고 생각하겠어!

나는 희은이라 불린 아이와 눈 높이를 마주하기 위해 무릎을 구부렸다. 분명 꼬맹이 맞았다.

"꼬맹이를 꼬맹이라 부르지 뭐라고 부르냐?"

"희은인 꼬맹이 아냐!"

"꼬맹이 맞아! 야, 꼬맹아! 땅꼬맹이!"

"희은인 꼬맹이가… 아냐."

"꼬맹이야! 꼬맹이! 땅꼬맹이!"

"희은이는… 꼬맹이가… 아니래두… 흑흑! 훌쩍!"

"……."

…운다. 내가 지금 꼬맹이 데리고 무슨 짓이라니?

나는 자리에서 일어나 아버지를 바라보았다.

"아버지, 이 아이 말입니다. 어떻게 된 건지 설명 좀 해주시죠."

"희은이는 우리 사장님 딸이란다."

에?

그러니까 아버지 말은 자기 회사 사장이라는 작자가 세 달 동안을 휴가를 가서 자기가 사장 딸을 봐줘야 한다는… 그런 얘기였다.

"하하핫! 그랬군요! 그래서 저 꼬맹이를 우리 집에서 세 달 동안이나 맡아야 한단 말이군요! 하하핫, 난 또 뭐라고…….''

…가 아니잖아!

"왜 하필 우리 집입니까? 저 꼬맹이 싫어하는 거 알잖아요!"

"난 꼬맹이 아니야!"

"그게 그런 일이 좀 있었다. 그보다 내 아들 눈 높은 건 알고 있었지만 벌써 참한 며느리감 얻어왔을 줄이야."

며느리감? 아, 세희를 말하는 건가? 장차 그렇게 되겠지만 쑥스럽게…….

"며느리감이라뇨. 제 여자 친구입니다. 크흠! 어쨌든! 이건 문제있어요! 어머니도 그렇게 생각하시죠?"

난 어머니에게 시선을 돌렸다. 그런데 어머니께서 내뱉으신 말은 어이없는 것이었다.

"난 상관없는데? 저 또래의 여자 아이 한번 키워보고 싶었는데 잘됐네."

"……."

패닉 상태에 빠져 있는 날 뒤로하고 아버지께서 세희에게 시선을 돌리며 물었다.

"이름이 뭐니, 그쪽 신성이 여자 친구?"

"……."

내가 대신 대답했다.

"이세희입니다."

"신성이하곤 같은 반 친구니?"

"……."

이번에도 역시 내가 대답했다.

"같은 반 친구입니다."

"난 너한테 물은 게 아니란다, 신성아. 그쪽 세희 양, 과거의 유희를 아주 많이 닮았구나."

"그렇죠, 여보? 오호홋!"

유희는 우리 어머니 이름이다. 어머니는 좋아라 하며 웃고 계시다. 참내, 어이가 없어서… 팔팔한 10대 미소녀하고 늙어가는 40대 아줌마하고 비교할 걸 비교해야지.

나는 아버지에게 세희를 소개시켰다.

"세희는 실어증입니다. 곧 말을 틀 수 있을 테지만요."

"뭣? 실어증이라면 말 못하는 병?"

"네. 그럼 저흰 이만 올라가 보도록 하겠습니다. 그 꼬맹이하고는 집에서든 어디서든 마주치지 않았음 좋겠군요."

"난 꼬맹이 아냐!"

저녁.

세희를 집까지 바래다 준 나는 아버지와 거실 소파에 앉아 이야기를 나눴다. 희은이하고 어머니는 목욕 중이다. 아버지는 카도라스 타임즈를 한번 스윽— 훑어보시더니 나에게 말했다.

"일본의 마스터들을 아작낸 게 바로 너라 들었다."

"그렇습니다."

"이유없이 그런 짓을 한 거라 생각진 않는다."

“그렇습니다.”

“두 달… 정확히 2개월 안에 카도라스 확장팩이 도입된다.”

“……?”

확장팩? 갑자기 그 말씀을 꺼내는 의도가 무엇이지?!

아버지께서 속주머니를 뒤적이더니 CD 케이스를 한 장 꺼내 나에게 넘겨주었다. 이게 뭐야?

“그것의 압축을 푼 뒤 PX에 가동시켜라. 일종의 버그 백신 프로그램이라고만 알아둬.”

버그 백신 프로그램? 이런 걸 나에게 주시다니? 전에 소더러 스킬 비충돌 비기서도 나에게 주셨으면서. (주)카마디 프로그램 부장이라면 이 정도 빼오는 건 식은 죽 먹기지만 그래도 불법인데.

“그리고 확장팩 도입에 앞서 회사 내에 여러 가지 안건이 올라왔었는데 가장 문제가 되는 것이 한 · 중 · 일 서버를 통합한다는 것이다.”

서버를 통합?

“회사 내에서 반발이 심했지만 결국 그렇게 기울어졌다. 네 생각은 어떠냐?”

뭐, 생각이랄 게 있나마는…….

“저는 상관없습니다.”

“…훗! 그래, 올라가 보려무나.”

“…….”

나는 방에 들어서자마자 PX 게임기를 가동시키고 PX 헬멧을 착용한 뒤 침대에 누웠다. 그리고 조용히 눈을 감았다.

[아이디:sss0226/패스워드1:********/패스워드2:******]

[로그인되었습니다.]

게임에 접속하자마자 세희가 보였다.

"듀라 왔구나."

"응. 좀 늦었지? 아버지하고 말이 길어졌어."

"아니, 별로 안 기다렸어. 그보다 오늘은 어디 가지?"

"막강이 타고 저 멀리 카밀리베아 대륙으로 드라이브나 갈까?"

"드라이브? 그래!"

*　　　　*　　　　*

"계획을 앞당긴다. 일주일, 그 안에 모든 준비를 끝내라."

생각보다 계획에 많은 차질이 빚어졌다. 마공왕 이벤트 후 이라스의 1/4이 파괴된 지금 길원들의 사기가 많이 저하되었다. 내가 그때 마공왕을 막았더라면 이렇게 되지는 않았을 것을!

부하 NPC가 보고했다.

"술타르님, 현 군 상황에 대한 보고입니다. 부양 함선 120척, 일반 함선 20척, 길원은 모두 2만. 거의 모든 준비가 끝났습니다."

"타미야님에게 간다. 준비하도록."

"알겠습니다."

*　　　　*　　　　*

드라이브한다고 온 곳이 카밀리베아 대륙 항구 도시 글러보드였다.

"와아~ 배가 상당히 많다!"

세희가 글러보드에 도착하자마자 탄성을 질렀다. 이상하게도 글러보드엔 부양 함선이 많았다. 카밀리베아 대륙의 유일한 항구 도시라지만 전에 왔을 때에는 이렇게 배가 많지 않았었는데. 그것도 부양 함선만… 누가 길드전(戰)이라도 일으킬 셈인가? 가만, 길드전?

"어? 다들 똑같은 깃발이네?"

깃발? 나는 세희가 가리킨 대로 배의 깃발에 시선을 돌렸다. 하얀 바탕에 붉은색 별이 그려져 있는 그것. 저 촌딱지 깃발은 연합 길드의 것이 아닌가? 술따리 녀석이 지휘하는…….

"어이~ 거기, 부양 함선! 배 부딪치지 않도록 조심해! 가만, 처음 보는 배인데? 침입자냐?"

배에 타고 있던 한 선원이 우리에게 외쳤다. 그러자 곧 수십 명의 선원들이 배 갑판으로 뛰어나왔다.

"길드의 것이 아닌 타 부양 함선은 모두 공격이다! 돌격!!"

연합 길드 군의 부양 함선이 이쪽으로 날아왔다. 허허, 이게 무슨 짓? 공격이라도 할 기세다?

세희가 그들을 바라보며,

"지금 저 사람들 이쪽으로 다가오는 거 아냐?"

"그런 것 같은데?"

나는 큰 소리로 그들에게 경고했다.

"무슨 짓이야? 계속 돌진해 오면 무슨 일을 당할지 몰라?"

하지만 배는 멈추지 않고 계속 돌진해 왔다. 저대로 충돌할 생각인가? 막강이는 전에 네크로 피닉스들에게 다구리 맞고 거의 반파 지경까지 갔었다. 그런 걸 5십만 골드를 투자해서 겨우 수선했는데 그걸 또 부수겠다니. 고로코롬은 못하지!

나는 오른 주먹에 검기를 집중시킨 뒤 날아오는 배 쪽을 향해 뻗었다.

"검폭소멸신!"

쿠콰캉—!

돌진해 오던 배는 뱃머리부터 터져 나갔고 배 파편이 바다 위로 떨어지며 주위에 먼지가 피어올랐다. 당연 그 배에 타고 있던 선원들은 전원 게임 오버.

"무, 무슨 일이냐!"

"침입자다! 타 부양 함선의 기습이다!"

…왠지 일이 잘못 돌아가고 있는 것 같은데?

곧 몇 척의 부양 함선들이 더 날아왔다. 으씨, 일이 이렇게 된 이상 나도 몰라!

"실리, 배 좀 조종해 줘! 뒤로 전향한다."

"알았어!"

세희가 조종석에 앉아 배를 뒤로 몰았다. 동시에 연합 길드 쪽에서 20척 정도의 부양 함선이 떨어져 나왔다.

나는 세희에게 외쳤다.

"실리! 위로 전향!"

"알았어!"

배가 위로 서서히 떠오르기 시작했다.

좋아! 덤빈다면 기꺼이 승부해 주지! 먹어봐라!

"검폭소멸연!"

하얀색 에너지 구체 다섯 구가 연합 길드 군 배 갑판에 떨어지며 폭음과 함께 배에 불길이 치솟아올랐다. 불이 붙은 배는 얼마 가지 못해 바다 위로 추락했고 연합 길드 측의 배들이 뒤늦게 위로 떠올랐다.

그 틈을 타서,

"소환주의 명을 따라 나타나라, 영검 베도밀!"

워리어 마스터 아이템 베도밀을 소환해 낸 나는 연합 길드 진형으로 뛰어들어 배를 갈라 버리기 시작했다. 배는 두 동강나며 추락해 갔고 나는 이 배 저 배를 돌아다니며 배를 갈랐다. 여기서 이런 노래가 떠오르는구나.

배를 가릅세~ 배를 갈라요~ 술따러의 머리 혈관이 다 터져 나갈 때까지~

"뭐, 뭐, 저런 괴물이 다 있어?!"

"후퇴하라! 뒤로 전향해!"

연합 길드 측의 배들이 속속 후퇴하기 시작했다. 1분도 못 버티고 후퇴하는군. 지금껏 내 손에 추락당한 배만 여덟 척. 총 7백만 골드는 나갈 것이었다. 술따러 녀석, 약 좀 오르겠는걸?

*　　　*　　　*

"뭐?! 기습이라고?! 누가?"

"마듀라, 그자가 확실했습니다! 한 척 반파. 여덟 척이 침몰당했습니다."

"칫!"

마듀라. 결국 내 일에 끼어드는구나!

앞에 앉아 계신 타미야님이 조용히 입을 열었다.

"안타고니즘(반대 세력)… 대업에는 파리들이 꼬이는 법이지. 마듀라라 했나? 전에 처리하라 했을 텐데?"

"죄송합니다. 그게… 이프조차 당해내지 못한 실력자인지라."

"그럼 내가 직접 나서야겠군. 직접 나서지 않아도 곧 만날 수 있겠지만. 기대되는군."

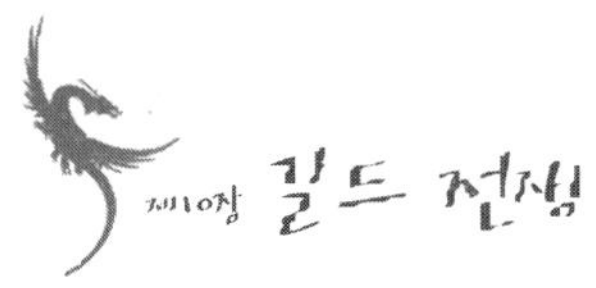

일요일 아침.

부스스한 모습으로 소파에 앉아 카도라스 타임즈를 읽는데 카도라스 타임즈를 읽던 중 나는 놀라 버리고 말았다.

바로 이 대목.

연합 길드 마스터 술타르. 해킹 범죄 발견.

2034년 X월 XX일 연합 길드 마스터 술타르(20)가 (주)카마디 프로그램을 일부 해킹한 것이 발견되었다. 게임 내 현상금 3백만 골드를 내민 지금, 그가 소속되어 있는 단체 연합 길드에 게임 정지 처분을 내렸지만 어제 새벽 X시경에 그가 발표한 바에 따라……

……술따러. 이 자식이 드디어 일을 내셨군. 해킹이라면 회사 프로그

램을 빼돌린 것이 아닌가? 프로그램 쪽으론 아버지 담당인데… 쯧, 회사에서 욕먹겠다.

나는 카도라스 타임즈를 내던지듯 소파 위에 올려놓고 화장실로 갔다. 그런데 그때 전화벨이 울렸다.

삐리리리― 삐리리리―

이 시간에 누가 전화를?

"여보세요?"

「신성이냐? 나다, 용태! 지금 큰일 났어! 당장 이라스 동쪽 퍼브로 나와!」

"에? 무슨 일……."

뚜우― 뚜우―

뭐야? 자기 할 말만 하고 뚝 끊어버리다니. 단세포가 예의도 안 되어 있어! 나는 화장실에서 느긋하게 세수를 하고 방으로 돌아와 카도라스에 접속했다.

"무슨 일이야? 어? 실리도 와 있었네?"

퍼브에는 우리 길드원 전체와 세희까지 있었다. 무슨 일이길래 다 모인 거지?

"마듀라, 우리 길원 중 한 명이 이미지 사진으로 찍은 거다. 봐봐."

"……?"

용태가 사진 뭉치를 나에게 넘겨주었다. 웬 부양 함선들만 찍힌 사진이었다. 이건 글러보드에서 본 그 부양 함선들이 아닌가?

사진을 한 장 한 장 넘겨가던 나는 순간 사진을 넘기던 손을 멈췄다. 이 사진… 뱃머리 위에 똥폼 잡고 서 있는 이 녀석은 술따러였다! 이게 뭐야?

"연합 길드가 카밀리베아 대륙에서 대대적으로 부양 함선을 사들이고 있었나 봐. 녀석이 어제 새벽에 게임 회사 기자단을 모아놓고 길드 전쟁을 하겠다고 선포했어. 바로 내일이야."

"……."

예상은 하고 있었다만 정말 전쟁을 일으킬 줄이야…….

"녀석의 목적이 뭐길래 전쟁을 한다는 거지?"

그렇다. 이벤트상이 아니라면 전쟁에 명분이 있어야 한다. 이번 내 질문엔 시린터가 대답했다.

"연합 길드의 목적은 카도라스 정복이라는군요. 이상 현실 건설이라나?"

"미친놈."

술따러 자식, 술을 너무 많이 따라 마셔서 머리가 헷가닥 돈 거 같다. 이런 반미친 자폐증 환자를 보았나? 겨우 길드 하나 움직인 것으로 이상 현실을 어떻게 건설하단 말인가?

그렇게 생각하던 중 나는 문득 신문 기사가 떠올랐다.

연합 길드 마스터 술타르. 해킹 범죄 발견.

서, 설마? 그 해킹 프로그램이……!

"당장 엘가니아로 간다! 있는 길원 없는 길원 다 불러 모아! 그리고 그동안 모았던 부양선들도 모두 풀어!"

그로부터 정확히 16시간 후였다.

"모은 배는?"

"부양 함선 30척, 일반 함선 10척. 그 이상은 안 돼. 지금은 되지만 배가 없어. 아무래도 연합 쪽 놈들이 다 사들인 모양이야."

제길! 미리 사둘걸! 알려진 바에 따르면 연합군 놈들은 부양 함선 110척에 일반 함선 20척이라 들었다. 모자라는 부분은 깡으로 메워야 한다는 소린데…….

묘수가 작용한다면 모를까.

"어려운 싸움이 될 것 같은데……."

배는 돛에 바람을 받아 움직인다. 부양선은 부양석을 이용해 뜨지만 움직이는 원동력은 그 에너지에 있다. 그런데 바람을 이용해 날 수 있다면 배의 에너지가 60% 절감된다.

나는 지금 최주력선, 막강이의 뱃머리에 서 있다. 바람이 안면을 정면으로 때리고 있었다. 그 말인즉, 내 머리카락이 공기 중에 휘날리며 여러 여자들의 가슴을 설레게 만드는 중이다… 는 건 아니고, 바람이 서풍이다.

카밀리베아 대륙에서 가니아 대륙으로 오는 데는 서쪽 방향이다. 즉, 연합 길드 군은 바람을 등지고 날아와 배에 사용하는 연료가 준다는 것이다.

시린터가 내 옆에 다가와 말했다.

"바람이 좋지 않군요. 우리는 맞바람이지만 상대는 바람을 등지고 날아오고 있습니다. 상대적으로 배에 들어가는 에너지가 반 이상 차이가 날 겁니다. 그리고 이제 그만 거기서 내려오시죠. 쪽팔리지도 않습니까? 세 시간째 그러고 서 있으면 여자들이 청혼이라도 해요?"

"…멋 좀 부려봤다, 짜샤! 너 분위기 잘 깨더라? 아유! 그동안 오냐 오냐 넘어가 줬는데, 너 내 눈 밖에 나면 길드에서 쫓겨날 줄 알아!"

"네."

나는 조용히 뱃머리에서 내려왔다. 예정대로라면 10분 후에 연합 길드의 배가 보일 것이었다. 지금 시각 정각 12시. 주위는 짙은 어둠만이 깔려 있었다.

시런터가 말했다.

"그런데 말입니다, 내일 학교는 어떡하죠?"

"……."

학교… 라. 학교를 생각지 못하다니!! 지금껏 한 번도 결과당한 적이 없었는데! 결국 개근상은 물 건너간 것인가? 어째 상황이 이렇게 될 수가!

그때였다. 배에 있던 우리 반 친구 중 한 명이 외쳤다. 알고 보니 우리 반 반장이었다.

"어이, 마듀라! 방금 선생님한테서 전화가 왔는데 일주일 동안 학교 쉰대!"

"헛! 그게 정말이야?"

갑자기 일주일 동안 학교가 쉰다니? 이게 무슨 횡재란 말인가? 아무래도 우리 담임이 뭔 수를 썼겠지? 아님 교육청에서 특별 지시가 내려졌거나. 아님 가을 방학인가?

*　　　*　　　*

"그들이 가진 약점은 바로 시간. 마듀라를 포함한 마스터 레벨에 이른 자들은 모두 학생입니다. 조퇴할 가능성이 있습니다만 전쟁을 오래 끌수록 우리가 유리해지는 것입니다. 일주일. 그 안에 모든 것을 끝내겠습니다.”

후후! 시간의 이점은 우리가 장악했다. 비록 마듀라가 무슨 수를 써서 우리를 막을진 모르겠지만…….

타미야님이 말했다.

“엘가니아에 도착 시까진 얼마나 남았지?”

“약 한 시간 남았습니다.”

그때였다.

“긴급 전언입니다! 해안에 공중 부양 함선 30척, 일반 함선 10척이 관찰되었습니다!”

마듀라 길드 패거리인가? 부양 함선 30척에 일반 함선 10척이라…쫘 긁어모았군.

나는 자리에서 일어섰다.

“전투인 것 같군요. 제 선에서 끝내겠습니다.”

“…….”

타미야님은 아무 말 없이, 조용히 고개를 끄덕일 뿐이었다.

〈1권 끝〉

김해수 판타지 장편 소설

|운명의 업|

판타지는 살아 있다!

무한한 상상력이 빚어낸 환상의 세계, Fantasy World!
도전과 모험, 사랑과 숙명이 치열함을 뽐내는 무대!
그 무대 위에 새롭게 우뚝 서게 될 『운명의 업』.
가혹한 운명, 화끈한 모험 속에 누리는 유쾌한 삶!

판타지가 보여줄 수 있는 극한적 환상의 세계가 펼쳐진다.

정원용 판타지 장편 소설

|더위저드|

사랑을 위하여! 독립을 위하여!
100만 골드를 쟁취하라!

파산 위기에 몰린 대마법사 스승을 위해,
…라기보다 스승에게서 독립하여 잘 살아보기 위해,
그에게는 쟁취하지 않으면 안 될 필수 생존 아이템이 있다.
명예와 사랑, 독립을 위한 필수품! 1,000,000 골드!
너무나 인간적인, 그래서 더욱 치열한 마법사의 삶이 여기 있다!

도서출판 청어람 www.chungeoram.net   우 420-011 부천시 원미구 심곡1동 350-1 남성빌딩 3F ● TEL : 032-656-4452/54 ● FAX : 032-656-4453 ● Email : eoram99@chol.com

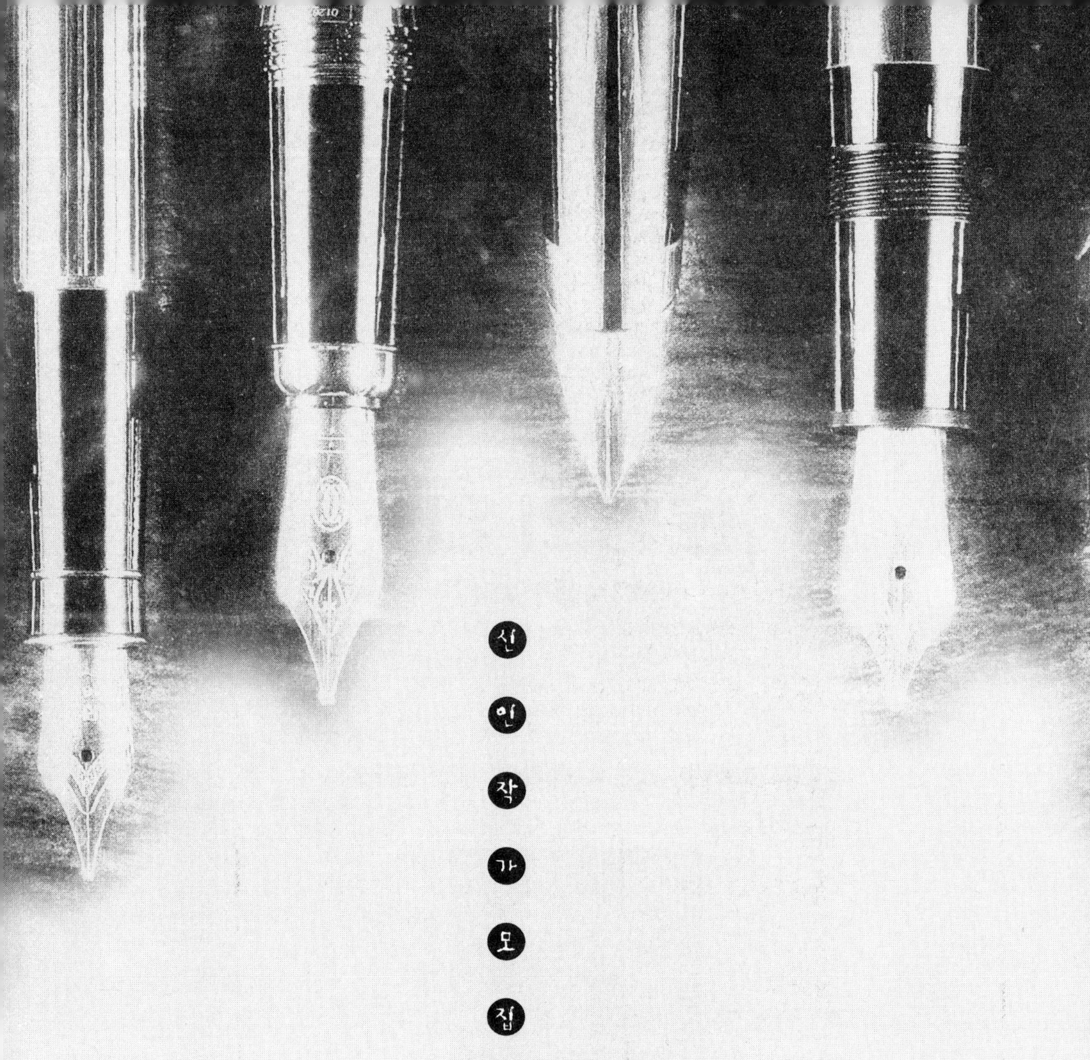